"Raphael Montes é um autor que controla com maestria a tensão durante a narrativa. [...] Uma mistura do suspense de Alfred Hitchcock com o humor ácido de Quentin Tarantino. Não surpreende que o livro tenha um ritmo eletrizante, cheio de reviravoltas chocantes e macabras."

*The Guardian*

"Repleto de plot twists, violência e cenas de tirar o fôlego, este suspense psicológico usa o humor como válvula de escape. Montes faz você rir, mesmo fazendo você se sentir mal por isso."

*Chicago Tribune*

"A tensão interna, a fluência narrativa e a qualidade literária de *Dias perfeitos* capturam o leitor. Raphael Montes o presenteia com um thriller digno de um veterano da cena do crime."

*Luiz Alfredo Garcia-Roza*

"O talento de Raphael Montes sempre me chamou a atenção. Muito jovem, tem domínio da técnica, constrói personagens instigantes e conta histórias que prendem o leitor do início ao fim."

*Carola Saavedra*

"Sou leitor fiel de Raphael Montes desde o primeiro livro, adoro suas histórias de terror psicológico, tensão permanente, perversidade e sempre humor, uma mistura perfeita."

*Nelson Motta*

# DIAS PERFEITOS

# RAPHAEL MONTES
# DIAS PERFEITOS

Copyright © 2014, 2025 by Raphael Montes

*Grafia atualizada segundo o Acordo Ortográfico da Língua Portuguesa de 1990, que entrou em vigor no Brasil em 2009.*

*Design de capa*
Keith Hayes

*Imagem de capa*
plainpicture/Elektrons 08

*Ilustrações da guarda*
Adobe Stock

*Preparação*
Lígia Azevedo

*Revisão*
Carmen T. S. Costa, Ana Maria Barbosa, Clara Diament

Todos os esforços para contatar os detentores de direitos autorais do texto "Como Raphael Montes virou um fenômeno da literatura brasileira atual", publicado na revista *Forbes* em 25 de fevereiro de 2025, foram realizados. Os editores ficarão contentes de, em edições futuras, creditar e corrigir erros ou omissões que vierem a ser apontados.

*Os personagens e as situações desta obra são reais apenas no universo da ficção; não se referem a pessoas e fatos concretos, e não emitem opinião sobre eles.*

Dados Internacionais de Catalogação na Publicação (CIP)
(Câmara Brasileira do Livro, SP, Brasil)

Montes, Raphael
    Dias perfeitos / Raphael Montes — 1ª ed. — São Paulo : Companhia das Letras, 2025.

    ISBN 978-85-359-4163-0

    1. Ficção brasileira I. Título.

25-265849                CDD-B869.3

Índice para catálogo sistemático:
1. Ficção : Literatura brasileira   B869.93

Cibele Maria Dias – Bibliotecária – CRB-8/9427

Todos os direitos desta edição reservados à
EDITORA SCHWARCZ S.A.
Rua Bandeira Paulista, 702, cj. 32
04532-002 — São Paulo — SP
Telefone: (11) 3707-3500
www.companhiadasletras.com.br
www.blogdacompanhia.com.br
facebook.com/companhiadasletras
instagram.com/companhiadasletras

# CARTA AO LEITOR

*"Quem não gostaria de mostrar que poderia ser diferente,
que a história de amor poderia dar certo?"*

A PUBLICAÇÃO DESTA EDIÇÃO ESPECIAL de *Dias perfeitos* me enche de alegria e emoção. E me fez voltar no tempo. Em 2014, eu era um jovem cheio de sonhos e ambições. Filho único de uma família da classe média suburbana carioca, a ideia de viver de literatura no Brasil parecia impossível. Lembro-me de escutar coisas como: "Brasileiro não gosta de autor nacional" ou "Livro policial não dá certo no Brasil".

Naquela época, eu estudava direito na UERJ, fazia estágio das 14h às 20h em um escritório de advocacia e, chegando em casa, jantava e escrevia até cansar. Eu já havia publicado meu primeiro livro, *Suicidas*, que foi finalista de prêmios importantes e teve uma recepção positiva, mas tímida.

Quando sugeri aos meus pais a possibilidade de abandonar a faculdade e viver apenas da escrita, eles foram veementemente contra. Afinal, literatura não "pagava as contas". Minha mãe queria um filho juiz, não um filho escritor. Além disso, o lançamento de *Suicidas* a deixou com um misto de sentimentos: por um lado, o orgulho de me ver publicando um romance caudaloso; por outro, o constrangimento ao constatar as comuns reações de suas amigas... "*Suicidas*?! Meu Deus, seu filho está bem?"

Foi assim que, certa noite, com muita cautela, ela me perguntou: "Rapha, por que você escreve coisas tão assustadoras? Por que não tenta fazer uma história de amor?". Aceitei o desafio. Mas não da maneira óbvia, claro. Decidi escrever uma história de amor do meu jeito. Uma provocação. Afinal, é para isso que se escreve ficção: para provocar. O nome *Dias perfeitos* veio logo de cara — um título acima de qualquer suspeita.

Escrevi a história de Téo e Clarice nas madrugadas daquele ano. Desde o começo, eu tinha claro qual deveria ser o final do livro — um final polêmico e incômodo. Ao longo do processo de escrita, gosto de mostrar os capítulos para algumas pessoas próximas e, como eu já imaginava, o final causou reações mistas: alguns amaram, outros odiaram. Por isso, tive a ideia de escrever outro final, alternativo, mas não menos ousado.

Por algum tempo, cheguei a propor aos editores da Companhia das Letras que publicássemos o livro com metade da tiragem com um final e a outra metade com o outro final, sem qualquer distinção na capa. Assim, de modo aleatório, as pessoas leriam histórias com desfechos diferentes. Felizmente, eles me desaconselharam a seguir com essa ideia louca, e o livro foi publicado da forma como foi originalmente pensado (e, devo confessar, com meu final preferido). De todo modo, acho divertido e maravilhoso que, agora, mais de dez anos depois, você poderá conferir o final que por tanto tempo mantive em segredo.

*Dias perfeitos* abriu as portas da carreira de escritor para mim. Rapidamente o livro chegou à lista de mais vendidos e me levou ao *Programa do Jô* e a outras entrevistas em grandes jornais. Uma cena específica me vem à mente: era fim do dia, eu estava de terno, suado, cansado, voltando de um dia cheio no escritório. Lá fora, chovia. Desci do ônibus e me abriguei debaixo do ponto porque meu celular estava tocando. Era minha agente literária da época, Luciana Villas-Boas, muito animada e com notícias quentes: os direitos do livro haviam sido comprados por uma forte editora americana e havia muito interesse de outras oito editoras ao redor do mundo. Além disso, Rodrigo Teixeira, um importante produtor de cinema, fez uma oferta pelos direitos de adaptação do livro.

Em uma ligação, tudo mudou. Em poucos dias, fiz as contas e percebi que iria receber por aquelas vendas o correspondente a um ano de salário como advogado júnior. Então, eu havia ganhado um ano para arriscar. Para desespero dos meus pais, decidi deixar a carreira jurídica de lado e me aventurar a viver de contar minhas histórias. Foi nesse ano que comecei a elaborar a trama de *Jantar secreto* — com jovens se arriscando na cidade grande para viver de seus sonhos.

Ao longo da jornada, muita gente me ajudou a cada passo. Seria impossível nomear todo mundo. Além dos maravilhosos amigos que leem meus livros enquanto escrevo e me ajudam em pesquisas específicas (vocês sabem quem são e serei eternamente grato), tenho que agradecer ao Victor Prataviera, meu marido, que sempre esteve ao meu lado, com carinho, incentivo, comentários geniais (e críticas necessárias) e à Carola Saavedra, colega escritora que me indicou para a Companhia das Letras.

Na Companhia, me sinto em casa, graças à troca sempre rica com Luiz Schwarcz, com Otavio Marques da Costa e com meus editores durante esses anos: Flavio Moura, Rita Mattar, Luara França e Stéphanie Roque. Além disso, com o tempo, ganhei amizade e intimidade com as maravilhosas equipes do comercial, do marketing, da imprensa, de eventos e até da iconografia da editora, de modo que construímos juntos uma linda história.

Nesses anos vivendo como escritor (caramba, mais de uma década!), tive o privilégio de ver o cenário mudar e a literatura brasileira contemporânea ganhar o coração dos leitores. Quando comecei a publicar, as Bienais do livro e os grandes eventos privilegiavam os autores estrangeiros. Com o tempo, graças a um trabalho de formiguinha feito por livreiros, feiras literárias, professores, bibliotecários, clubes do livro, booktubers, booktokers e bookinstagrams, o leitor brasileiro foi descobrindo o prazer de ler histórias de crime, suspense, fantasia, terror e romance passadas no seu próprio país, com seus personagens e sua cultura.

Em 2025, *Dias perfeitos* alcançou a marca de 100 mil exemplares vendidos e virou série por um dos mais relevantes streamings do Brasil, o Globoplay.

Esta edição especial é, portanto, a celebração de um sonho que você, querido leitor, querida leitora, me ajuda a realizar todos os dias. Tenho a sorte de ter leitores que são verdadeiros missionários e que, como costumo brincar, "espalham a palavra" de Raphael Montes, levando minhas histórias a mais e mais pessoas. Por isso, tudo o que posso dizer, do fundo do meu coração, é: obrigado! Amo cada um de vocês (não um amor como o do Téo, fiquem tranquilos). Para o desespero da minha mãe, até hoje não tive que voltar ao direito. Continuo me arriscando de viver contando minhas histórias. Afinal, às vezes, o crime compensa.

*Para minha mãe*

*Há sempre alguma loucura no amor. Mas também há sempre alguma razão na loucura.*

Friedrich Nietzsche

# 1.

GERTRUDES ERA A ÚNICA PESSOA DE QUEM TÉO GOSTAVA. Desde o primeiro momento, ele soube que os encontros com ela seriam inesquecíveis. Os outros alunos não ficavam tão à vontade. Mal entravam na sala, as meninas tapavam o nariz; os rapazes buscavam manter alguma postura, mas o olhar revelava o incômodo. Téo não queria que notassem como se sentia bem ali. Andava de cabeça baixa, passos rápidos até a mesa metálica.

Serenamente à sua espera, estava ela. Gertrudes.

Sob a luz pálida, o cadáver ganhava um tom amarronzado muito peculiar, feito couro. A bandejinha ao lado trazia instrumentos para investigações mais profundas: tesoura com ponta curva, pinça anatômica, pinça dente-de-rato e bisturi.

"A veia safena magna pode ser observada nas proximidades da face medial do joelho. À medida que ascende à coxa, ela passa para a face anterior, no terço proximal", Téo disse. Esticou o epitélio de Gertrudes para mostrar os músculos ressecados.

O professor baixou os olhos, encastelado na prancheta de anotações. Mantinha o ar sério, mas Téo não se intimidava: a sala de anatomia era seu espaço. As macas pelos cantos, os cadáveres dissecados, os membros e os órgãos em potes davam a ele uma sensação de liberdade que não encontrava em nenhum outro lugar. Gostava do cheiro de formol, das ferramentas nas mãos enluvadas, de ter Gertrudes sobre a mesa.

Em sua companhia, a imaginação não tinha limites. O mundo desaparecia e só restava ele. Ele e ela. Gertrudes. Havia escolhido o nome no primeiro encontro, ela com as carnes ainda no lugar. A relação se estreitara durante o semestre. A cada aula, Téo fazia descobertas: Gertrudes adorava surpreendê-lo. Aproximava-se da cabeça — a parte mais interessante — e extraía conclusões. A quem pertencia aquele corpo? Seria mesmo Gertrudes? Ou teria um nome mais simples?

Era Gertrudes. Ao olhar a pele ressecada, o nariz fino, a boca seca cor de palha, não concebia outro nome. Ainda que a degeneração tivesse retirado o aspecto humano, Téo via algo mais naqueles glóbulos disformes: via os olhos da mulher arrebatadora que, sem dúvida, ela havia sido. Podia dialogar com eles quando os outros não estavam olhando.

Provavelmente ela havia morrido velha, sessenta ou setenta anos. Os poucos fios na cabeça e no púbis confirmavam a hipótese. Numa investigação minuciosa, Téo havia encontrado uma fratura no crânio.

Respeitava Gertrudes acima de tudo. Apenas uma intelectual seria capaz de se desprender da bajulação de um enterro para pensar adiante, na formação de jovens médicos. Antes servir de luz à ciência do que ser devorada na escuridão, ela pensava, sem dúvida. Tinha uma estante repleta de boa literatura. E uma coleção de vinis da juventude. Havia dançado muito com aquelas pernas. Bailes e mais bailes.

É bem verdade que muitos daqueles corpos nas cubas malcheirosas eram de indigentes, mendigos que encontravam seu propósito de vida na morte. Não tinham dinheiro, não tinham educação, mas tinham ossos, músculos e órgãos. E isso os tornava úteis.

Gertrudes era diferente. Difícil acreditar que aqueles pés tinham suportado as ruas, que as mãos tinham recebido trocados por toda uma vida medíocre. Téo também não aceitava a ideia de assassinato: uma coronhada na cabeça depois de um assalto ou pauladas de um marido traído. Gertrudes havia morrido de causas extraordinárias, um incidente na ordem das coisas. Ninguém teria coragem de matá-la. A não ser um idiota...

O mundo estava repleto de idiotas. Bastava olhar ao redor: idiota de jaleco, idiota de prancheta, idiota com voz aguda que agora falava de Gertrudes como se a conhecesse tanto quanto ele.

"A cápsula articular foi aberta, rebatendo-se a camada fibrosa externa, até a visualização das extremidades distal e proximal dos ossos fêmur e tíbia."

Téo quis rir da garota. Rir não, gargalhar. E se Gertrudes pudesse ouvir aquelas baboseiras a seu respeito, gargalharia também. Juntos, degustariam vinhos caros, conversariam sobre amenidades, assistiriam a filmes para depois discutir a fotografia, o cenário e o figurino como críticos de cinema. Gertrudes o ensinaria a viver.

Era irritante o despeito com que os outros alunos tratavam Gertrudes. Certo dia, aquela menina — a mesma que agora gastava sua estridência com termos médicos rebuscados —, na ausência do professor, tinha sacado do bolso um esmalte vermelho e, entre risadinhas, pintado as unhas do cadáver. Os alunos logo se aglomeraram; divertiam-se.

Téo não gostava de vinganças, mas teve vontade de se vingar da garota. Poderia conseguir uma punição institucional, burocrática e ineficaz. Poderia providenciar um banho de formol — ver nos olhos da maldita o desespero ao sentir a pele ressecar.

Mas o que ele queria realmente era matá-la. E, então, pintar seus dedinhos pálidos com esmalte vermelho.

Lógico, ele não faria nada daquilo. Não era um assassino. Não era um monstro. Quando criança, passava noites sem dormir, as mãos trêmulas diante dos olhos, tentando desvendar os próprios pensamentos. *Sentia-se* um monstro. Não gostava de ninguém, não nutria nenhum afeto para sentir saudades: simplesmente vivia. Pessoas apareciam e ele era obrigado a conviver com elas. Pior: era obrigado a gostar delas, mostrar afeto. Não importava sua indiferença desde que a encenação parecesse legítima, o que tornava tudo mais fácil.

O sinal tocou, liberando a turma. Era a última aula do ano. Téo saiu sem se despedir de ninguém. O edifício cinza ficava para trás e, ao olhar sobre o ombro, ele se deu conta de que nunca mais veria Gertrudes. Sua amiga seria enterrada junto aos outros corpos, jogada em uma vala. Nunca mais teriam aqueles momentos.

Ele estava sozinho outra vez.

# 2.

TÉO ACORDOU DE MAU HUMOR E FOI À COZINHA PREPARAR O CAFÉ PARA A MÃE. A bancada da pia era alta, de modo que Patrícia, sentada na cadeira de rodas, não conseguia alcançar as prateleiras suspensas. Tinha que se esticar, as pernas pendendo no apoio. Era degradante.

Enquanto a água fervia, ele varreu a sala do apartamento e lavou a louça do dia anterior. Trocou o jornal de Sansão e encheu as tigelas de comida. Como de costume, deixou o café na cabeceira da mãe e a acordou com um beijo na testa, pois é assim que os filhos amorosos devem agir.

Às nove, Patrícia saiu do quarto. Usava um vestido simples e sandálias de pano. Téo nunca tinha visto a mãe se vestindo, mas imaginava um processo exaustivo. Já havia se oferecido para ajudá-la com uma calça jeans nova, mas a recusa fora enfática: "É o mínimo que me resta". Meia hora depois estava pronta, a calça jogada na lixeira do banheiro.

"Eu e Marli vamos na feira. Vou levar o Sansão", ela disse, enquanto colocava um brinco diante do espelho da mesinha de centro.

Téo concordou, sem se desviar da perseguição de Tom a Jerry na TV.

"Estou bonita?"

Ele percebeu que ela estava maquiada.

"Por acaso a senhora arrumou um admirador secreto na feira? Hein, dona Patrícia? Não me esconda nada!"

"Sem admiradores por enquanto. Mas nunca se sabe... Sou aleijada, mas não estou morta!"

Téo odiava a palavra *aleijada*. Numa tentativa de ironizar a própria condição, Patrícia a usava com frequência. Era triste, ele entendia. Desde o acidente, evitavam o assunto. A cadeira de rodas tinha sido inserida no dia a dia como algo natural e, no fim das contas, ele achava que não tinham mesmo que conversar a respeito daquilo.

Patrícia voltou da cozinha com Sansão na coleira. O golden retriever mexia a cauda peluda. Havia entrado para a família nove anos antes, quando ainda moravam na cobertura diante da praia de Copacabana. Agora, o cachorro zanzando pelo apartamento de dois quartos era inconveniente. Téo preferiria deixá-lo em um abrigo — Sansão tinha pelo bonito, era de raça, seria rapidamente escolhido por alguém. Jamais havia dito à mãe, pois sabia que ela considerava o cachorro um filho. Apesar de razoável, a proposta de se livrar dele seria rechaçada.

A campainha tocou. Patrícia se adiantou para atender a porta:

"Marli, querida!"

Era a vizinha, melhor amiga de Patrícia e aficionada por temas esotéricos. Solteirona convicta, moderadamente burra, fazia as vezes de enfermeira para Patrícia, ajudando-a no banho ou nos passeios com Sansão pelo bairro. Jogavam carteado em dupla às quartas-feiras. Téo não sabia quem era mais dependente naquela relação e se divertia ao ver Marli lendo o futuro da mãe nas cartas

20

— com frequência, previsões sem o menor senso de realidade. Certa vez, tinha deixado que Marli também lesse seu futuro.

"Você vai ser um homem muito rico e feliz", ela dissera. "E vai se casar com uma linda moça."

Ele não havia acreditado. Não supunha que fosse ser feliz um dia. Sentia-se fadado ao limbo, à monótona rotina, desprovida de momentos felizes ou tristes. Sua vida era apenas um vazio preenchido por tímidas emoções. Seguia bem assim.

"A gente volta em uma hora", Patrícia disse. "No fim da tarde tem churrasco. Não esquece."

"Que churrasco?"

"Da filha da Érica. Aniversário dela."

"Não quero ir, mãe. Mal conheço a menina."

"Vai ter gente da sua idade."

"Sou vegetariano, mãe."

"Meus amigos sempre perguntam por você. E deve ter pão de alho."

Às vezes, Téo se sentia como um troféu que a mãe exibia aos outros. Era a maneira dela de suprir as próprias deficiências — físicas e intelectuais.

"Não é uma pergunta, filho. Você vai comigo."

Patrícia bateu a porta, deixando o apartamento preenchido apenas pela musiquinha do desenho animado.

Não tinha pão de alho. Sobre a brasa da churrasqueira, sangue e gordura pingavam das carnes. Jovens dançavam ao som ensurdecedor do funk. Patrícia se divertia em uma roda de amigas. Téo mal conhecia aquelas pessoas e se arrependeu de não ter ficado em casa, na companhia de Tom e Jerry.

Entre garrafas de vodca na geladeira, pegou uma de água. Havia combinado com a mãe de ficar pouco tempo ali. Iria embora de táxi e Patrícia voltaria mais tarde com alguma amiga. Apesar do desconforto, achou o lugar bonito. Incrustada na rocha, a mansão era segmentada em espaços amplos, ligados por escadarias de pedra entre a vegetação silvestre que subia pela encosta. A casa ficava no topo. Descendo a escada, havia uma espécie de bangalô onde acontecia a festa, com piscina, churrasqueira e mesinhas de madeira fixas ao chão. Por caminhos sinuosos, chegava-se a um jardim bem cuidado e colorido, que se confundiria com a floresta não fosse a cerca branca.

"Está fugindo da música ou das pessoas?", uma voz feminina atrás dele perguntou. Era rouca, levemente embriagada.

Téo desviou a atenção para ela. A mulher era jovem, possivelmente mais nova do que ele, e muito pequena — tinha um metro e cinquenta, no máximo. Os olhos castanhos dela passeavam despreocupados pelas flores.

"Da música", ele disse.

Um longo silêncio abriu espaço entre os dois.

A menina estava bem-vestida — uma blusa estampada de losangos coloridos e uma saia preta —, mas não era bonita. Tinha uma beleza exótica, talvez. Os cabelos castanho-claros estavam presos num coque desajeitado, alguns fios grudados à testa suada.

"Estava dançando?", Téo perguntou.

"Estava. Mas cansei."

Ela deu um sorriso e ele percebeu certo desalinho nos dois incisivos centrais superiores da menina. Achou aquilo charmoso.

"Seu nome é?"

"Téo. Teodoro, na verdade. E você?"

"Clarice."

"É um nome bonito."

"Pelo amor de Deus, não venha me falar de Clarice Lispector porque nunca li nada dela! Essa mulher me persegue."

Ele se divertiu com a espontaneidade da garota, mas continuou sério. Não ficava confortável perto de mulheres com tanta desenvoltura: enxergava-as superiores, quase inatingíveis.

Clarice se aproximou dele e deixou sobre a viga o prato com linguiças e corações de galinha que trazia na mão direita. Beliscou um coração e bebeu um gole do copo. Ele reparou numa tatuagem colorida sob a manga da blusa. Não conseguiu desvendar o desenho.

"Você não come nada?"

"Sou vegetariano."

"Não bebe também? Isso aí é água, não é?"

"Bebo pouco. Sou fraco pra bebida."

"Bem...", ela disse, mordiscando a borda do copo, "ao menos você bebe. Costumam dizer que pessoas que não bebem são perigosas... Sinal de que você não é perigoso."

Téo achou que deveria rir do comentário e riu.

Clarice pegou mais dois corações no prato.

"E você? O que está bebendo?", ele perguntou.

"É *gummy*. Uma porcaria que alguém fez com vodca e suco de limão em pó. Está com gosto de água sanitária."

"Como você sabe o gosto de água sanitária?"

"Não preciso provar as coisas pra saber que gosto têm."

Ela acreditava no que dizia, como se a frase fizesse sentido em si mesma.

Téo estava um pouco constrangido. Ao mesmo tempo, alguma coisa o estimulava a continuar a conversa. Baixou os olhos para as pernas brancas dela, os pezinhos de bailarina espremidos em sandálias de tiras roxas. As unhas estavam pintadas de cores variadas.

"Por que suas unhas estão assim?"

"As das mãos também estão." Ela as estendeu para ele. Os dedos eram longos e finos; as mãos mais frágeis que ele já tinha

23

visto. As unhas, cortadas curtas, estavam esmaltadas numa sequência de cores aleatórias.

"Certo. Por quê?"

Ela sequer pensou: "Pra ser diferente". E levou o indicador direito à boca.

Téo ficou satisfeito em constatar que estava certo: Clarice roía as cutículas. Por isso, tinha aquele pequeno defeito nos incisivos, levemente projetados para fora. Ainda que nunca tivesse cursado odontologia, ele havia estudado bastante sobre o tema para se aproximar de Gertrudes.

"E por que ser diferente?"

Ela arqueou as sobrancelhas:

"Este mundo já é muito sem graça. Tenho pais que não me deixam mentir. Meu pai, por exemplo. É engenheiro e vive viajando. São Paulo, Houston, Londres. Minha mãe é advogada. Burocracia correndo nas veias da família. É bom ser diferente por isso. Não ter horários. Ficar bêbada sem medo. Fazer merda, depois nem lembrar. Pintar as unhas, uma de cada cor. Experimentar a vida antes que seja tarde, entende?"

Clarice abriu a bolsinha trançada e tirou um maço de cigarros. Vogue, sabor menta. Escolheu um.

"Tem isqueiro?"

"Não fumo."

Ela soltou um muxoxo e cavoucou a bolsa. Àquela hora, o sol sumia por trás do rochedo. Téo acompanhou o movimento das sombras embriagadas lá embaixo. Clarice encontrou o isqueiro e acendeu o cigarro, protegendo a chama da brisa. Deu uma tragada, lançando a fumaça na direção dele:

"Você não come, não fuma e quase não bebe... Téo, você trepa?"

Ele se afastou um pouco, centímetros, escapando também do ar esfumaçado com cheiro de hortelã. Fugia do quê? Por que aquela menina esquisita o encabulava com tanta facilidade? Não sentia necessidade de fingir nada diante dela. Gostava da liberdade com que Clarice manuseava o cigarro e falava o que bem entendia.

"É só brincadeira. Relaxa", ela disse, com um soquinho no ombro dele.

Era a primeira vez que se tocavam. Téo sorriu, sentindo uma comichão na área em que ela havia encostado. Precisava falar alguma coisa:

"O que você faz da vida?"

"O que eu faço da vida…" Ela mastigou outro coração. "Eu bebo bastante, como de tudo, e já fumei de tudo também, mas agora só esse Vogue de menta, cigarro de mulherzinha, e, bem, eu trepo de vez em quando. Faço faculdade. História da arte. Mas não sei se estou feliz com o curso. Minha praia é roteiro."

"Roteiro?"

"É, de cinema. Estou escrevendo um longa. Na verdade, não sei se vai ser um longa. O argumento está pronto. E o texto tem quase trinta laudas agora. Ainda falta bastante pra terminar."

"Eu gostaria de ler", ele disse, sem entender por que dizia aquilo. Estava curioso para ver o resultado de tanta irreverência. Queria saber sobre o que e como ela escrevia. Os escritores de ficção colocam muito de si nos textos.

"Não sei se você vai gostar", ela disse. "É uma história pra mulheres, entende? Três amigas solteiras num carro em busca de aventuras pelo país… É tipo um *road movie*."

"Só posso gostar se eu ler."

"Bem, te mostro então." Ela amassou a guimba com a sandália e mastigou mais dois corações. "E você? Faz o quê?"

"Medicina."

"Uau, profissão quadradona. Minha mãe ia adorar. Ela diz que história da arte não leva a lugar nenhum. Como se ficar mexendo em códigos e bater perna carregando processos levasse…"

"Não é exatamente *quadradona*. Existe arte na medicina."

"Onde?"

"Antes, teríamos que discutir o que é arte. Eu, por exemplo, quero ser patologista."

"Não vejo arte aí."

"É uma discussão longa. Podemos falar disso depois", ele disse. Tentava criar mais um elo invisível.

"Pode ser. Tenho que ir agora."

Ele não gostou que ela quisesse partir tão depressa. Teve a impressão de que, por algum motivo, Clarice o estava evitando.

"Vou pedir um táxi. Quer carona?", ele disse.

"Não, moro aqui perto."

"Me empresta seu celular? Deixei o meu em casa e preciso ligar pra companhia de táxi. Prometo não gastar muito."

Ela enfiou a mão na bolsa de pano.

"Toma aí."

Enquanto completava a chamada, Téo observou Clarice. Ela havia soltado os cabelos, tão longos que desciam abaixo da cintura. Naquele corpo miúdo, os cabelos faziam um contraste que o agradava.

Dois holofotes automáticos acenderam quando anoiteceu.

"Ninguém atende. Deixa que eu pego qualquer táxi na rua."

Devolveu o celular a ela. Seguiram juntos pelo caminho de pedra até a bifurcação.

"A saída é pra lá", ele apontou.

"Vou pegar uma cerveja e me despedir de um pessoal. Não vai se despedir de ninguém?"

Ele deveria inventar alguma desculpa, mas quis dizer a verdade:

"Prefiro não me despedir de ninguém."

Ela concordou. Aproximou-se e deu-lhe um selinho nos lábios tensos. Depois, virou as costas e subiu as escadas de dois em dois degraus, o copo com o líquido verde, de cujo nome Téo não se lembrava, vacilante na mão esquerda.

Ao chegar em casa, Téo se sentia zonzo. Correu ao celular na cabeceira da cama e aproveitou para mandar uma mensagem à mãe. Acessou as chamadas perdidas, saboreando os dígitos da última ligação recebida. Ficou muito tempo deitado no sofá. Encarava o teto, revivia imagens. Algo havia explodido dentro dele. Algo que ele não conseguia nem queria explicar. Ainda que não soubesse o sobrenome de Clarice, onde ela morava ou em que universidade cursava história da arte, ele tinha o número do celular dela e isso os tornava íntimos.

# 3.

MAL ACORDOU, TÉO QUIS TELEFONAR PARA ELA. Digitou o número que sabia de cor, mas não teve coragem de completar a ligação. Como explicar que tinha seu telefone? Soaria patético — até infantil — contar o que havia feito.

Ao contrário do reconforto da noite anterior, agora ele percebia como Clarice continuava distante. Se não fizesse nada — simplesmente apagasse o contato do visor —, era possível que jamais se encontrassem de novo. Quantas vezes a vida nos coloca diante de alguém tão instigante?

Sansão se aproximou, brincando nas pernas de Téo. Ele acariciou o pelo farto e deixou que o cão lambesse suas mãos. Depois o afastou. Não queria ser consolado.

Vestiu-se para a missa de domingo.

"Vamos chegar tarde!", a mãe gritou do elevador.

Ele respirou fundo. Não era obrigado a segui-la sempre, empurrando a cadeira de rodas pelas calçadas de Copacabana como um enfermeiro apático.

Conteve-se. O que pensariam?

"Já estou indo, mãe."
Pegou a carteira e o celular na cabeceira antes de sair.

*Receba o Senhor por tuas mãos este sacrifício, para a glória do seu nome, para o nosso bem e de toda a santa Igreja.*
Téo considerava a missa de domingo um ritual interessante. Tinha vontade de rir da crença de alguns fiéis; lágrimas nos olhos, lábios sussurrantes em oração, como se Deus pudesse ouvi-los.
*Ele está no meio de nós.*
Havia também algo de surreal: aquelas mesmas pessoas passavam a vida na esbórnia, chafurdando em prazeres mundanos, e ao primeiro sinal de problemas apelavam por uma redenção de que não eram merecedoras.
*É nosso dever e nossa salvação.*
No passado, as missas de domingo eram um martírio para ele. Fizera catecismo quando criança. E crisma também — Patrícia era muito religiosa. Desde que podia se lembrar, não gostava da impossibilidade de questionar os dogmas da fé.
*O vosso Filho permaneça entre nós!*
Havia percebido rápido que o dever do católico não era debater, mas aceitar e decorar, como a criança que memoriza a tabuada. Aprendera a aproveitar melhor aqueles sessenta minutos.
*Mandai o vosso Espírito Santo!*
Sabia de cor cada frase do folheto. Os fiéis nem atentavam para o que diziam. Entoavam as frases em uníssono.
*Salvador do mundo, salvai-nos, vós que nos libertastes pela cruz e ressurreição.*
Acompanhava a ladainha, sorrindo para a mãe vez ou outra. Deixava a imaginação fluir por caminhos distantes da igreja barulhenta. A missa e a aula de anatomia eram os momentos em que ele mais relaxava.

*Recebei, ó Senhor, a nossa oferta!*

Naquele domingo, no entanto, os pensamentos fixaram-se em Clarice, impedidos de voar mais alto. Durante a homilia, ele relembrou o dia anterior: a abordagem pouco sutil, o pratinho de linguiças e corações, a pergunta provocativa: *Téo, você trepa?*

*O vosso Espírito nos una num só corpo!*

Esgotadas as lembranças, já conseguia antecipar diálogos, cheiros e sabores em Clarice. Os momentos com ela seriam fabulosos, comparáveis aos que havia tido com Gertrudes.

*Caminhamos no amor e na alegria!*

Teve uma ideia. Era complexa e teria de ser bem pensada para que funcionasse. Ainda assim, já tinha sido suficiente para reanimá-lo.

*Concedei-lhes, ó Senhor, a luz eterna!*

Ao fim da missa, ele tinha tudo em mente, repassado três vezes. Sem falhas. Sabia como se aproximar de Clarice.

*Graças a Deus.*


Ao saírem da igreja, Patrícia viu uma amiga que não encontrava havia semanas. Téo se despediu da mãe com a desculpa de que pretendia estudar. Comprou cartão telefônico numa banca e encontrou um orelhão em uma praça de pouco movimento. A parte interna do orelhão estava repleta de anúncios de prostitutas. Tarjas pretas vedando os olhos e nenhuma vedando o sexo. Bocas de veludo e vaginas quentes. Aquelas eram mulheres sujas. Clarice era diferente: insinuante, porém doce.

Digitou o número. O telefone mal deu o segundo toque e ela atendeu. Téo desligou. Precisou respirar fundo antes de ligar novamente. Clarice também atendeu rápido dessa vez.

"Boa tarde. Por favor, a sra. Clarice?", ele disse, fingindo um sotaque paulistano.

"Sou eu. Quem é?"

"Boa tarde, sra. Clarice. Somos do Instituto Brasileiro de Geografia e Estatística e encontramos seu nome em nosso cadastro. A senhora poderia confirmar seu sobrenome, por favor?"

"Manhães."

"Certo, obrigado. Sua idade?"

"Vinte e quatro."

Ficou surpreso que ela fosse dois anos mais velha do que ele.

"Aguarde enquanto digito as informações no sistema, por favor."

Um ônibus passou em alta velocidade pela rua, buzinando para um automóvel que saía da vaga. Ele cobriu o bocal.

"Obrigado por aguardar. Estamos fazendo uma pesquisa com jovens universitários. A senhora é universitária, correto?"

"Isso."

Havia certa impaciência na resposta.

"Poderia me informar o que estuda e em qual faculdade?"

"História da arte, na UERJ."

"Seria a Universidade do Estado do Rio de Janeiro, senhora?"

"Até onde eu sei, UERJ é isso mesmo."

"A senhora entra na aula em que horário?"

"Sete da manhã."

"E está satisfeita com o curso?"

"Vou ser processada se falar o que realmente penso daquele inferno."

"Em que período a senhora está?"

"Vem cá, você também vai querer saber meu CPF, meu RG e a cor da minha calcinha?"

Téo sentiu as mãos formigarem.

"Imagina, esta é a última pergunta. Em que período a senhora está?"

"Final do quinto."

"O IBGE agradece sua participação."

Ela desligou sem responder. Téo devolveu o fone ao gancho e repassou mentalmente as informações. Em seu rosto, brotou um sorriso.

O domingo se estendeu nostálgico. Téo não gostava dos domingos. Como estava sem sono, pesquisou sobre Clarice na internet durante horas. Descobriu que ela havia passado em história da arte em primeiro lugar, com nota suficiente para entrar nos cursos mais disputados. Descobriu também que ela havia obtido boas colocações nos demais vestibulares, aparecendo sempre no início das listas. Encontrou ainda um blog sobre astrologia do qual ela participara fazendo comentários. Nas redes sociais, o nome Clarice Manhães indicou uma mulher horrorosa que, sem dúvida, não era ela.

Antes de deitar, Téo preparou o despertador para o dia seguinte. Às sete, estaria no andar de história da arte da UERJ.

O Vectra preto era o resquício de nobreza da família Avelar, dos tempos em que moravam na cobertura em Copacabana. Mesmo com os cortes de gastos, Patrícia tinha feito questão de manter o carro na garagem. Precisava disso para não se sentir tão mal.

Téo chegou à UERJ às seis e meia. O andar de história da arte estava vazio. Ele vestiu o capuz do casaco. Ainda que fosse primavera, um vento congelante percorria os corredores silenciosos.

"Onde fica o quinto período?", perguntou a um faxineiro. O homem não sabia.

Sentou-se num banco do hall, acompanhando o movimento dos alunos. Havia trazido consigo um livro de Dürrenmatt, mas o nervosismo impedia que apreendesse sentido nas frases. Lia e relia, inútil. Moças bonitas passavam, cabelos exóticos, pele alva, cadernos em mãos; nenhuma Clarice.

Às nove, Téo buscou informações na secretaria. Inimiga da solicitude, a moça do balcão regurgitou que o ano estava no fim, que possivelmente já estavam de férias, que ela não tinha como saber.

Ele voltou ao hall, agarrado ao corrimão da escada difusa que o ligava a Clarice. Não conseguia enxergar os degraus adiante, a subida era tortuosa. Cogitou desistir de tudo. Voltar aos livros e aos defuntos. Se Clarice também o desejasse por perto, teria arranjado uma forma de se aproximar. Ela era o tipo de mulher que sempre conseguia o que queria.

A derrota foi confirmada por uma menina de olhos esbugalhados:

"O quinto período acabou. Sou do sétimo, mas faço umas matérias com eles. O sétimo também já acabou. Só vim ver umas notas na secretaria. E não faço ideia de quem é essa Clarice."

Téo agradeceu, sem paciência. Era absurdo que a imbecil não conhecesse Clarice. Desceu as rampas da universidade pensando em como as pessoas ignoravam o que havia de melhor à sua volta. Quando já tomava o caminho para o estacionamento, ele viu Clarice passar, conversando com uma amiga. Vencida a surpresa, ficou no encalço dela. Aquela coincidência predizia que estava no caminho certo, e ele se sentiu forte e poderoso. As duas entraram na secretaria.

Lá fora, o sol brilhava no céu em disputa com as nuvens cinzentas. Clarice saiu depressa da secretaria. Divertia-se com a conversa da amiga. Téo invejou o que aquela menina dizia de tão engraçado para ela. Ainda que se considerasse bem informado, ele não sabia como dobrar Clarice. Melhor Gertrudes, que respondia em silêncio.

Tomaram as rampas. Clarice vestiu um casaquinho verde-musgo sobre a blusa de listras coloridas e acendeu um cigarro de menta, que fumou até o metrô. Já tinha a passagem em mãos. Téo comprou o bilhete a tempo de encontrá-las na plataforma. Entrou no mesmo vagão, na porta ao lado. Uma multidão de rostos entrava e saía a cada estação; Clarice continuava indiferente ao resto do mundo, sorrisos e olhares restritos à amiga.

Desceram em Botafogo. As duas pegaram um ônibus para o Jardim Botânico. Téo chamou um táxi e — divertindo-se com a situação cinematográfica — disse:

"Siga aquele ônibus."

A viagem continuou até o parque Lage, quando as meninas saltaram, ainda conversando animadamente. Téo pagou o táxi e não esperou pelo troco.


Alheias à chuva anunciada, crianças corriam pelo parque, sujas de terra. Babás uniformizadas tricotavam assuntos no banquinho, lançando olhares mal-intencionados aos homens que faziam cooper. Velhinhos passeavam de mãos dadas e um grupo de jovens sentados em roda improvisava um piquenique. Clarice e a amiga foram graciosamente adicionadas ao cenário. Sacaram câmeras fotográficas semiprofissionais da mochila, registrando flores azuis e palmeiras-imperiais. Tiravam fotos uma da outra tirando fotos, num exercício de metalinguagem fotográfica.

Clarice guardou a câmera e colocou brincos de pérola. Sorriu para a lente, uma dama do século XIX. Fez poses nos jardins e na beira do lago; cheirou flores. Subiu e desceu as escadarias diante do palacete onde ficava a Escola de Artes Visuais. Tinha olhos de leoa.

Iluminada pelo sol, Clarice reviu as fotos com a amiga. Gargalhava com algumas, desdenhava de outras, mandando que fossem excluídas. Téo queria vê-las, tê-las para si, inclusive as sumariamente eliminadas. De uma árvore distante, ele também fotografou Clarice, mas com os olhos, armazenando as imagens na memória entre um clique e outro.

As amigas comeram maçã ao entardecer. Dez horas tinham passado sem que ele notasse: não tinha nem almoçado! Clarice se despediu da amiga e acendeu um cigarro de menta. Subiu ladeiras, dobrou esquinas, atravessou sinais. Andava com movimentos leves, menina baixinha sugada pela multidão. Entrou numa rua pequena. Sacou a chave do bolso, girando-a na fechadura de uma casa de muros altos, feitos em pedra. Téo esperou mais alguns minutos para confirmar que Clarice morava ali mesmo.

Anotou o endereço.

Pagou o táxi até a UERJ e buscou o carro no estacionamento. Em casa, saudou a mãe com um beijo agitado. Tomou banho, perfumou-se e fez a barba. Vestiu o melhor do guarda-roupa: uma camisa polo esverdeada que caía bem nos ombros largos.

"Está bonito. Pra onde vai?", Patrícia perguntou, devolvida à realidade no intervalo da novela. Acariciava Sansão, adormecido em seu colo.

"Encontrar uma garota. Vou de carro."

Era maravilhoso não precisar mentir. Diversas vezes, ele tinha inventado histórias promissoras de meninas com quem se atracava na última fileira do cinema. Como justificar que nunca tivesse apresentado uma namorada desde a adolescência? Como justificar que preferisse ver sozinho os filmes europeus em cartaz? Se não dissesse que saía com meninas, a mãe poderia ter ideias absurdas, chegando a supor que ele fosse homossexual. E ele não simpatizava com homossexuais. Eram impuros, movidos a sexo. Antes eremita do que gay.

Agora, falava a verdade. Não havia por que mentir para Patrícia. Nem para si mesmo. Queria estar na última fileira do cinema com Clarice. Ela o havia beijado naquele churrasco. Por que parar? Do beijo, furtado e furtivo, ele havia se tornado refém. Não era o invasor, mas o invadido; não queria só desvendar, mas ser desvendado. Ele amava Clarice, admitiu. Precisava ser amado.

Téo se aborreceu com a ideia de que não a veria naquela noite. Já estava no carro havia mais de duas horas. Acompanhava o movimento das luzes nos quartos, sombras passeavam atrás das cortinas.

Um Corsa vermelho parou diante da casa e deu duas buzinadas. Clarice apareceu na porta, encantadora em um vestido preto. O motorista saltou para recebê-la. Parecia ter vinte e tantos anos, quase trinta. Os enormes óculos quadrados e a roupa social preta o envelheciam. Clarice deu-lhe um beijo na bochecha e entrou no carro.

Chegaram à Lapa em poucos minutos. O rapaz saltou do carro com uma mochila grande e entrou na Sala Cecília Meireles de mãos dadas com Clarice. Um folheto na porta indicava a programação da noite: Orquestra Sinfônica Brasileira Jovem — Concertos da Juventude. Naquela noite, executariam a *Sinfonia nº 9* de Antonín Dvořák. Téo hesitou em assistir ao espetáculo. A imagem da orquestra com rostos sérios, violinos e violoncelos a postos, deixou-o irritado. Não queria ver Clarice beijando outro homem. As mãos dadas já haviam sido bastante ofensivas.

Acabou pagando o ingresso. Entre os cabelos femininos, conseguiu identificá-la, sentada ao lado da amiga que havia encontrado mais cedo. O acompanhante dela não estava por perto.

Quando o concerto começou, Téo enxergou o rapaz de óculos quadrados em meio à orquestra, tocando um violino de cor avermelhada. Foi tomado por um sentimento forte de antagonismo em relação a ele. Mal prestava atenção na música. Uma formiga passeou pelo encosto da poltrona da frente antes de ser esmagada pelo seu polegar.

A noite avançou, e o grupo foi a um bar próximo. Pediram pizza, cerveja. O assunto parecia não ter fim, alimentado pelas garrafas na mesa. Clarice bebia em excesso para uma mulher. O relógio marcava três da madrugada quando o acompanhante dela saiu da mesa. Caminhou até o carro, limpando nervosamente as lentes dos óculos na camisa. Bateu a porta e foi embora. Téo espichou a cabeça para entender o que havia acontecido. A amiga continuava sentada à mesa, bebendo sozinha, falando sozinha. Clarice havia se levantado também. Do lado de fora do bar, acendera um cigarro, braços cruzados. Fumava de um jeito bruto.

Téo quis se aproximar, mas não parecia o momento certo. Clarice jogou o cigarro no bueiro e voltou para o bar. Pediu doses de tequila, viradas rapidamente com limão e sal. Horas depois, ela e a amiga pagaram a conta.

Saíram abraçadas, arriscando passos nas calçadas irregulares da Lapa. Clarice gargalhava, apoiada na amiga, que parecia mais sóbria. Conversavam em voz alta, sem temer a rua mal iluminada. Ele as seguiu de carro com os faróis apagados. Dois táxis vazios passaram, mas elas não fizeram sinal.

Numa esquina deserta, Clarice e a amiga trocavam carícias: beijos resfolegados, cabelos em desalinho, sapatos lançados à distância. Beijavam-se e riam, gozando o prazer das bocas sedentas. A amiga desceu a língua por Clarice, provando da pele alva e das sardas recônditas. Clarice escancarava a boca, fincava as unhas coloridas nas coxas da outra, aprovando as mordiscadas no pescoço. A primeira reação de Téo foi fechar os olhos. Como ela podia?! Quis saltar do carro, impedir aquela violência. Ela não tinha freio?

Quando um casal virou a esquina, Clarice se encolheu, mas continuou a acariciar os cabelos da outra. Um táxi passou e a *amiga* — Téo agora tinha dificuldade em chamá-la de *amiga* — fez sinal. Deu beijos estalados em Clarice e, tchauzinhos pela janela, partiu.

Clarice voltou a caminhar. Trançava as pernas preguiçosamente. Quando atravessava a rua, um carro em alta velocidade buzinou. Ela despertou a tempo e se jogou na calçada, gritando ofensas ao motorista. Levantou-se com dificuldade. Saía sangue do joelho ralado. Tentou mais alguns passos e caiu outra vez. Encontrou um canto escuro, o batente de uma casa velha, e dormiu ali mesmo.

Téo se aproximou em silêncio, pois não queria assustá-la. Pegou-a pelo braço, acariciando seus cabelos para que acordasse.

Clarice entreabriu os olhos.

"Que é?"

"Vamos, vem comigo."

"Que é?"

"Você está dormindo na rua. Vem comigo, te levo pra casa."

Ela aceitou, deixando o peso cair nos braços dele. Sentou no banco do carona e deitou a cabeça no encosto. O cheiro de álcool empesteava o carro.

"Tá fazendo o que aqui?", ela perguntou. As palavras saíam tortas.

Téo pensou em uma resposta, mas Clarice voltou a dormir, os olhos trêmulos como se enfrentassem um pesadelo. Com quem estaria sonhando?

Estacionou diante da casa. Algumas pessoas já acordavam para a terça-feira de trabalho. A iluminação era tênue e repleta de frescor. O relógio no painel indicava cinco e meia. Ele encontrou um molho de chaves na bolsa dela e a acordou.

"Qual é a chave certa?"

"Essa."

"Vamos, eu te ajudo."

Saiu do carro.

"Cuidado pra não tropeçar."

Segurou-a pelo antebraço e notou o perfume sufocado pelo álcool. Latidos vinham do outro lado do muro, mas o fato de não terem se aproximado fez Téo deduzir que os cachorros estavam presos nos fundos. Girou a chave e entrou. Clarice era incapaz de caminhar sem cair.

Soltou um gemido quando ele acendeu a luz. Os cabelos estavam desgrenhados; o vestido, em desalinho. Téo a deitou no sofá da sala. O cômodo era enorme, com mesa de jantar e móveis em madeira. Havia ainda uma biblioteca de livros jurídicos e uma TV de muitas polegadas.

"Onde é a cozinha?"

Clarice soluçava sem parar. Fechou os olhos, enroscada à manta do sofá.

"Quem é você? O que está acontecendo aqui?!"

A mulher que entrou na sala não parecia em nada com Clarice: era alta, esguia, um tanto desesperada. Vestia um robe vinho.

"Só estou tentando ajudar...", Téo disse. "Ela não está bem."

A mulher se sentou no sofá. Acariciou a testa de Clarice, mediu a temperatura.

"Ela está bêbada, isso sim. O que você fez com a minha filha?"

"Não fiz nada. Nem bebi. Encontrei ela na rua, por acaso. Onde fica a cozinha?"

"Pra que você quer saber?"

"Melhor dar algo doce pra ela."

A mãe de Clarice o encarou com desconfiança. Deu tapinhas no rosto da filha, mas ela não acordou.

"Ela está péssima. Pode ser coma alcoólico."

"Se ingerir glicose, ela vai melhorar."

"Por acaso você é médico?"

"Estudante de medicina."

"Qual é seu nome?"

"Téo."

"Sou Helena, mãe dela. Pode ir embora que resolvo isso sozinha."

Helena pegou Clarice pelo braço, levantando-a. Ela ainda soluçava.

"Se precisar, eu ajudo."

"Não precisa. Obrigada."

"Eu já conhecia a Clarice."

Helena o encarou.

"Ah, vocês são amigos?"

"Nós…" O que eles eram?

"É meu namorado, mãe", Clarice murmurou.

Ele duvidou que tivesse entendido certo, mas Helena repetiu:

"Namorado?"

"Meu novo namorado. Amanhã a gente se fala, Téo", ela disse, e ele ficou orgulhoso de que ela soubesse seu nome. "Obrigada por tudo."

As duas sumiram no corredor.

Mais tarde, deitado na cama, Téo não conseguiu dormir.

*É meu namorado, mãe…*

O que ela queria dizer com aquilo? Clarice era frágil. Embebedava-se e fazia o que não devia. Como explicar os beijos com a outra? Ela sabia que ele tinha visto tudo? Agora pensando, ele tinha certeza de que a amiga tomara a iniciativa: havia se aproveitado do estado de Clarice para abusar dela, furto de beijos e abraços. Ele jamais faria isso. Preferia conquistá-la discretamente, nos pequenos gestos, mostrando como podiam ser felizes juntos.

*Amanhã a gente se fala, Téo...*

# 4.

TÉO ACORDOU COM O TOQUE DO CELULAR, mas a ligação ficou muda quando ele atendeu. Não reconheceu o número e decidiu esperar que retornassem. Eram duas da tarde e ele estava bem-humorado. Havia certa beleza nas cores do quarto. Encontrou um bilhete da mãe sobre a mesinha da sala. Perguntava por que ele havia chegado tão tarde e avisava que ela passaria o dia em Paquetá com Marli. Se Téo tivesse fome, havia uma lasanha de ricota na geladeira. Ele não tinha fome nem sede nem sono. Sua única vontade era de rever Clarice.

Tomou banho antes de sair. Não havia por que se preocupar com o encontro: ela mesma havia dito que voltariam a se falar. Achou que seria educado comprar um presente e passou em uma livraria no caminho. O livro ideal estava na vitrine: uma coletânea bem encadernada de contos de Clarice Lispector. Quinhentas páginas em capa dura. Pagou e pediu que embrulhassem. Papel colorido, laço bem-feito e um cartão.

Tocou a campainha. Depois de checar o perfume e ajeitar o cabelo molhado, colocou as mãos para trás, escondendo o presente. Quem abriu a porta foi Clarice, fascinante numa camisola larga e confortável. Ela não pareceu constrangida.

"Oi, Téo, pode entrar."

Jogadas na sala, pilhas de roupa por todos os lados, duas Samsonite de rodinhas abertas sobre a mesa de centro. Clarice tirou algumas calcinhas do sofá para que ele se sentasse.

"Como você está?"

"Bem. Obrigada pela ajuda", ela disse. Tirava roupas da mala menor e colocava na maior. Dobrava-as sem pressa.

"Eu estava passando por aqui e resolvi dar um oi."

"Fez bem. Eu tinha mesmo que te agradecer por ontem."

"Não foi nada. Fico feliz que esteja bem."

"Com uma dor de cabeça enorme, você quer dizer."

"Ou isso. Daqui a pouco passa."

Clarice se agachou para pegar um casaco, e Téo pôde ver o curativo no joelho ralado.

"Vai viajar?", ele perguntou.

"Hoje mesmo. Para me dedicar ao roteiro. Eu e o notebook. Quero terminar logo."

"Vai pra onde?"

"Teresópolis. É meu recanto espiritual, meu lugar de introspecção. No Rio, a gente gasta muito tempo, dinheiro e energia com coisas inúteis."

"Quando você volta?"

"Não sei. Dá vontade de ficar por lá. Meu pai está viajando a trabalho e minha mãe não tem de quem encher a paciência. Fica buzinando no meu ouvido. Preciso de um tempo das pessoas, às vezes. E entrei de férias da faculdade. Devo ficar três meses."

"E o Natal?"

"Não sei se volto pro Natal."

"Pensei que podíamos jantar juntos hoje."

"Vou subir a serra assim que terminar isso aqui. Quem sabe quando eu voltar?"

Clarice escorria por seus dedos.

"Também tenho que esperar isso tudo pra ler o roteiro?"

"O meu?", ela sorriu para ele. "Quer mesmo ler?"

"Claro."

Ela disse que voltava logo e tomou o corredor. Téo não sabia como reagir. A desordem da sala ao mesmo tempo o incomodava e atraía seu interesse. Quis conhecer o quarto de Clarice, quis saber tudo sobre a vida dela naquele instante. Três meses era tempo demais.

"Ainda não está completo. Não rendeu nada esses dias. Mas já dá pra ter uma noção", ela disse ao voltar. Entregou a Téo um bloco de folhas grampeadas.

"*Dias perfeitos*", ele leu.

"Foi o melhor que consegui. O argumento está no início, mas ainda não fiz a sinopse. Tenho sérios problemas em escrever sinopses."

"Quer me improvisar uma?"

Ela pensou alguns segundos, franzindo os olhos. Era linda.

"Já expliquei que é um *road movie*, né? Amanda, Priscila e Carol. Três amigas. A Amanda terminou o namoro. As outras duas não, sempre estiveram livres. Elas viajam juntas pra Teresópolis. No mesmo hotel em que vou pra escrever. Hotel Fazenda Lago dos Anões. Chalé com aquecimento, fondue e lago com pedalinhos. Não pega celular. É maravilhoso lá."

"Deve ser mesmo", ele disse. "Continua a história."

"Ah, quando estão no hotel, elas conhecem um gringo, um francês, e decidem viajar com ele pra uma ilha. Vão passando por vários lugares. E vivendo aventuras românticas, algumas trágicas também. Enfim, você vai ler."

"Parece legal."

"Espero que seja. Aceito comentários e sugestões. As críticas devem ser moderadas", ela disse, com uma risada.

"Vou ler e te digo o que achei." Encorajou-se: "Pode me passar o número do seu celular?".

Clarice parou de arrumar as roupas. Sentou na mesa de centro, cotovelos apoiados nas coxas, e olhou para ele:

"Pensei que você já tivesse meu número."

"Não, não tenho."

"No sábado, tem certeza de que você não pegou?"

"Eu não estaria pedindo se tivesse", ele disse, evitando ser ríspido.

"Você até me ligou no domingo. O atendente do IBGE era você."

Todas as coisas bonitas que ele queria dizer para ela sumiram no mesmo instante.

"Não sei do que você está falando."

"Não nasci ontem", ela falava de maneira lenta e segura. "Me ligaram de um telefone esquisito no domingo. Disseram que era do IBGE. O homem, que tinha a voz e o modo de falar muito parecidos com os seus, me encheu de perguntas. Acontece que eu retornei pro telefone mais tarde e um velho me contou que ali era um orelhão em Copacabana."

"Eu não…"

"Curiosamente, o IBGE não tinha nenhuma informação sobre mim. Não sabia meu sobrenome nem minha data de nascimento, porque perguntou minha idade. Além do mais, acho difícil que fiquem fazendo pesquisas por aí num domingo… Alguém tentou me enganar e ligou só pra descobrir informações sobre mim. Então te pergunto: o que você quer de verdade?"

"Clarice, eu… juro que não sei do que está falando. Você deve estar confundindo…"

"Não estou. Você me encontrou de madrugada na Lapa. Vai dizer que estava passando por lá também?"

"Coincidência!"

"E, sem perguntar onde eu morava, você me trouxe pra casa. Sabia meu endereço."

"Você me disse o endereço quando entrou no carro. Você estava bêbada! Acha que eu adivinhei?!"

Ele não sabia mais o que dizer. Era vergonha ou repulsa de si o que sentia?

"Você anda me seguindo. Conseguiu meu telefone no churrasco. Ligou pra você mesmo do meu celular." Ela pegou o aparelho entre o emaranhado de roupas. "Aqui está. Noventa e oito, trezentos e trinta e dois, noventa, noventa. É seu telefone. Quer que eu ligue pra ter certeza?"

"Você não faria isso…"

"Já fiz. Te liguei hoje cedo. Você atendeu com voz de sono. Reconheci na hora. No domingo, você me ligou com aquele papo furado e descobriu onde eu estudava. Começou a me seguir e descobriu onde eu morava. Me seguiu até a Lapa ontem à noite. Se quer saber, agradeço por ter me ajudado. Mas não acha meio doentia essa perseguição?"

"Não tem perseguição nenhuma. E nem sei de que ligação você está falando."

Ela sorriu, sacudindo a cabeça. Parecia muito tranquila ao se revelar mais esperta do que ele. Clarice era o tipo de mulher que agiria com serenidade mesmo se estivesse nervosa.

"Te dou um beijo se você souber meu sobrenome", ela disse.

"Como é?"

"Falei que te dou um beijo se você souber meu sobreno-me…", repetiu, maldosa. "E nós concordamos que eu nunca te disse meu sobrenome. Você anda com tanta sorte; vai que acerta, né?"

"Você daria um beijo em alguém só para provar que está certa?"

"Não quero provar nada. Quero mostrar que suas atitudes têm sido um tanto maníacas. A gente mal se conhece, Téo."

Ele umedeceu os lábios. Desculpar-se seria patético. Clarice desdenhava dele.

"Você não precisa me dar explicações", ela disse. "Sei que às vezes fazemos coisas sem sentido. Mas você deveria ficar longe agora. Isso não é legal, cara. Entendo que tenha gostado de mim. Se quer saber, também gostei de você. Você parece gente boa. Mas não é assim que vai conseguir se aproximar. Isso é coisa de gente doida. Hospício e tudo mais."

"Você está certa, Clarice. Eu sinto muito."

Levantou-se, sem saber por quê. Não queria ir embora.

"Você é realmente muito esperta", ele disse. "Talvez tenha sido isso que me chamou a atenção. No estado em que estava, é incrível que se lembre de tanta coisa…"

Ela voltou a arrumar as malas, como se o assunto fosse passado.

"Tenho ótima memória."

"Então você lembra o que disse pra sua mãe… Quando ela perguntou quem eu era, lembra o que você respondeu?"

"Respondi que você era meu namorado."

Téo se arrepiou ao ouvi-la falar novamente. Ganhava contornos de realidade.

"Então por que disse isso?"

"Disse por dizer. Minha mãe é um saco. Sempre reclama dos meus namorados. Aquele fuma maconha, o outro é pobre, aquele outro fuma maconha e é pobre. E reparei que ela gostou de você: cabelo arrumadinho, não fede nem fuma. Faz medicina, é educado e trouxe a filhota bêbada até em casa sem um estupro no caminho. Ela gostou de você. Por que não dar um pouco de alegria pra velha?"

"A gente faz mesmo coisas sem sentido. Não sei por que estou aqui, Clarice. Apenas sei que quero estar, entende? Gostei de escutar o que você disse ontem. Mas também não sei por que gostei. Apenas quero, apenas gosto. Gosto de você. E quero que o que você disse pra sua mãe seja verdade, que não seja só pra *dar um pouco de alegria pra velha*."

Encarou-a, sentindo que tinha acabado de fazer um belo discurso. Ela riu:

"Eu já passei por isso. Acontece com todo mundo. Sobra ansiedade, falta o sono. E, ainda que bizarra, achei boa sua ideia: pegar meu celular e ligar pro seu telefone."

"Me dá uma chance?"

Ela balançou a cabeça de leve, quase imperceptivelmente. Terminou de arrumar as malas e fechou a menor, vazia. Esticou os braços e o tronco, relaxando o pescoço.

"Não é assim que funciona", disse. "Nós nunca daríamos certo. Podemos ser amigos. Você não faz meu tipo: muito certinho, muito tradicional. Gosto de aventuras. Loucuras, sabe? Você ficaria de saco cheio do meu jeito. E eu ficaria de saco cheio do seu também."

Clarice parecia daquelas mulheres que nunca iam se casar: sozinhas e autossuficientes.

"Não custa tentar", ele disse. Deu um passo e esticou o presente. "Veja aí, comprei pra você."

Ela desembrulhou.

"Você me disse que nunca leu nada dela. Achei que fosse gostar."

"Obrigada. Vou tentar ler sim." Ela deixou o livro sobre a mala.

"Por que não pensa melhor no que te falei?"

"Já disse, podemos ser amigos."

Ela soava irritadiça.

"Não quero ser seu amigo. Eu não consigo…"

"Ah, que merda! Estou tentando não ser uma escrota, mas você não dá trégua!"

"Você não entende que…"

"Pega seu livro e me esquece. Na boa, finge que a gente não se conheceu. Esquece o que eu disse ontem, o.k.? Eu estava bêbada. Foi da boca pra fora. Não me enche mais. Não quero que você me ligue, nem que me siga, nem que me mande presentes."

"Clarice, eu…" A sensação de vergonha retornou com toda a força. "Não gosto que fale assim comigo."

Ele se aproximou, tocou o braço dela. Clarice recuou:

"Não me interessa o que você gosta ou não. Vai se foder, cara! Tentei ser legal, mas não dá! Se você tem problemas com mulheres, come uma puta, sei lá."

Clarice continuava com os insultos. A voz rouca e doce era a mesma, os trejeitos também, mas aquela era outra mulher. Não era sua Clarice. Ele avançou, precisando calá-la. Ergueu o livro e bateu violentamente na cabeça dela. Clarice contra Clarice. Bateu mais vezes, até que ela ficasse quieta.

O corpo magricelo tombou sobre a mesa de centro. Sangue escorreu da nuca, tingindo um par de blusas no chão. A capa do livro, antes uma figura amorfa de cores claras, também se manchou de vermelho-escuro. Clarice não se movia. Ele testou a pulsação: viva, ainda.

O alívio não foi suficiente para vencer o tremor das pernas. Olhou para a porta, pressentindo a chegada de alguém. Passos no assoalho. Sua imaginação o impedia de se mover. Ninguém apareceu. Ele era coerente, racional, inabalável; acabaria descobrindo o que fazer. A paz imóvel de Clarice incitava seus nervos numa brincadeira sádica.

Abriu as duas Samsonite cor-de-rosa, transferindo as peças da maior para a menor. Espremeu as roupas na mala pequena, fazendo correr o zíper com alguma dificuldade. Espremeu Clarice na mala grande, deixando uma fresta para que ela respirasse. Arrumou as roupas que sobraram no sofá. Guardou o celular dela no bolso.

Colocou as duas malas de pé, próximas à porta. Conferiu se Clarice estava confortável naquela posição. Arrastou a mesa, enrolou o tapete manchado de sangue. Estudou o movimento na rua: poucos passantes, todos distraídos. Guardou tapete e malas no bagageiro do carro. Checou mais uma vez se ela parecia bem. Devolveu a mesa de centro ao lugar, trancou a porta da casa e deu partida no Vectra.

# 5.

NUMA TENTATIVA DE SE ACALMAR, Téo refletiu que estava com sorte (o que era engraçado, pois não acreditava em sorte). A ida da mãe a Paquetá permitia esconder Clarice em casa até que ele decidisse o que fazer. Além disso, a viagem ao hotel fazenda em Teresópolis faria com que os pais dela não estranhassem de imediato o sumiço da filha.

Téo subiu pelo elevador de serviço. Sansão se aproximou da porta, cheirando as malas. Abanava o rabo e latia alto. Téo mandou que o cachorro ficasse quieto. Estendeu Clarice na cama — ela parecia um anjo, ainda que estivesse um pouco amarrotada.

A mala maior, modelo Aeris Spinner Pink, não cabia debaixo da cama e ele teve que esvaziar a parte de cima do armário para guardá-la. Buscou gaze e antisséptico no banheiro. Cuidou dos ferimentos na cabeça de Clarice: havia um pequeno corte na nuca que ele não sabia direito de onde tinha vindo. Furtivamente, aproveitou para acariciar seus cabelos castanhos. Como eram macios!

Descalçou as sapatilhas dela, incomodado com a aparência de desconforto que lhe transmitiam. Lembrou-se de Clarice fotografando no parque Lage: ela andava com displicência e calçava aqueles mesmos sapatos sem salto, o que a diferenciava das outras mulheres, sempre pintadas em excesso e montadas em plataformas.

Acompanhou sua respiração, sintonizando-a à dele. Sentou na beirada da cama, observando-a de perto, mas ainda a uma distância respeitosa. Não queria parecer doente ou maníaco. Com o tempo, ele ia provar a Clarice que ela estava errada. Jamais seria capaz de cometer abusos: faltava-lhe o instinto animal que os homens ganham ao nascer. Essa era apenas uma de suas qualidades. Se houvesse mais gente como ele, o mundo seria melhor.

Clarice logo acordaria e pediria para ir embora. Desceria as escadas, indignada, a mão esquerda pressionando o ferimento, a direita com o Vogue de menta nervosamente tragado. Esbravejaria mais ofensas, atenta a qualquer novo ataque. Ele seria preso, execrado publicamente. Em letras garrafais, os jornais o chamariam de sequestrador.

Sentiu-se mal: era a primeira vez que se via como vilão. Ao enfiar Clarice numa mala e trazê-la para casa teria se tornado criminoso? Nada havia sido premeditado, tampouco queria resgate. Queria apenas o melhor para Clarice. O golpe na cabeça tinha sido um gesto impensado, absurdo. Ele estava sinceramente arrependido. Talvez devesse dizer isso a ela. Que estava arrependido.

E se ela não o perdoasse?

Não podia soltar Clarice. Não podia deixá-la ir embora até que previsse como ela reagiria. Ainda que não fosse à polícia, ela evitaria ficar perto dele — e isso também seria insuportável. A ideia de matá-la passou como uma lufada, mas foi imediatamente posta de lado. De morta, bastava Gertrudes.

Assobiou uma melodia por impaciência ou nervosismo. Sansão latia sem parar, as patas compridas arranhavam a porta do quarto. Ele não queria que o cachorro cheirasse Clarice ou as malas escondidas. Saiu do quarto e trancou a porta por fora. Prendeu Sansão na área de serviço.

Lavou o rosto no banheiro. O estresse escorria com a água. Encarou o espelho e achou-se inesperadamente bonito, como se a graciosidade de Clarice o tivesse contagiado. O rosto pálido trazia uma beleza distinta, em harmonia com o sorriso no canto da boca. Mexeu nos remédios do armário até encontrar a caixa de Hipnolid, o tranquilizante que a mãe tomava para dormir.

Ao chegar em casa, Patrícia estranharia se encontrasse Sansão latindo. Melhor sedar o cachorro para que só acordasse na manhã seguinte, quando ele já saberia o que fazer com Clarice. Abriu a boca do cão e enfiou-lhe um comprimido goela abaixo. Dez minutos depois, Sansão estava quieto.

Voltou ao quarto, mas abriu a porta devagar, considerando a possibilidade de Clarice ter acordado e estar à espreita, pronta para atacá-lo. Logo depois, condenou-se pela violência dessa ideia. Enquanto deslizava os olhos pelo pescoço dela num divertido jogo de contar sardas, Clarice se moveu timidamente. Entreabriu os olhos, nauseada, e ele ficou sem reação. Pedia desculpas ou mostrava-se inabalável? Complacente ou ditatorial?

Ela franziu o cenho e ajeitou os cabelos. Seus movimentos eram lentos. Passeou os olhos pelos móveis. Gemia de dor. Téo correu ao banheiro, deixando dois comprimidos caírem na mão. Esmigalhou o remédio e dissolveu num copo d'água.

"Bebe."

Ela fechou o rosto, ainda zonza. Parecia muito assustada também.

"É pra sua dor de cabeça. Vai melhorar."

Evitava frases longas, pois não gostava de mentir para ela. Clarice bebeu. Devolveu o copo à cabeceira e moveu os lábios, sibilando uma pergunta. A voz falhou, e ela tentou novamente:

"O que você está fazendo comigo?"

O tom dela o entristecia. Saiu do quarto, dizendo que não demorava. Na sala, zanzou de um lado para outro, sem ter para onde ir nem voltar. Cinco, dez, quinze, vinte minutos. Ao retornar, ela dormia outra vez.

O sex shop ficava a três quadras do prédio, na esquina da Hilário de Gouveia com a avenida Nossa Senhora. Téo sempre tivera curiosidade de entrar ali. Achava divertido que aquele lugar, com cartazes prometendo striptease e filmes eróticos de entrada franca, ficasse ao lado da igreja que frequentava com a mãe aos domingos. Pecado e redenção em harmonia.

Ele sabia que ia se arrepender assim que entrasse no sex shop. Podia imaginar o que vendiam ali — e apenas sua imaginação já lhe causava náuseas. Por isso, adiava a visita. Adiaria eternamente não fosse a necessidade.

Evitou encarar a parede de vibradores e pênis plásticos em diversos tamanhos, cores e larguras, todos pavorosos. Avançou pelo corredor, cercado por cintas de couro, chicotes e fantasias de pouco tecido. Uma vendedora magricela perguntou se podia ajudar e ele fingiu indecisão. Deixou que a mulher apresentasse a loja: anéis penianos, lubrificantes, preservativos com sabor de fruta.

"Temos também de chocolate, senhor."

Ela espremeu duas gotas de gel comestível sabor morango nas costas da mão de Téo e mandou que ele provasse.

"Você quer dizer lamber?"

"É."

A mulher listava as qualidades do produto como quem vende eletrodomésticos. Ele não queria passar a língua naquela coisa gosmenta. E se passasse mal? Provou, vigiado pela vendedora, e pediu por algemas. Viu diversos modelos, escolheu os mais resistentes, com chave reserva e sem trava de segurança. Ela não se importava que ele parecesse um sadomasoquista.

Perguntou se vendiam mordaças.

"Temos várias. Mordaça de bola, de madeira. Tem também com argolas, que deixa a boca bem aberta, sabe? Pro oral..."

Ele estava chocado com a criatividade dessa gente. A vendedora continuou:

"Tem ainda o arreio de boca com mordaça, com regulagem na nuca por fivela. E a mordaça estofada também, claro. Esta aqui. Pra deixar ela bem submissa, entende? A parte estofada entra na boca, até a garganta. Ela fica quieta e toda sua."

"Entendi."

"Tem também a coleira. É uma coleira larga com mordaça. As mulheres adoram. Vou pegar no estoque."

"Não precisa."

"Quais vai querer então?"

"As duas últimas. Essa com arreio de boca e a estofada."

"As algemas?"

"Seis."

Ele notou que a quantidade impressionou a vendedora.

"E o gel?"

Comprou um, para desviar a atenção. Já no caixa, notou duas barras rígidas, forradas em couro, com algemas nas extremidades.

"O que é aquilo?"

"Separador de pernas e braços", a mulher disse. Colocou o produto nas mãos de Téo. Pesava bastante. "É um afastador, com tornozeleiras e algemas. Tem ainda cadeados, reguláveis por fivelas. Cada um desses varais afastadores tem setenta e cinco centímetros de comprimento. E é uma opção bastante versátil. Pode usar não só como separador de pernas ou de braços, mas também como algemas e tornozeleiras avulsas. Veja, eles se conectam por esses mosquetões e formam um só. Uma espécie de xis com dois varais."

"Vou levar também."

Vestiu o arreio de boca com mordaça em Clarice. Deitou-a no colchonete, pois não queria que ela ficasse com o corpo dolorido. Empurrou-a para debaixo da cama, algemando seus tornozelos aos pés do móvel. Trocou o lençol e forrou a cama de modo que as algemas ficassem cobertas. Escreveu um bilhete para a mãe.

Chegou de carro ao laboratório de patologia da universidade. Pegou sua gaiola de camundongos no biotério e foi à sala de pesquisas, onde havia outros estudantes. Na geladeira, encontrou três ampolas com solução de Thiolax, um anestésico usado em injeções intraperitoneais nos camundongos, bem mais eficiente que Hipnolid. Guardou as ampolas em meio à serragem da gaiola por onde os ratinhos zanzavam. Durante vinte minutos, fingiu inferir resultados. Quando saiu, garantiu que ninguém estava no corredor e escondeu as três ampolas no bolso do jaleco.

Pouco depois, estava em casa. Patrícia havia chegado e assistia à TV. Disse ao filho que o dia tinha sido cansativo e que precisava dormir.

"Sabe onde deixei a caixa aberta de Hipnolid, querido?"

Ele se condenou por ter se esquecido de devolver o remédio ao armário. Na pressa de atender Clarice, havia largado a caixinha na mesa de cabeceira. Imaginou o risco que correria se ela tivesse procurado sozinha: entraria no quarto dele, talvez olhasse debaixo da cama. Era sorte ter a mãe entrevada naquela cadeira de rodas.

Disse a ela que não sabia do Hipnolid.

Patrícia desligou a TV e avisou que voltaria a Paquetá no dia seguinte com Marli — a vizinha estava expondo suas pinturas numa feira de artesanato. Ele trancou a porta do quarto e devolveu Clarice para cima da cama.

Eram quatro da manhã quando ela ameaçou abrir os olhos. Téo se aproximou com a seringa. Encontrou uma veia no braço direito e injetou a solução de Thiolax. Clarice ficou inerte quase no mesmo instante, bela adormecida. Enquanto não soubesse o que fazer, teria que mantê-la sedada.

# 6.

TÉO ACORDOU ASSUSTADO. Havia tido um pesadelo em que perseguia Clarice numa floresta escura, e as imagens ainda estavam muito vivas em sua mente. Olhou para ela na cama, mediu seu pulso. Clarice dormia indiferente a perseguições em cenários inóspitos. O perfume dela envolvia os lençóis. Era delicioso, mágico. Tinham passado sua primeira noite juntos.

Patrícia girou a maçaneta e, sem conseguir entrar, bateu na porta:

"Abre logo, Téo."

O tom era de pressa e desgaste. Ele escondeu o Hipnolid no armário, junto das malas, e devolveu Clarice para o colchonete debaixo da cama. Achou melhor não algemá-la; seria muito azar se ela acordasse agora. Entreabriu a porta com ar sonolento e deu um beijo na testa de Patrícia. Ela usava um vestido roxo e brincos de argola dourados.

"Por que demorou tanto?"

"Estava dormindo, mãe."

Ela espichava os olhos para dentro do quarto.

"Você nunca tranca a porta. O que está acontecendo?"

"Devo ter acordado durante a noite. Ido ao banheiro ou coisa assim. E tranquei sem querer quando voltei."

"Trancou sem querer? Que estranho."

"Estranho?"

Ele deu dois passos para fora do quarto, forçando Patrícia a recuar para a sala. As rodas giraram, ansiosas.

"Você está esquisito", ela disse. "E o Sansão está preguiçoso como nunca vi. Ofereci biscoitos, ele mal se levantou. Ficou me olhando com aqueles olhinhos mareados."

"Acha que ele pode estar doente?"

"Não sei, mas ele pode ter comido minha caixa de Hipnolid."

Sansão tinha todo um histórico contra si: já mastigara correspondências e destruíra sandálias.

"Não exagera, dona Patrícia! Onde você deixou o remédio na última vez?"

"No armário do banheiro, acho. Agora não tenho certeza."

"Vou te ajudar a procurar."

"Tive um sonho ruim hoje. Sonhei que uma desgraça acontecia com você. Uma verdadeira desgraça, meu filho. Não consegui dormir o resto da noite."

"Que desgraça?"

"Não lembro."

Téo acariciou os cabelos tingidos da mãe e pediu que ela se acalmasse.

"Também tive um sonho ruim. Mas não era comigo", ele disse. "Na verdade, não era nada de mais. A maioria dos sonhos não é nada."

"Eu sei, mas... estou sentindo um vazio. Um vazio tão grande, meu filho. Não sei explicar. Só sei que ele está aqui dentro. E eu sinto." Ela olhava para ele de um jeito muito desagradável. "Não faz besteira, Téo. Pela sua mãe que te ama."

"Eu também te amo", ele disse porque deveria dizer.

Sansão entrou na sala, ainda levemente grogue. Aninhou-se às pernas de Patrícia e lambeu as panturrilhas dela.

"O.k., o.k., tenho o Sansão também." Ela sorriu, enxugando as lágrimas dos olhos. "Mas o pior que ele pode fazer é devorar objetos pela casa."

"Não vou fazer nada, mãe."

Sansão foi até a porta do quarto e soltou um latido e mais outro e mais outro. Rosnava, mostrava os dentes.

"Você está escondendo alguma coisa aí dentro?"

"Não é nada."

"Eu quero entrar."

"Confia em mim."

"Quero entrar no quarto. Pode sair da frente?"

Ele sacudiu a cabeça.

"Sai da frente. Quero ver o que tem aí."

"Não, mãe."

"Téo, estou com pressa. O que você anda escondendo de mim?"

"O.k., você venceu. Estou com uma garota. Ela passou a noite aqui."

"Uma garota?"

A mãe esperava ouvir qualquer coisa, menos aquilo.

"O nome dela é Clarice. Estamos quase namorando. Desculpa não ter falado."

"Quero ver a menina."

"Ela está dormindo."

"Não tem problema, vejo ela dormir."

"Ela está nua, mãe."

"Você entra e coloca o lençol em cima do que for devido. Acho que está mentindo pra mim. Não tem uma menina aí dentro."

Téo suspirou.

"Espera um instante."

Levantou Clarice do colchonete, evitando fazer barulho. Ela cheirava a naftalina. Deitou-a na cama, ajeitou a cabeça no travesseiro, de lado, escondendo o ferimento na nuca, e cobriu o corpo com edredom. Guardou algemas e mordaças no armário.

Abriu a porta.

"Seja rápida. Não quero que ela acorde e dê de cara com você no meu quarto."

A mãe concordou, olhos arregalados. Aproximou-se da cama.

"É linda sua namorada", disse, com um sorriso.

Ele ficou satisfeito. Clarice merecia mil elogios. Sansão entrou no quarto e foi enxotado. Patrícia saiu logo depois.

"Desculpa ter desconfiado de você. Fico feliz que esteja namorando. Parece uma moça tranquila."

A campainha tocou e ele correu para abri-la. Era Marli num vestido de brilho exagerado. Chamou por Patrícia e disse que estavam atrasadas. Beijos de despedida, votos de boas vendas na feira em Paquetá; Téo ficou sozinho. Sansão voltou a latir. Ele não podia ficar sedando o cachorro para sempre. Tampouco queria fazer o mesmo com Clarice. Agora que Patrícia sabia da existência dela, não poderia dizer que ela ainda dormia quando a mãe voltasse. Sentiu a garganta apertar. Seu tempo se esgotava.

Colocou dois comprimidos de Hipnolid na ração do cachorro, que a devorou tão logo ele serviu a tigela. Pouco depois, uma paz silenciosa dominava o apartamento. Aproveitou para relaxar.

Por volta do meio-dia, um ruído o assustou. O celular de Clarice tremelicava no armário. O toque era uma versão instrumental de "Highway to Hell" do AC/DC. No visor, "Helena". Téo desligou o aparelho, sentindo-se mal. Em pouco tempo, havia cometido erros graves: se esquecera de guardar o Hipnolid, deixara o celular de Clarice ligado e — pior — agora sua mãe perguntaria pela namorada, marcaria jantares e pediria para conhecer a família.

Buscando se acalmar, arrumou as roupas de Clarice. Estavam amassadas, lançadas à Samsonite cor-de-rosa no desespero do dia anterior. Encontrou o livro que havia comprado de presente e, ao lado, o roteiro de *Dias perfeitos*. Guardou o livro na gaveta de cabeceira. O sangue na capa era uma chaga: a mancha tinha avançado pelo nome da autora e só era possível ler "ice Lispector" sob o título. Ele queria que Clarice lesse o livro, sabia que ela ia gostar, mas teve a impressão de que ela havia desdenhado do presente.

Enxergava Clarice como um diamante bruto. Todo relacionamento pressupõe troca, um escambo de favores, de maneira que os dois polos se seduzam mutuamente, relegados às próprias surpresas. Téo fora surpreendido por Clarice: alertado pela beleza, enlaçado pela espontaneidade e condenado pelo beijo com sabor de *gummy* de limão. Sabia também que podia surpreendê-la. Era um homem de qualidades: culto, com futuro; seria um bom pai (na verdade, nunca havia pensado em ter filhos, mas agora a ideia não parecia ruim) e um bom marido (sabia como as mulheres mereciam ser tratadas). Não era bonito, tampouco era feio.

De todo modo, a estética aguça, mas não mantém uma relação: falta-lhe algo de emocional para merecer poderes maiores. A força conectiva está, sim, na permuta, na entrega e na descoberta. O termo "simbiose" pareceu apropriado. Buscou no dicionário a definição exata. Era isso: "associação entre dois seres que vivem em comunidade, na qual ambos têm benefícios, ainda que em proporções diversas, de modo que um não é capaz de viver sem o outro".

Recostado na cadeira giratória, Téo folheou o roteiro. A leitura de *Dias perfeitos* era uma porta para novidades. Quantas nuances de Clarice seriam reveladas? Como a criança que guarda o melhor pedaço da torta para o final, ele adiava abocanhar o texto. Preferia desvendá-lo como um bom vinho: primeiro o rótulo, depois o aroma e, então, o sabor. Lia frases soltas, sem atentar para o conteúdo. As personagens da história eram bastante desbocadas. Clarice escrevia como falava: frases curtas e ousadas, poucas inversões sintáticas.

Deixou o roteiro de lado. Temia decifrá-la e concluir que não havia nada de especial ali; apenas uma variação falsamente promissora de todas as outras garotas que havia conhecido, apáticas e sem talento.

Voltou a empilhar roupas. Num compartimento da mala menor, encontrou a câmera fotográfica que tinha visto Clarice usar no parque Lage. Transferiu as fotos para o computador e passou uma a uma na tela. Sorriu nas que Clarice sorria, relembrando onde estava no exato instante em que ela fazia determinada pose. Excluiu aquelas em que a amiga aparecia, cabelos sebosos e sorriso promíscuo. Fazia um favor a Clarice: com certeza ela não desejava ter lembranças da garota que havia forçado aqueles beijos lésbicos.

Apenas por curiosidade, abriu o Photoshop. Selecionou fotos suas e, entre recortes e colagens, criou novos momentos: os dois abraçando a árvore, os dois caminhando pelo jardim, os dois sentados no banco de madeira. Numa montagem mais ousada — e quase perfeita — colocou Clarice com a cabeça deitada em seu colo, o lago com chafariz ao fundo. Ela sorria e parecia gostar do cafuné que recebia nos cabelos. Téo também sorria. A foto era tão verdadeira quanto as que a tinham originado. Escolheu essa para a tela do monitor. Selecionou outras (apenas as mais bonitas, mas era tão difícil escolher as mais bonitas!) e salvou num CD: trinta e uma fotos; vinte e sete só dela e as restantes dos dois juntos. Saiu de casa, deixando Clarice sedada sob a cama, sem amarrá-la — era um voto de confiança. Caminhou três quadras para mandar imprimir as fotos.

A tarde se estendeu preguiçosa. Quatro horas mais tarde, Téo voltou à loja. Escolheu um álbum de capa dourada, que parecia apropriado ao estilo clássico de Clarice. As fotos tinham ficado fantásticas. Eram um casal de verdade, estampado nas capinhas plásticas do volume fotográfico. As imagens ganhavam tom de preleção, registravam momentos que viveriam juntos. Ele estava emocionado. Teve vontade de mostrar as fotos à vendedora da loja ou à velhinha que perguntava se ali vendia pendrive.

Ao pegar a carteira no bolso, sentiu o celular vibrar. Era o telefone de casa. Seria sua mãe? Já tinha voltado de Paquetá? Tinha percebido que havia algo errado? Atendeu, nervoso. Só pensava em Clarice. Patrícia gritava e chorava, dizendo frases que ele não compreendia. Pediu que ela falasse devagar. De nada adiantou. Demorou mais dois minutos para entender. Sansão tinha morrido.

# 7.

AO ENTRAR EM CASA, TÉO ENCONTROU O CACHORRO ENROLADO NA MANTA. Acariciou-o e colocou dois dedos diante do nariz gelado. Nada. Na sala de estar, Patrícia tremia na cadeira de rodas, amparada por Marli, cheia de consolos transcendentais. O cachorro cumpria um papel fundamental na vida da mãe: ela precisava se sentir *verdadeiramente* amada por alguém.

Téo disse que lamentava muito. No fundo da despensa, encontrou a caixa de papelão que tinham usado para transportar a TV na mudança e colocou o golden ali dentro.

"Vamos enterrar o Sansão. Um enterro digno", ela pediu.

Téo sentou na poltrona, encarando o choro de Patrícia, tão sincero quanto se ela tivesse perdido o próprio filho. Ele jamais choraria assim por alguém. Por Clarice, talvez. Mas precisaria fazer certo esforço.

"Vamos levar o corpo numa veterinária", ela disse. "Quero saber do que meu bebê morreu."

O luto era exagerado. Bastava comprar outro cachorro. Às vezes, ela parecia esquecer que não tinham a mesma vida de antes. Saber a causa da morte era um gasto inútil e só traria problemas. Téo não acreditava que era responsável por aquela morte, mas a possibilidade de que o exame cadavérico indicasse a presença de comprimidos no estômago do golden o preocupava.

Quando saíra para buscar as fotos na gráfica, ele havia deixado Clarice no colchonete debaixo da cama. Tinha forrado o colchonete com um lençol, pois o chão estava frio. Agora, um cheiro acre de urina preenchia o quarto. Encontrou a mancha no pijama de Clarice. Teve nojo. Depois, condenou a reação. Não podia ter nojo da mulher que amava. Ela estava descansando e não tinha como ir ao banheiro.

Seria arriscado arrumar Clarice com Patrícia e Marli por perto. Elas poderiam entrar no quarto a qualquer momento — naquele estado de nervos, a mãe não toleraria a porta trancada. Borrifou perfume e voltou à sala.

"Entendo que você queira fazer a necrópsia", disse. "Se é isso o que quer, vou apoiar."

Patrícia enxugou os olhos, ensaiando um sorriso para o filho. Ele continuou:

"Mas custa caro. E não temos dinheiro pra esbanjar."

"Tenho minhas economias, Téo. Preciso saber do que o Sansão morreu. Até pouco tempo ele estava tão bem…"

"Ele já tinha dez anos, mãe! A gente cuidou dele com carinho. Fez ele feliz enquanto era tempo. Não adianta remoer agora."

"Acho que ele comeu o meu Hipnolid. E não vou conseguir…" A mãe soluçava. "Não vou conseguir dormir em paz enquanto não tiver certeza de que ele não morreu por uma idiotice minha. Estou me sentindo péssima…"

"Não fica assim. Pra que saber se ele comeu ou não o Hipnolid? Já aconteceu. Tudo o que podemos fazer agora é dar um enterro merecido ao Sansão."

"Quero a necrópsia. E se eu causei a morte dele? É como matar um filho."

"Não acho que tenha sido o Hipnolid. Como o Sansão entrou no banheiro e devorou uma caixa de remédios sem deixar vestígio? Tenho certeza de que vamos achar essa maldita caixinha caída em algum lugar bem escondido e, mais dia menos dia, esclarecer tudo isso."

"É, minha amiga, fica calma. Ele tem razão", Marli disse, sentada no braço da poltrona. "Não faz sentido que o Sansão tenha comido o remédio, com plástico e tudo. Você lembra quantos comprimidos tinha na caixa?"

"Sim, controlo a cartela pra não tomar repetido."

Téo sabia que a mãe mantinha anotações num caderninho com cada pílula ingerida. Por isso, não podia fingir encontrar a caixa de remédios ao acaso.

"Vou me arrumar", Patrícia disse. "Quero achar uma veterinária aberta ainda hoje."

Em dez minutos, estava pronta. Avisou ao filho que ele não precisava ir caso tivesse outros compromissos. Ela e Marli tomariam um táxi. Téo buscou um último argumento:

"Se fizerem a necrópsia no Sansão… Vão abrir o corpo dele, sabe? Ele vai ter que ser cremado."

Sabia que a mãe valorizava enterros e não suportava a ideia de um corpo nas chamas do crematório. Mas Patrícia disse que não havia problema: se não pudessem enterrá-lo, aceitaria a cremação.


Ao levar Clarice para o box do banheiro, Téo ficou deprimido por vê-la naquele estado, torta e mijada, como uma doente mental. As cores do ambiente perderam o tom vibrante e a fumaça da água quente o sufocou.

Tomou o cuidado de fechar a janela que dava para os fundos e molhou o rosto dela. Retirou a gaze que cobria o ferimento na nuca, guardou no bolso a pinça e a tesourinha de cortar unhas: não queria objetos pontiagudos ao alcance da vista. Colocou Clarice na direção do chuveiro, sentada no banquinho plástico que Patrícia usava para tomar banho.

"Vamos, não caia. Segura aqui", ele disse. Colocou as mãos dela no corrimão do box. "Tira a roupa suja e toma um bom banho. Deixei um vestido limpo no cabideiro. A toalha é essa aqui. Não demora muito, o.k.?"

Cogitou algemar o punho de Clarice à torneira, mas achou desnecessário. Ela mal conseguia ficar de pé. A água escorria pelo rosto, molhando a roupa que delineava o corpo esguio. Téo fechou a porta do box para não molhar o tapete. Inebriado, saiu do banheiro.

Da sala, acompanhou os sons. O jato d'água contra o azulejo, o chuveiro sendo desligado e o leve riscar da porta de correr do box. Esperou mais cinco minutos para entrar. Clarice estava no chão. Já usava o vestido que ele tinha escolhido; um de flores amarelas, bem caseiro. A pele quente cheirava a banho demorado. Téo secou-lhe os cabelos. Notou também a tatuagem que ela tinha na altura do ombro esquerdo: três estrelinhas coloridas — verde, azul e roxa. Na primeira vez que se encontraram, ele havia visto apenas parte do desenho sob a blusa. Agora, as alças finas davam uma visão completa das estrelas de traços irregulares, como se feitas por uma criança. Sorriu e estendeu a mão para ela. Clarice segurou seu punho e o apertou com força, querendo dizer algo. Fincou os olhos nele. Ela tinha chorado?

Téo a deitou na cama. Fez carícias em seu rosto e perguntou se ela estava bem. Clarice articulava palavras desconexas, frases perdidas na língua que brotava da boca seca.

Ele buscou uma maçã e uma faca pequena na cozinha. Fatiou a fruta, pedindo a Clarice que mastigasse devagar e tomasse cuidado para não engasgar. Ela não comia desde o dia anterior, e ele não queria vê-la murchar por sua causa. Zelar pela saúde do outro era essencial em um bom relacionamento. Serviu-lhe meia maçã: ela mastigava com os lábios, deixando escorrer um filete de saliva pelo queixo e pelo pescoço. Téo enxugou o queixo de Clarice e pediu que comesse direito. Caso necessário, poderia servi-la para sempre. Gostava de vê-la comer aos pouquinhos, tão carente de cuidados. Como também estava com fome, comeu a outra metade da maçã.

Substituiu o cenário do quarto minúsculo pelo parque Lage — vegetação colorida, brisa ventilando os piqueniques. Queria que aquela felicidade fosse eterna. Deixou que Clarice comesse em seu ritmo e gostou quando ela — boca aberta — pediu por mais.

"Quero ir embora", ela disse, finalmente. Sua voz estava mais firme.

"Precisamos conversar."

"Quero ir embora."

"Não vou te prender aqui. Fica calma."

Clarice não estava calma. Agitava o corpo, tomada de raiva. Falava alto e de um modo grosseiro que o afugentou. Ele teve que usar da força para dominá-la. Prendeu uma algema em seu punho e outra no bíceps, impedindo que ela movesse o braço. Contrariado, injetou nova dose de Thiolax — dessa vez no braço esquerdo, pois o direito apresentava um disforme círculo roxo da aplicação anterior.

**69**

Descansou na cadeira giratória. Aos poucos, o mal-estar arrefecia. Buscou o celular de Clarice no armário e o religou. Quatro mensagens pipocaram na tela. A primeira era de Laura, que ele deduziu ser a amiga que havia abusado de Clarice. Enviada na terça à tarde, Laura agradecia a noite anterior — ela usava os adjetivos "ótima" e "inesquecível" para descrever essa noite — e sugeria uma conversa, caso Clarice estivesse confusa com o *ocorrido*. Terminava mandando beijinhos infinitos e dizendo que aguardava ansiosamente — o advérbio estava lá, abusado — um retorno. Téo apagou a mensagem.

A seguinte trazia o número de ligações perdidas. Quatro de Helena; três de Breno e outras três de Laura. Téo quis saber quem era Breno. A imagem do contato era uma foto do Woody Allen mais jovem. Acessou as conversas que Clarice já tivera com ele e notou que a terceira mensagem era justamente de Breno, enviada naquela manhã: pedia desculpas pelo acesso de ciúmes, dizia que precisava conversar com ela e que ainda a amava. Em nenhum momento chamava Clarice pelo nome, mas de *amor* no início e de *minha sonata* ao final, antes de repetir um "te amo".

Téo releu: *minha sonata*. O vocativo que Breno usava — além das vezes em que o verbo "amar" aparecia — fez Téo se sentir traído. O rapaz abusava da língua portuguesa e tratava Clarice com um pronome possessivo, como se ela pertencesse a ele.

Téo excluiu o contato e, antes de apagar todas as mensagens dos dois (mais de um ano de conversas), decidiu responder. Foi sucinto, quase grosseiro: "NÃO QUERO CONVERSAR NADA. NÃO TE AMO MAIS. NOSSO NAMORO ACABOU. ESTOU EM OUTRA. ME ESQUECE".

Era madrugada. Téo ouviu a chave girar na porta e foi receber a mãe. Patrícia tinha os olhos inchados, uma caixa de lenços de papel pousada no colo. Carregava o peso da culpa.

"O resultado só sai em vinte dias", disse ao filho. "Preciso dormir."

Ele aproveitou para olhar a última mensagem no celular de Clarice. Era de Helena: "FILHA, ESTOU TE LIGANDO NO CELULAR. FORA DE ÁREA. VOCÊ JÁ FOI PRA TERÊ? ME LIGA QUANDO PUDER E ME DIZ SE CHEGOU DIREITINHO. SEU PAI MANDOU BEIJOS. FICA BEM. TE ESPERO, SUA MÃE. P.S.: VOCÊ SABE ONDE FOI PARAR O TAPETE DA SALA?".

Deitado no sofá, Téo encarava a tela do celular. Sua mente borbulhava, buscando explicações para o sumiço do tapete. Após reler diversas vezes as mensagens anteriores, notou que Clarice tratava a mãe pelo primeiro nome, o que lhe pareceu formal demais. Esboçou algumas respostas, todas insatisfatórias. Procurou no roteiro de Clarice palavras que ela usava com frequência. Minutos depois, encarou o resultado. Não era impecável, mas talvez conseguisse disfarçar por algum tempo. Enviou: "HELENA, VIM PRA TERÊ COM O NOVO NAMORADO. ANDO ESCREVENDO MUITO TAMBÉM. NO HOTEL NÃO PEGA CELULAR, VOCÊ SABE. ESTOU NA CIDADE AGORA. ELE ME TROUXE PRA JANTAR NUM LUGAR LINDO. ACHO MEIO TARDE PRA TE LIGAR. MANDA BEIJO PRO PAI. SOBRE O TAPETE, VEIO COMIGO. É UMA LOOOONGA HISTÓRIA, DEPOIS TE CONTO. NÃO SE PREOCUPA. ESTOU ÓTIMA E FELIZ. UM BEIJO DA CLARICE".

Clarice sorria do banco do carona. Sem que Téo precisasse fazer nada, ela esticou o pescoço e roubou-lhe um beijo. Depois outro e mais outro. Ele não podia responder às carícias, pois dirigia. A estrada desaparecia diante do painel, árvores passavam pelas laterais do veículo. Clarice mordiscou sua bochecha e a sensação foi gostosa. Os dentes protuberantes roçavam-lhe a pele e ele a chamava de "ratinha", um apelido carinhoso que ela não se importava de ouvir; achava divertido até.

Não estavam mais no carro, e sim em uma mesa de amigos, muitos amigos (de alguns, verdade seja dita, ele nem sabia o nome). Contou a história de como tinham se conhecido: o beijo no churrasco, a jogada para conseguir o celular dela (agora todos viam graça naquilo), as insistências, as negativas, o livro da Clarice Lispector como presente (Clarice Lispector?! Gargalhavam mais ainda).

Então se beijavam, para mostrar que continuavam a se amar depois de tudo.

Téo entreabriu os olhos, sentindo-se muito bem. Não queria se levantar porque cada movimento o distanciava do sonho. Fios de luz venciam a persiana e iluminavam parcialmente o rosto de Clarice ao seu lado. Acariciou os cabelos dela e aproximou o rosto, estudando a respiração arfante e os dentinhos que se projetavam para fora dos lábios secos. *Ratinha*. Tinha uma sonoridade intimista. Repetiu mais vezes, em voz alta. *Ratinha, ratinha, ratinha. Minha ratinha.*


A ideia chegou como se estivesse ali o tempo todo com eles, sobre a cama de casal. Eram oito e meia da manhã. Téo se levantou repleto de energia. Tomou banho e vestiu uma roupa confortável. Pegou as malas de viagem no alto do armário. Separou mudas de roupa, cuecas, meias e sapatos; compartimentou acessórios numa maleta. Entre clássicos e contemporâneos, selecionou seus filmes prediletos para ver com Clarice: *Doze ho-*

*mens e uma sentença, O segredo dos seus olhos, Pequena Miss Sunshine.* Pensou em incluir *Louca obsessão,* mas desistiu. O excesso de violência o cansava às vezes.

Na escrivaninha, encontrou a valise com senha — bonita, preta, de couro — que havia ganhado de Patrícia ao entrar na faculdade. Tinha afeição pela valise e guardou nela o roteiro de Clarice, além do livro com a mancha de sangue e das ampolas de Thiolax. Devolveu Clarice à mala. Era incrível como ela era flexível e se dobrava sem dificuldades, feito aquelas escovinhas de dente para viagem.

Desceu pelo elevador dos fundos até a garagem, guardando as Samsonite no bagageiro do carro. Quando voltou ao apartamento, entrou no quarto da mãe para dar bom-dia. Ela estava sentada na cama, verificando faturas de cartão.

"A Clarice me ligou. Disse que vai viajar hoje pra Teresópolis e me chamou pra ir com ela. Passar uns dias lá, acho."

Patrícia levantou os olhos para o filho. O corpo murcho evidenciava a exaustão. Ele continuou:

"Não quero deixar você aqui sozinha. Principalmente depois do que aconteceu com o Sansão…"

"A Marli me ajuda no que eu precisar. Vou ficar bem", Patrícia disse, como ele sabia que ela faria. "Você gosta mesmo dessa menina, não é?"

"Gosto."

"Viaje com ela. Só não deixe de dar notícias."

"Lá não tem sinal. Mas vou ao centro da cidade para te ligar, prometo. Posso ir com o Vectra?"

"Sim, claro. Escreva num papelzinho o nome do hotel. Deixa na porta da geladeira."

"Obrigado, mãe."

Despediu-se com um abraço apertado. Deu a desculpa de que ainda faltavam alguns minutos para o horário que tinha combinado de buscar Clarice e se sentou diante da TV. Quando Patrícia saiu do quarto, Téo abriu as gavetas da cômoda e pegou o antigo revólver do pai. Guardou-o na maleta, pois não havia espaço na valise com senha. Ele estava confiante: viajaria com Clarice para Teresópolis, iria conquistá-la aos poucos e — riu do trocadilho — juntos viveriam *dias perfeitos*.

# DIAS PERFEITOS

*Um roteiro de Clarice Manhães*

> Tem uma peça do Beckett com título parecido. Pensar em outro?

## ARGUMENTO

*[nota manuscrita: Pesquisar nomes]*

O filme começa com um carro (aqueles carros velhos, chiques e abaulados) numa estrada. É noite e, pelos vidros abertos, sai uma fumaça espessa, como se estivessem fumando lá dentro. Logo dá para ver que são três amigas, todas meio alteradas, rindo até chorar. **Amanda** (ruiva, magrela, sardas no rosto) é a motorista do carro. Tem uma expressão meio triste, mas tenta se distrair com as amigas. Pelo diálogo, descobrimos que **Amanda** acabou de terminar um namoro de muitos anos. Priscila (morena, gordinha, cabelo curto, usa óculos de armação grossa, com cara de quem faz PUC), no banco do carona, diz que ela vai ficar bem e que vai esquecer o traste do namorado. A amiga no banco de trás, **Carol** (morena, alta, muito alta, aquele tipo jogadora de vôlei, cabelos curtos), fuma um baseado e parece muita bêbada. Elas chegam ao Hotel Fazenda Lago dos Anões.

*[notas manuscritas à margem: tipo a Rutinha da UERJ; Tipo a Ju]*

**Carol** tem uma doença grave (leucemia) e sabe que vai morrer em breve (isso o espectador só descobre mais tarde). Na primeira noite, elas conversam à beira do lago. **Carol** entrega uma carta às amigas, dizendo que saberão o momento certo de abrir (na carta, **Carol** diz a elas que continuem a viagem caso ela morra). Depois, **Carol** vai dormir. **Priscila** aproveita que ficou a sós com **Amanda** para confessar seu maior segredo: ela é apaixonada pela amiga. **Amanda** não sabe como reagir à declaração de amor e se afasta, indo caminhar na floresta do hotel para espairecer. **Priscila**, atordoada, faz menção de ir atrás e acaba caindo no lago (a ideia é que haja uma dubiedade na cena: o espectador não sabe se ela caiu no lago sem querer ou se tentou suicídio).

*[nota manuscrita à margem: Ver se tem problema usar o nome. Verdadeiro do hotel no filme]*

**Amanda** encontra um homem sentado ao pé de uma árvore, refletindo. Ela acaba puxando conversa e descobre que é um francês. A cena traz um clima

*[nota manuscrita: Vincent]*

romântico e eles conversam bastante (o francês falará português também, com aquele jeito atropelado dos gringos).

Na manhã seguinte, durante o café, **Amanda** apresenta o francês às duas amigas. Rápido, fica evidente que **Priscila** não simpatiza com ele. Alguns quadros se sucedem: elas passeiam de pedalinho, jogam futebol no campo e cartas à noite. Em todas as cenas, o francês está presente.

*Preciso ir lá pra melhorar os detalhes da cena*

Certa noite, o francês diz à **Amanda** que pretende visitar Ilha Grande e a convida pra ir com ela. **Amanda** gosta da ideia e chama as amigas. No dia seguinte, os quatro vão pra lá. No caminho, o pneu do carro fura. Na cena, o francês troca o pneu sem camisa (imagino um cara loiro e forte, tipo um James Dean que fala *au revoir*). A cena não terá muitos diálogos, tudo será dito no olhar. O olhar triste de **Carol**, que sabe que vai morrer. O olhar de inveja de **Priscila**. O olhar apaixonado de **Amanda**. E o olhar misterioso do francês (não revelarei muito quem ele é, nem o que pretende. quero que o espectador compartilhe a angústia de viajar com um desconhecido).

Acabam dormindo em um motel. **Carol** e **Priscila** num quarto. **Amanda** e o francês em outro. A tela se divide ~~em dois~~: no primeiro quarto, vemos o clima pesado entre as duas. Ao mesmo tempo, no outro, vemos **Amanda** e o francês se beijando (é a primeira vez que se beijam) e depois indo pra cama.

*Ver diálogos pra preencher esta parte*

Continuam a viagem até Ilha Grande. Alugam uma barraca ~~de camping~~ e decidem acampar numa praia deserta. Os dias passam. **Priscila** continua a antipatizar com o francês. Em uma cena, ela tenta investigar o cara (procura documentos e informações na mala dele) enquanto ele está no mar com **Amanda**. O francês flagra Carol mexendo em suas coisas e fica puto. Diz que vai embora, que ficou irritado. **Amanda** decide ir com ele pra Paraty.

*Priscila*

*Na verdade, eles fogem juntos.*

Anoitece. Em Ilha Grande, vemos **Carol** e
**Priscila** conversando sobre a partida de **Amanda**. Na
manhã seguinte, **Priscila** percebe que **Carol** está
morta. Ela se lembra da carta e decide lê-la.
Renovada com o que Carol escreveu, **Priscila** lança o
corpo de **Carol** ao mar (ela pede isso na carta) e
passa a encarar a vida de outra forma. Fica claro
para o espectador que, apesar de tudo, **Priscila** está
de bem com a vida.

Corta pra **Amanda** e o francês em Paraty.
Passeiam pelas ruas, visitam lojas bonitas e pontos
turísticos famosos. No almoço, **Amanda** pergunta mais
sobre a vida dele e ele foge do assunto. O francês
diz que quer levá-la para um jantar especial
naquela noite, quando contará tudo o que ela quiser
saber. **Amanda** aceita. No jantar, **Amanda** chega ao
restaurante, mas o francês não aparece. Ela fica
esperando a noite toda, até que o restaurante
fecha. Ao voltar ao hotel, nota que o francês levou
as malas e foi embora. Triste, **Amanda** volta à Ilha
Grande e tenta reencontrar as amigas. Elas não
estão mais lá (**Amanda** não sabe que **Carol** morreu).
Ela continua sozinha, chorando, olhando o mar.
Percebe o quanto errou com as amigas, e decide que
nunca mais vai procurá-las (tem vergonha). Voltamos
a ver **Priscila** feliz, com uma namorada bonita.
Vemos, então, **Amanda** acabada.

Corte. Vemos uma mulher deitada entre os
lençóis, dormindo. Com a aproximação da câmera,
vemos que se trata de **Carol**. Ela acorda assustada
com o som do despertador, como se levantasse de um
pesadelo. Ao lado da cama estão as malas de viagem.
A ideia é que fique no espectador a pergunta: "Será
que a viagem delas *realmente* terá dias perfeitos?".

# 8.

TÉO ESTAVA BEM-HUMORADO, QUASE BOBO. Havia colocado um CD do Caetano Veloso para tocar. Admirava Clarice dormir — um filete de saliva escorria de sua boca até o queixo, e ele o enxugava com carinho. Ainda na garagem do prédio, aproveitando que estava deserta, pusera Clarice no banco do carona, algemada, sem que pudesse bater os pés ou as mãos. Tinha verificado se as algemas eram perceptíveis pelo lado de fora: os vidros fumê impediam quase toda a visão. Apenas alguém muito atento conseguiria notá-las.

O carro serpenteava a estrada a noventa por hora, mas reduziu quando começou a subida da Serra dos Órgãos. Teresópolis ficava a quase mil metros de altitude, cercada por florestas e montanhas. No horizonte, Téo conseguia ver o Dedo de Deus, uma formação rochosa que lembra um indicador apontando o céu. Havia pesquisado na internet o Hotel Fazenda Lago dos Anões. O site disponibilizava fotos dos quartos, das áreas de lazer e da mata verde. Era ótimo que o lugar fosse isolado, alguns quilômetros antes da entrada principal da cidade. Ele queria mesmo ficar a sós com Clarice.

Ela respirava de modo pesado, como se resfriada. Continuava inconsciente. Os cabelos castanhos caíam na frente dos ombros, cobrindo o rosto e o peito. Aos poucos, ela acordou. Caetano levava "Sonhos" num solo de violão. Téo adorava aquela música. *Tudo era apenas uma brincadeira e foi crescendo, crescendo, me absorvendo e de repente eu me vi assim completamente seu.* Sorriu para Clarice. Ela estava séria e muito tonta. Olhou para fora: via carros passarem depressa, o verde margear a estrada íngreme. Uma placa indicava a direção da Gruta do Inferno. O silêncio dela durou mais alguns minutos. Quando virou o rosto e ele pôde vê-la de perfil, Clarice tinha os olhos abertos, mas não parecia assustada.

"Preciso de um cigarro", ela disse. A voz saía porosa.

Téo gostou de seus bons modos e concordou. Havia trazido o Vogue de menta. Esticou o braço e abriu o porta-luvas, pois Clarice tinha as mãos amarradas para trás, ao redor do banco. Pôs o cigarro na boca dela e acendeu o isqueiro. Abriu uma fresta na janela para que a fumaça escapasse.

Ela fechou os olhos, soltando baforadas. Não conseguia firmar o cigarro entre os lábios e ele teve que ajudar: colocava e tirava o cigarro, sem desviar a atenção do trânsito.

"Fumar não é apropriado agora… Seus pulmões estão congestionados."

Ela não se importou. Entre tossidas e pigarros, deu novas tragadas. Téo queria que ela não fumasse. Mas Clarice se bastava com seu cigarro.

"Você não vai falar mais nada?", ele perguntou.

O CD voltou ao início. O cigarro acabou e Téo jogou a guimba pela janela. Clarice ainda tossia.

"Por que está fazendo isso comigo?", ela disse, finalmente.

Téo indicou a placa na estrada: Parque Nacional Serra dos Órgãos. Faltavam poucos quilômetros agora.

"Não consegue ver para onde estamos indo?"

"Por que está fazendo isso comigo?"

"Vamos pra Teresópolis. Não se preocupe, trouxe seu notebook."

"Meu notebook?"

"Sim, e tudo o mais que você precisa pra escrever. Não vai faltar nada."

"O que você pretende? Estou algemada no banco. Tonta... Não sei... que dia é hoje..."

"Não precisa ter medo. Desculpa pela tontura. Talvez eu tenha exagerado um pouco."

"Um pouco?! Você tem noção do que...?"

"Não grita. Por favor", ele pediu, com calma. Desligou o rádio.

Ela retomou a conversa:

"É um sequestro. Você viu minha casa, achou que eu tenho grana e resolveu..."

"Não é nada disso."

Pensou em dizer que jamais faria algo tão mesquinho, mas preferiu ficar quieto. Ela só queria provocá-lo. Mesmo nauseada, Clarice era pulsante.

"Me explica", ela insistiu.

"Não tem o que explicar. Você disse que ia passar um tempo em Teresópolis. É pra onde estou te levando. Vamos passar um tempo juntos."

"Não quero ir pra lugar nenhum com você."

"Para com isso, Clarice. Não pode ser tão ruim assim. Serei boa companhia, prometo."

Ela se contorceu, como se sentisse um fisgar na cabeça.

"O que você quer?"

"Que me conheça melhor. Você sabe, estou fazendo a minha parte por nós dois." Ele religou o rádio. A voz de Caetano ao fundo era apropriada para o que ele pretendia dizer a seguir. "Se eu não tivesse te procurado depois, tudo teria acabado naquele churrasco. A gente nunca mais teria se visto. Seria um desperdício."

"Eu..."

"Comecei a ler seu roteiro. Pretendo terminar no hotel. Enquanto isso, você escreve. Vai ser incrível!"

"Eu quero ficar sozinha."

"Ah, Clarice, seja razoável!"

"Quero ficar sozinha!"

"Você não tem mais idade pra querer tudo do seu jeito. Fica tranquila que vai ter um espaço só seu", ele disse. "E podemos conversar sobre arte, literatura e tudo mais."

"Estou com medo, Téo."

"Somos dois adultos. Duas pessoas com interesses em comum que vão passar um tempo juntas. Qual o problema?"

A paisagem ganhava elementos urbanos: veículos estacionados, floriculturas, lojinhas de queijos e salames.

Tomaram um caminho de terra.

"Falta pouco. Preciso que você se comporte."

Clarice concordou, mas Téo não se convenceu. Ela se agitou ao vê-lo pegar a seringa no porta-luvas. Tentou desvencilhar os braços, mas tinha os movimentos limitados. Ele teve que parar o carro no acostamento para controlá-la. Encontrou uma veia e injetou o sedativo. O rádio tocava "Queixa". *Um amor assim delicado, você pega e despreza. Não devia ter despertado, ajoelha e não reza.* Sentiu-se frustrado, pois a conversa, a música, tudo estava tão agradável que ele não queria que tivesse fim.

Assim que chegou, intuiu que teriam uma ótima estadia. Cercado por árvores e flores diversas — uma coloração exótica, com tons azuis, amarelos e lilases que Clarice devia adorar —, o caminho de cascalho ia desde a porteira até uma casinha de madeira com a placa de recepção.

Atrás do balcão, dois anões se enfrentavam em uma partida de xadrez. O jogo foi interrompido quando Téo entrou, fazendo soar um penduricalho metálico preso à porta. A cena era inusitada, e ele teve que segurar o riso quando um dos anões — o que parecia mais velho — deu as boas-vindas. Jamais poderia imaginar que o Hotel Fazenda Lago dos Anões fosse realmente administrado por uma família de anões.

Informou que tinha uma reserva no nome de Clarice Manhães.

"Hoje é quinta. A reserva dela começava na terça", o anão disse, baixando os óculos à ponta do nariz e fixando os olhos em Téo. Não tinha nem precisado consultar o computador.

"Sim, tivemos uns problemas. Só pudemos vir hoje. Não me diga que estão lotados!" Ele ensaiou um tom de preocupação.

"Ela vem muito ao nosso hotel", o outro anão disse. "Sozinha, normalmente."

"Sou namorado dela. Ela está dormindo no carro. Ficou um pouco enjoada na estrada. De que documentos o senhor precisa?"

Téo abriu a carteira, como se procurasse o cartão de crédito. Deixou que o anão visse a foto reduzida no compartimento plástico da carteira. Ele e Clarice no parque Lage.

"Não precisa de documento. O chalé é o que fica perto do lago."

"Certo."

"Tem uma escrivaninha para que ela escreva", disse, com certo orgulho. "E é o mais isolado de todos. Clarice sempre faz questão de silêncio pra trabalhar."

Téo não gostou do jeito afetado com que o homem se referia a ela e já queria ir embora. O anão deixou a chave sobre o balcão:

"Nossos chalés não são numerados. Cada um recebe um nome diferente. O de Clarice é o Chalé Soneca. Ela sabe onde fica."

Téo concordou. Pegou a chave e foi para o carro com a sensação de que estava imerso em um conto de fadas.

Estacionou o Vectra próximo ao quarto. Caía uma chuva fina, quase invisível. Na porta, um gnomo de chapéu vermelho indicava o Chalé Soneca. O ambiente era amplo, com um par de janelas voltadas para o lago. Três pedalinhos amarelos planavam vazios na água mansa. O chalé ficava distante dos outros, quase escondido pela vegetação. Téo pegou Clarice nos braços e tomou cuidado para que ela não ferisse a cabeça no batente da porta. Ao deitá-la, notou que os pés da cama de casal eram fixos ao chão, o que lhe pareceu apropriado. Pegou cobertores no armário com cheiro de madeira envernizada e os deixou sobre o lençol.

O chalé era rústico, explorando tons escuros e quadros de paisagens campestres. Na parede próxima ao banheiro estava a escrivaninha de que o anão tinha falado. Téo deixou o notebook sobre a mesa e confirmou que não havia sinal de Wi-Fi. Lembrou-se também de tirar o filtro de linha do aparelho de telefone. Escondeu-o no alto do armário, junto à chave da porta do banheiro.

Entrou no quarto com as malas, mas preferiu deixar o tapete no bagageiro. Tomou banho e vestiu uma camisa de cor clara para combinar com Clarice. Espreguiçou-se na poltrona diante da escrivaninha para continuar a leitura de *Dias perfeitos*. Com esferográfica, fez marcações no texto impresso. Achara o argumento malfeito, quase desleixado. O roteiro era melhor, mas ele faria algumas sugestões.

Voltou à recepção e perguntou se era possível conseguir algo para comer. Clarice continuava indisposta, mas estava faminta. Conseguiu biscoitos e geleias de morango e damasco caseiras. Trouxe também sopa de batata com croutons. Deixou o roteiro de lado e voltou ao romance policial que estava lendo — o clássico *Crimes tropicais*, de Amália Castelar.

Não interrompeu a leitura quando Clarice despertou.

"Para de me dopar", ela disse, rouca. "Por favor."

Téo concordou em silêncio. Deixou o livro de lado e apontou a bandeja na cabeceira.

"Você deve estar com fome. Não quero que fique fraca."

Havia colocado os biscoitos de água e sal num prato plástico. Nas compotas de geleia, substituíra as espátulas por colherezinhas. Ela se sentou na cama, as pernas escondidas no cobertor. Pegou a sopa.

"Quero que você prove antes."

Estendeu a tigela para Téo.

"Obrigado, não estou com vontade."

"Apenas uma colher."

"Não sei o que você pensa de mim, Clarice. Juro que não coloquei nada na sua sopa."

"Não confio em você."

"Vai ser muito difícil se continuar assim", ele disse. Aproximou a poltrona da cama. "Não quero brigar. Juro que não tem nada na sopa."

Ela levou a colher aos lábios, mas recuou.

"Não confio em você! Não confio em você!" Espatifou a tigela contra a parede.

"Não grite", ele disse, impaciente por ter que repetir. "Ninguém te ouve daqui. O que ganha fazendo uma coisa dessas?"

Levantou-se e buscou papel higiênico no banheiro. Recolheu os cacos, os croutons e enxugou o líquido bege e grosso que se espalhava no piso.

"Me surpreende que você tenha recusado a comida. Não é

o que eu esperava. Esperava bom senso e educação, isso sim. Mostra que não posso confiar em você."

Simulou irritação, embora estivesse achando tudo muito divertido. Era comum que casais brigassem, afinal. Logo ficariam bem.

"Não quero que confie em mim", ela disse.

"É uma pena."

Téo voltou à poltrona. Afastou o notebook e deitou a Samsonite rosa na escrivaninha.

"Caso volte a gritar, terei que usar as mordaças que comprei."

Tirou as mordaças da mala. Logo ao lado, escondido sob as mudas de roupa, estava o separador de pernas e braços, mas ele preferiu mantê-lo guardado para não assustá-la.

"Vou evitar ao máximo o uso do sedativo. Mas preciso que confie em mim… Coma os biscoitos."

Esperava que ela avaliasse a situação e concluísse que o melhor era se aliar a ele, ao invés de contrariá-lo. Clarice esticou o braço até os biscoitos e passou geleia de damasco. Enquanto mastigava, disse:

"Você falou que quer que eu te conheça melhor… Pra quê? Nós não temos um relacionamento."

"Não temos, mas podemos ter. Você não tinha por que me beijar naquele churrasco se não tivesse sentido alguma coisa por mim. Não adianta negar agora. Você não está em condições de julgar por si mesma. É isso que precisa entender, Clarice. Pense nesta viagem como uma oportunidade para nós dois."

"Acha mesmo que me manter trancada e me enfiar a agulha de cinco em cinco minutos vai me fazer gostar de você?"

"Você não me deu opções. Era isso ou nada."

"Enquanto eu estiver aqui, dopada e algemada, só consigo sentir medo. Um medo fodido do que você é capaz de fazer."

Lágrimas ameaçavam escapar dos olhos dela, mas ele sabia que não passavam de encenação. Clarice devolveu os biscoitos ao prato.

"Se você quer que eu confie em você, confie em mim também", ela disse. "Posso te fazer uma promessa. Entendo o que você fez e não vou contar a ninguém. Nem à polícia, nem aos meus pais, ninguém."

"Não fale assim. Você me ofende."

"Pode confiar. Nada ia acontecer. E seríamos amigos. Íamos nos conhecer aos poucos. Eu poderia te ajudar. A gente combinaria de sair juntos, de conversar. Te apresentaria algumas amigas também. Seria ótimo!"

Ela parecia muito ansiosa, mas convicta.

"Acho que esta viagem pode fazer você mudar de opinião sobre nós dois", ele disse. "Só não seja tão impertinente."

"E se não der certo? Vai me matar?"

"Não sou assassino."

"O quê, então?"

"Se ao final você não sentir o mesmo que sinto, vou te soltar. Só preciso que me dê a chance de mostrar que podemos ser felizes. A chance que você negou quando tentei me aproximar... Eu jamais te faria mal, Clarice."

"Você já está me fazendo mal! Minha família deve estar preocupada!"

"Sua mãe sabe que você está comigo. Ela mandou uma mensagem pro seu celular e eu tomei a liberdade de responder. Disse que estamos juntos em Teresópolis e que você está se dedicando ao roteiro."

"Eu..."

"Isso mostra que tenho boas intenções. Não vou te fazer mal nenhum. Se você morrer, serei responsabilizado."

Ficou orgulhoso por ter respostas irrefutáveis às perguntas dela. Prova de que tinha razão.

"Quero ver o que você mandou pra minha mãe."

Ele pegou o celular na mala e deixou que Clarice lesse a mensagem.

"Quer dizer que eu estou ótima e feliz, então?", ela desdenhou.

"Não leve tão a sério, *minha ratinha*. Foi só pra dar um pouco de alegria pra velha."

Clarice fez perguntas durante toda a tarde. Quis saber quantos dias tinham passado e como tinham chegado ali. Ela se lembrava de ter tomado banho e perguntou se havia sido na casa dele. Perguntou também sobre o tapete que a mãe mencionava na mensagem. Téo respondeu a tudo.

Entraram num acordo quanto às algemas: caso ela se comportasse, teria que usá-las apenas quando ficasse sozinha ou quando fossem dormir. Deitariam juntos na cama de casal. A mordaça com cadeado seria vestida no banho e em situações excepcionais, quando ele precisasse sair. Ele concordava que era humilhante, mas não via alternativas. Ainda não confiava nela o suficiente para que ficasse livre no banheiro: logo acima do vaso sanitário, havia uma janelinha voltada para os fundos.

Já estava escuro quando ele mandou que Clarice se vestisse para sair. Ela escolheu um vestido dourado muito bonito e guardou uma jaqueta jeans por cima. Quando estava no banheiro, Téo guardou o revólver na cintura, escondido sob a camisa. Levou consigo a valise com a seringa e uma ampola de Thiolax.

Foram de carro até o portal da cidade. Téo estacionou em uma ladeira escura, próxima ao centro urbano, e confirmou que ali havia sinal de celular. Discou o número de casa. Como ninguém respondeu, tentou o número de Marli. A amiga de Patrícia demorou a atender e disse que estavam juntas vendo um filme. Ele pediu para falar com a mãe. A ligação foi breve e, durante toda a conversa, Clarice ficou quieta, a cabeça no encosto, os olhos fechados. Antes de desligar, ele explicou novamente que o celular não funcionava no hotel e que não sabia quando voltaria. Despediu-se da mãe com um "te amo também" — queria mostrar a Clarice que ele era um rapaz de família. Entregou o telefone a ela e pediu que ligasse para casa.

"Minha casa?"

"Sim. Uma mensagem não é suficiente pra acabar com a preocupação de uma mãe. Faça como eu fiz. Diga que está comigo, que a viagem está ótima e que o celular não funciona no hotel. Pode dizer também que passará a se comunicar por mensagens, pois precisa se isolar pra escrever. E deixa no viva-voz."

Ela concordou. Teclou os números.

"Não faça besteiras, por favor. Não quero que a noite termine mal", Téo disse. Tirou o revólver da cintura e deixou sobre o colo. Ela virou o rosto, fingindo que não tinha visto. As mãos tremiam.

Helena atendeu depressa. Clarice hesitou enquanto a mãe dizia "Alô, quem fala?" do outro lado da linha. Téo pegou o celular e desligou.

"O que está havendo?"

"Eu…" Os olhos dela estavam vermelhos, e ele achou bonito aquele detalhe: diferentemente das lágrimas de crocodilo que ela havia derramado mais cedo, vê-la chorar de verdade a tornava uma pessoa real. É preciso certa intimidade para chorar na frente do outro. Ele mesmo nunca havia chorado diante de ninguém.

"Fica calma, minha ratinha. É importante que você faça a ligação."

Clarice limpou o rosto com um lenço.

"Vamos, tente mais uma vez. Preciso que você se esforce."

Ela respirou fundo, os olhos fixos no revólver.

"Não vou usar a arma. Se você obedecer, não vou usar a arma."

Devolveu o celular para ela, e o som do viva-voz invadiu o carro. Novamente, Helena atendeu rápido.

"É a Clarice", ela disse. "Tudo bem?"

"Oi, filha, que milagre é esse de ligar?"

"O Téo ligou pra mãe dele. E insistiu que eu fizesse o mesmo."

"Só esse menino para te dar jeito! Como está em Terê?"

"Tudo bem. O Téo está aqui do lado e... E manda um beijo."

"Manda outro pra ele. Você sabe, gostei desse rapaz. Melhor que o outro traste."

"O passeio está... Está diferente. E meu pai?"

"Ainda viajando, pra variar. Convide o Téo pra jantar aqui em casa quando voltarem. Quero conhecê-lo melhor."

"Não tenho uma data ainda, mas não vamos demorar", ela disse. Seus olhos embaçaram, porém as lágrimas não vieram, deixando-a insegura.

"Esteja de volta pro Natal."

Téo buscou acalmar Clarice. Através de gestos, lembrou-a de falar sobre a falta de sinal no hotel fazenda.

"Talvez eu demore um pouco a ligar...", ela disse. "Qualquer coisa, mando mensagens."

"Tudo bem. Agora me conta, o que você fez com o tapete da sala?"

Clarice olhou para Téo. Roía as unhas, as cutículas.

"Não foi nada de mais... É que..." Ela cuspiu uma cutícula pela janela. "É que eu sujei o tapete quando saía de casa e o Téo achou melhor levarmos pra lavanderia."

"Espero que esse Téo seja o menino certo pra você. Pra te dar algum juízo. Aposto que o outro namorado deixaria o tapete sujo no chão da sala."

Despediram-se sem muito entusiasmo.

Quinze minutos de estrada e voltaram ao hotel. Téo saiu do carro para destravar a porteira de acesso. Gostava especialmente do cheiro de grama molhada e do estrilar dos grilos à noite. Abriu a porta do carona para Clarice e entraram juntos no chalé.

No banheiro, ela vestiu rapidamente o pijama laranja. Deitou-se de lado na cama, olhos fechados, fingindo que dormia. Téo ligou o aquecedor. Ao passar pela recepção, havia notado que restava apenas uma lâmpada acesa. A iluminação bruxuleante desenhava na cortina a sombra de um corpo minúsculo digitando no computador sobre o balcão. Ficou satisfeito que aquela família de anões fosse discreta. Colocou as algemas nos braços e pernas de Clarice e a observou mais de perto, sob a luz do abajur. Ela estava pálida, branca como neve.

# 9.

O CAFÉ MATINAL ERA FARTO. Sucos, iogurtes, cafés, frutas, cereais e bolos estavam dispostos sobre a mesa. O ambiente cheirava a pão assado e tinha janelas amplas com vista para o lago. Uma anã de avental servia os pratos quentes: ovos mexidos e salsicha fatiada. Téo pegou cappuccino, torradas com grãos de aveia e escolheu uma mesa de canto, voltada para as árvores. Se Clarice pudesse gritar, seria impossível ouvi-la dali.

Engoliu as torradas. Ainda que o chalé ficasse mais acima da encosta, não gostava de deixá-la sozinha. Voltou ao quarto com croissants e chocolate quente. Reconectou o telefone e mandou que ela ligasse para a recepção antes de comer. A família Manhães frequentava o hotel havia anos e seria estranho se Clarice não desse as caras por muito tempo. Ela conversou por mais de dez minutos com o anão-chefe, que se chamava Gulliver, e explicou que pretendia escrever seu roteiro e, por isso, não queria ser incomodada durante a estadia. Téo ficou satisfeito, pois Clarice havia se saído muito bem e ele nem precisara mostrar o revólver. Elogiou a desenvoltura dela e deixou-a comer em silêncio.

Distraía-se com o romance policial quando ela disse que estava enjoada.

"Fica recostada e não abaixa a cabeça. Vai passar."

Ela concordou. Levantou a caneca de chocolate quente, tentou emborcá-la, bebeu dois goles, mas acabou engasgando. Curvou-se, tossiu, vomitou sobre o lençol. Chocolate, croissants, biscoitos. Voltou a chorar, paralisada pela imundície em seu pijama.

Ele pegou Clarice pelo braço, mandou que lavasse o rosto na pia e a algemou ao cano do vaso sanitário. O cheiro estava insuportável. Saiu do chalé pelo caminho de pedras até encontrar uma anã que parecia ser a camareira: carregava nos bracinhos uma pilha de fronhas.

"Estou hospedado no Chalé Soneca", ele disse. Sentia-se patético por ter de se referir ao quarto daquela maneira. "Preciso de uma nova roupa de cama e de novas toalhas."

"Ah, estou terminando de limpar o Chalé Feliz e já, já cuido do de vocês."

"Não precisa. Minha namorada…"

"A Clarice."

"Sim, a Clarice… Está nos momentos finais do roteiro dela. E esses artistas… Você sabe como é… Ela prefere se isolar por alguns dias. Pra escrever, você entende. Mandou que eu mesmo viesse buscar a roupa de cama e arrumasse o quarto… Namorados sofrem!"

A anã pareceu não se importar. Pediu que ele a acompanhasse ao almoxarifado, um quartinho escondido nos fundos da recepção, repleto de prateleiras e cestos de roupa. O lugar cheirava a lavanda. Junto à parede, uma máquina de lavar ronronava.

"Quando vier buscar toalhas novas, não se esqueça de trazer as usadas", ela disse. Subiu numa escadinha e pegou toalhas e lençóis da pilha. "Aqui estão."

Ele agradeceu e ajudou a camareira a pegar um saco plástico preto na última prateleira.

"Preciso recolher o lixo", ela disse. "Caso não me encontre por perto, pode deixar o que estiver sujo no cesto e pegar toalhas novas na prateleira. O almoxarifado nunca fica trancado."

"Não quero abusar da sua boa vontade."

"Abuso nenhum, menino."

Tomaram juntos o caminho de volta, conversando banalidades. Ele se divertia intimamente tentando sincronizar seus passos com os da anã. Pararam na bifurcação que dividia os chalés Feliz e Soneca.

"Obrigado mais uma vez", ele disse.

"Mande beijos pra sua namorada. Muita luz pro roteiro dela... Adoro aquela menina."


Nos dias seguintes, Téo e Clarice criaram uma rotina. Ele se levantava antes dela e caminhava ao redor do lago, quando tudo ainda estava muito deserto. Por volta das oito, o Hotel Fazenda Lago dos Anões acordava: crianças revolviam montes de terra, casais faziam fila para passear no pedalinho. Ele voltava ao quarto com o desjejum de Clarice. Buscava variar o cardápio para que ela não enjoasse. Pudim de leite, queijos, pão australiano, doces de mamão e abóbora caseiros.

Enquanto ela comia, ele trocava a roupa de cama e as toalhas. Clarice tinha ficado encarregada da limpeza do quarto. Téo não queria iludi-la com luxos de princesa, pois sabia que as questões domésticas eram mais apropriadas às mulheres.

Conversavam até o almoço. Aquelas eram as horas mais prazerosas do dia e, infortunadamente, as que passavam mais depressa. Aos poucos, descobriam-se um ao outro. Ele adorava mousse de maracujá; ela, brigadeiro. Ele era apolítico; ela, de esquerda. Ele preferia os Coen; ela, Haneke e Woody Allen. Ele só ouvia música brasileira, principalmente Simonal, Filipe Catto, Caetano e Jorge Ben Jor. Ela gostava de tudo, mas preferia o pop americano e o rock inglês. Partilhavam a experiência de serem filhos únicos.

Pouco a pouco, outros traços de Clarice se revelavam. Ao discutir assuntos pretéritos, ela era precisa como um historiador; sabia datas, horários, nomes e sobrenomes. Tratando do futuro, cerrava os olhos discretamente, projetos e sonhos transformados em cinema. Era um movimento exótico, mas espontâneo. Ele gostava de vê-la assim e a incentivava a falar.

Clarice também queria saber da vida dele, e Téo estava muito à vontade com isso: falou da faculdade de medicina, de seus planos e chegou mesmo a contar sobre Gertrudes.

"É minha melhor amiga."

"Onde se conheceram?"

"Num lugar bastante inesperado. Na aula de anatomia."

Emendou histórias divertidas que tivera com Gertrudes. Clarice achou interessante que ele mantivesse amizade com uma mulher bem mais velha e disse que queria conhecê-la. Téo concordou e sorriu. Disse que sua amiga também adoraria um encontro. Estava ligeiramente incomodado, pois não queria estragar toda aquela expectativa contando que Gertrudes era uma defunta.


Chegavam a almoçar às três da tarde, despercebidos da hora. Ele voltava da sala de refeições com os pratos, e comiam juntos sobre a escrivaninha. Ela preferia carnes vermelhas — que Téo trazia já fatiadas — e tinha uma queda especial por massas e molhos com queijo. Ele se fartava nas saladas e tinha provado a melhor lasanha de berinjela de sua vida. Fizera questão de ir à cozinheira — invariavelmente, uma anã — elogiar o prato.

À tarde, Clarice se dedicava ao roteiro. Passeava os dedos pelo teclado como se temesse perder as ideias. Fingindo que lia, Téo ficava na cama vendo-a escrever. Sentia prazer em contemplar aqueles instantes. Dali surgia um mundo completamente distinto, com personagens, ações, finais. Ele gostava dessa ideia de múltiplas possibilidades.

Uma ou duas vezes, ela pediu que ele saísse do quarto, pois queria ler o texto em voz alta. Téo entendia que os artistas tivessem suas manias e superstições. Caminhava na pequena floresta, observava maritacas e conversava com os anões na recepção. Para evitar suspeitas sobre os hábitos de Clarice, trazia novidades fantasiosas ("Ela disse que nunca se sentiu tão à vontade para escrever e está pensando em colocar o hotel nos agradecimentos do roteiro") e fingia interesses específicos (sabia, agora, que o hotel dispunha de sete chalés, além de quartos menores. Sabia também que o lago era natural, não apropriado para banho, e que tinha profundidade de mais de quinze metros. Uma criança já quase morrera afogada ali).

Téo nunca deixava Clarice ler jornal ou ver televisão. Havia retirado as pilhas do controle remoto, pois achava melhor que ela não acompanhasse o que acontecia lá fora: o completo isolamento ajudaria a terminar o roteiro. Além disso, era importante que ela se descolasse um pouco da realidade para que pudesse pensar nele. Sem a distração das novelas ou as barbáries do jornal, ela teria tempo de considerar melhor o relacionamento que construíam.

Chegada a noite, jantavam sopa e assistiam aos filmes que ele trouxera. Clarice tinha adorado *Pequena Miss Sunshine* e, repleta de elogios a Téo, havia dito que tinha ideias para melhorar o próprio roteiro.

Antes de dormir, ela revisava as páginas escritas no dia, enquanto Téo lia na cama. Terminado o romance policial, ele havia se arriscado na coletânea de contos de Clarice Lispector. Tentara remover a mancha de sangue da capa, sem sucesso. Na recepção, havia conseguido papel-jornal e durex para encadernar o exemplar.

Depois do banho, Clarice deitava junto a ele. Conversavam mais um pouco, embargados pelo sono. Então, ele a algemava à cama e se levantava para apagar a luz — o interruptor ficava ao lado da porta. Téo havia afastado o móvel de cabeceira desde que tivera um pesadelo em que Clarice acordava na madrugada e o golpeava até a morte com o abajur.

"Trouxe um presente", ele disse. Mostrou a sacola.

Tinha ido ao centro comprar artigos de higiene pessoal — a bisnaga da pasta de dente estava no fim. Aproveitara para ligar para Patrícia e para Helena. Pelo que havia notado, a convivência de Clarice com a mãe era cheia de isolamentos prolongados. Só isso explicava o entusiasmo com que Helena recebia seus contatos.

Ajudou Clarice a se sentar. Tirou as algemas e a mordaça. Entregou o vestido. Tinha visto o modelo na vitrine: cores vibrantes, tecido macio. Mesmo caro, queria vê-lo nela. Pediu que o vestisse.

Era terça-feira. Fazia uma semana que estavam juntos. Do outro lado da janela, caía uma chuva forte. Ela voltou do banheiro, linda, e ele soube que ela tinha gostado, mesmo que parecesse extenuada. Toda mulher adora ganhar presentes. Clarice murmurou um "obrigada" murcho que o irritou.

"Você não entende que eu me sinto muito feliz do seu lado, não é?"

Ela não disse nada.

"Não gosto de te ver assim, ratinha." Ele tomou as mãos dela. "Sei que tudo isso parece um pouco absurdo, mas você tem que entender. Não foram dias tão ruins, foram?"

Ela começou a falar e cada palavra parecia demandar grande esforço:

"O problema *não* é você."

Afastou-se dele. Encostou a porta do banheiro para trocar o vestido pelo pijama. Ele se sentiu impelido a fazer perguntas, mas a vontade morreu na garganta.

Clarice voltou para a cama. Com um algodão, removia do rosto o lápis preto que havia passado nos olhos (mesmo ficando no quarto, ela se maquiava de modo discreto pela manhã). Dobrou o algodão e encarou Téo, com um suspiro:

"Este lugar é meu recanto. O esconderijo onde me isolo para viver meu mundinho, sabe? Não é nada contra você, nada mesmo. Mas não acho bom que continue aqui comigo."

A sombra de Breno pairava sobre o assunto. Téo sentia asco do ex-namorado. Era evidente que ele ainda roubava os pensamentos de Clarice. Não precisava que ela confessasse para ter certeza.

"Foi uma ótima semana, Téo, mas preciso ficar sozinha. Preciso terminar o roteiro."

"Por favor, não insiste." Ele odiava ter que voltar àquela conversa. "Peça o que quiser. Mas você sabe que isso está fora de cogitação."

Ficaram em silêncio. Ela começava a chorar.

"Em troca do presente, quero te fazer um pedido", ele continuou. "Deixa assim mais alguns dias. Você escrevendo ao meu lado; sem pensar, sem julgar. Apenas viva. Prometo que será ótimo."

Ela fechou os olhos. Enxugou as lágrimas no algodão. Voltou ao banheiro para retirar o batom e retocar a dignidade.


No sábado à tarde, Clarice cometeu uma gafe e, pela primeira vez, Téo a viu ficar encabulada. Estavam no quarto assistindo a *Doze homens e uma sentença*. Ela comentou que a mãe adoraria o filme e perguntou a Téo quando ele o tinha visto pela primeira vez.

"Era o favorito do meu pai."

Clarice sorriu, levantando-se para ir ao banheiro.

"Você não fala muito do seu pai, não é?", perguntou. E foi nesse instante que percebeu que a pergunta era inapropriada.

"Me desculpe, eu..."

Ele sacudiu a cabeça. A imagem de Clarice na porta do banheiro — cara de sono, blusão com a foto do John Lennon em preto e branco, escova de dentes nas mãos — fez com que ele soubesse que era hora de compartilhar aquela intimidade com ela.

"Meu pai está morto. Morreu no acidente de carro que deixou minha mãe paraplégica."

Em outra conversa, ele havia falado sobre a condição de Patrícia, mas o assunto tinha sido substituído por outro qualquer.

"Aconteceu há seis anos. Meu pai era desembargador, trabalhava no Tribunal de Justiça. Morávamos numa cobertura em Copacabana, de frente pro mar. Ele e minha mãe frequentavam as altas-rodas, festas e passeios de barco. Meu sobrenome é Avelar Guimarães. Não sei se isso te lembra de algo."

Não lembrava, de modo que ele emendou:

"Saiu em muitos jornais. Meus pais estavam voltando de uma viagem pelo Sul, na Pajero que ele dirigia. O Vectra que tenho hoje era da minha mãe."

"Você estava com eles?"

"Não, eu tinha ficado em casa por causa da escola."

Hesitou. Nunca havia conversado sobre aquilo com ninguém. Nem com Patrícia, nem com Gertrudes.

"Na época, a polícia estava investigando um esquema de corrupção e tráfico de influência no Judiciário. Muitos envolvidos: advogados, juízes, promotores..."

"E desembargadores, óbvio."

"Ao que parece, um promotor ligou pro celular do meu pai. Disse que o esquema havia sido descoberto. Já tinham feito várias prisões. Todos estavam desbaratados, e ele era um dos peixes grandes. Ninguém sabe ao certo o que aconteceu. Meu pai estava na estrada na hora que recebeu a ligação, na altura de Santos. Minha mãe estava no banco do carona. Pelo que os jornais contam, ele ficou tão assustado com a ligação que perdeu o controle do carro. Bateu na mureta, o carro capotou no barranco, ele morreu na hora."

"Nossa, eu... eu sinto muito. Sua mãe nunca comentou nada com você?"

"Eu não perguntei. Ela já sofreu bastante. De todo modo, tenho minha versão dos fatos...", ele disse. "Eu conhecia meu pai muito bem. Era um homem frio, muito orgulhoso e racional. Não estou dizendo que eu sabia que ele era corrupto. Mas consigo imaginar como reagiria numa situação dessas. Sei o que sentiu ao ser denunciado, prestes a ser preso..."

Em muitos aspectos, Téo se considerava parecido com o pai.

"Quando um homem tem tanta vergonha de si mesmo e se vê desmascarado, não restam muitos caminhos, Clarice. O suicídio é a única saída."

# 10.

"O QUE ACHOU DO MEU ROTEIRO?"

Estavam na cama, prontos para dormir. Téo havia terminado de ler o texto no domingo, mas preferira não comentar nada. Esperaria que ela perguntasse sua opinião. Tinha notado que Clarice se abalava facilmente com o que pensavam ou diziam. Era uma novidade diante da armadura de autossuficiência que ela havia transmitido no início. Entre a verdade grosseira e a mentira elogiosa, ele escolheu o eufemismo:

"Gostei, mas vi problemas. Achei o argumento mal escrito. No roteiro, pude ver que você escreve bem e poderia ter feito um argumento melhor."

Ela quis mais detalhes. Téo apontou problemas de continuidade, pequenas incongruências lógicas. Elogiou o tom dramático da cena da troca de pneus.

"E o que você achou do final? Ainda não escrevi, mas vai ser aquele mesmo."

"É tudo um sonho, certo?"

"Não afirmo isso, mas é o que parece. Carol não morreu. E

as malas de viagem sugerem que ela vai pra algum lugar. O espectador deduz o resto."

"Gosto de finais abertos", ele disse. "Mas não sei se funciona nesse caso."

"A questão não é o final aberto, e sim brincar com a linguagem. O cinema representa a realidade, mas não *é* a realidade. Quero passear pelas nuances, entende? Numa cena, o personagem morre. Na outra, descobrimos que nada daquilo aconteceu, foi apenas um desejo, uma impressão..."

"O.k., só não acho que funciona na sua história."

"Você é muito racional. Tem um filme do Michael Haneke em que o personagem rebobina o próprio filme para que as coisas aconteçam do jeito que ele quer. Ele controla a história. É foda."

"Tudo bem. Você quer usar metalinguagem no filme."

"Vou escrever e você vai concordar comigo", ela disse. Deu-lhe um beijo na bochecha e se enroscou sob a coberta. "Boa noite."

Ele sorriu, feliz que Clarice estivesse determinada a convencê-lo. O roteiro pouco importava.


Na quarta-feira, antes mesmo de dar bom-dia, Clarice pediu um cigarro. Téo descansava na poltrona, lendo *Atlas de anatomia humana* de Sobotta. A manhã estava feia, chuvosa; o clima perfeito para um dia de ócio no chalé. Ele havia deixado de fazer sua corrida diária e esperava o horário do café da manhã. Clarice pediu um cigarro mais uma vez.

"Aquele de ontem era o último", ele disse.

"Eu fico nervosa se não fumo."

"Vogue de menta. Tento conseguir pra você quando for ao centro, minha ratinha."

Voltou a atenção ao livro, pois não queria que ela se sentisse dona da situação. Tinha lido em uma pesquisa sobre relacionamentos: mulheres não gostam de homens excessivamente disponíveis e submissos. Preferem os misteriosos e donos de si. Ele se controlava para não soar bajulador.

"Por que você me chama de ratinha?", ela perguntou, depois de alguns minutos.

"É só um apelido. Por causa dos seus dentes..."

"Meus dentes?"

"Acho bonito", disse. "Espero que não tenha problema."

"Não tem."

Sabia que ela não se importaria. Teve vontade de fazer uma pergunta direta, mas preferiu a sutileza:

"Você já teve outros apelidos?"

Clarice fechou os olhos, como se fosse voltar a dormir. Ele esperava que ela explicasse o "minha sonata" nas mensagens do ex-namorado. Era inevitável que acabassem falando de Breno. Estavam juntos havia mais de duas semanas e o nome dele não tinha sido mencionado.

No dia anterior, Téo havia ido ao centro. Falara por quase meia hora com Patrícia, que estava deprimida e ansiosa pelo resultado da necrópsia de Sansão. A ligação para Helena fora mais breve. Ela agradeceu a atenção, mas disse que queria falar com a filha da próxima vez.

Téo se sentia pressionado. A insistência de Breno em reatar o namoro (o inconveniente tinha enviado mais oito mensagens para o celular de Clarice); as mensagens de Laura... Não entendia se Clarice gostava de homens ou de mulheres, afinal. Era tudo muito confuso.

A cada dia, ela parecia mais à vontade com ele. Dizia bobagens, tecia comentários e contava ideias para roteiros. Ele gostava especialmente dos trejeitos expansivos dela, do modo como prendia o cabelo em poucos segundos, do ar inabalável de superioridade e de sua risada característica, com a língua acariciando os dentes. Ainda assim, algo continuava a incomodá-lo. E esse incômodo fazia crescer nele a vontade de enfrentar certos assuntos. Chegou a preparar a pergunta "E de onde surgiu o apelido *sonata?*", mas sabia que a resposta não viria tão facilmente.

"Você já teve outros apelidos?", repetiu.

"Tive." Ela se levantou e lavou o rosto na pia.

"Quais apelidos?"

"Me chamavam de Narizinho no jardim de infância. Também já fui Magali, porque adoro melancia. Acho que é só."

O badalo do sino anunciou o início do café da manhã. Téo vestiu um casaco, sem conseguir continuar a conversa. Disse que voltaria logo. Prendeu as algemas, pediu que ela vestisse a mordaça.

"Pode escolher entre a com arreio e a estofada."

Ela argumentou que não era necessário, que não gritaria. Estava presa à cama e não poderia fazer nada. Téo insistiu. Antes de vestir a mordaça e passar o cadeado no arreio, perguntou o que ela queria comer. Clarice não estava para simpatia:

"Quero cigarros."


A chuva havia estiado, o que fez Téo não voltar ao chalé tão depressa. Caminhou pelas dependências do hotel, pois os banquinhos a céu aberto estavam todos molhados. Nos dias de mau humor de Clarice, ele evitava ficar por perto. Suspeitava de um quadro de bipolaridade mista. Era patológico.

Ainda assim, estava satisfeito. Desde pequeno, sentia-se deslocado, um ser não natural convivendo entre pessoas de riso fácil. Não havia nada, nenhuma busca intelectual, nenhum pensamento menos mesquinho. Tinha sido um choque perceber que a normalidade estava naquilo: emocionar-se no Natal, telefonar aos velhos amigos no aniversário e mostrar aos vizinhos que seu filhote de oito meses finalmente aprendeu a falar "papai".

Ele tinha repulsa dessas ideias moldadas em núcleos de novelas das oito. A adaptação havia sido difícil. A realidade não costuma fazer concessões. Então, quando já se julgava tão seguro de si, Clarice viera trazer algum sentido àquilo tudo — ou romper o sentido que ele mesmo havia criado. Ela o havia realocado no mundo. Téo continuava a desprezar a raça humana, mas ao menos agora era um desprezo desinteressado, quase piedoso. Finalmente, sentia *amor*.

Movido por essa gratidão, Téo voltou ao centro de Teresópolis na quinta-feira. Comprou creme hidratante para os punhos de Clarice, irritados pelas algemas, e também absorventes, pois o ciclo dela havia começado. Telefonou para Patrícia, que apenas repetiu as lamúrias da conversa anterior. Estava tão envolvida na própria desgraça que não perguntou por Clarice. Ele também não fez questão de levantar o assunto, pois queria desligar o mais rápido possível.

Ao ligar o celular de Clarice, flagrou mais duas mensagens de Breno. A última, enviada poucas horas antes, tinha um tom engraçado de desespero: NÃO AGUENTO MAIS. SINTO SAUDADES E SEU DESPREZO ME MACHUCA. POR QUE NÃO ME EXPLICA O QUE ESTÁ ACONTECENDO? POR QUE SE RECUSA A FALAR COMIGO? VAMOS DAR UMA CHANCE E COMEÇAR TUDO DE NOVO. VOCÊ SERÁ MINHA SONATA PARA SEMPRE. DO SEU WOODY QUE TE AMA.

Quis excluir a mensagem, mas era tudo tão abusivo que ele precisou responder: ME ESQUECE, CARA. NÃO TE QUERO MAIS. Deveria ter adicionado algum palavrão ao texto — VÁ SE FODER, BRENO! —, mas enviar outra mensagem seria dar importância ao assunto. Todo o assédio do ex-namorado o deixou esgotado. Não telefonou para Helena naquele dia.

No shopping, comeu sorvete de pistache. Seduzido por gargantilhas e anéis, entrou em uma joalheria. Queria levar um presente especial para Clarice. Na vitrine, havia gostado de um colar de pérolas. O preço fez com que desistisse da compra. Pediu à vendedora que lhe mostrasse outras peças.

É engraçado como uma ideia conduz a outra. Ele havia entrado na loja decidido a comprar algo significativo, porém singelo. Conforme a vendedora apresentava opções mais em conta, veio outra ideia:

"Vocês têm anel de noivado?"


Anoiteceu. As cigarras estrilavam na escuridão. O cheiro da terra úmida entrava pelas janelas entreabertas e uma brisa assoprava as cortinas. Tão logo Clarice saiu do banho, perguntou pelos cigarros.

"Não tinha", ele mentiu.

Encontrara o Vogue de menta em uma padaria do centro. Havia comprado dois maços, mas, na volta ao hotel, decidira fazer Clarice parar de fumar. Sem que ela notasse, cortaria o cigarro da rotina. Um processo gradual. No início, teria que inventar desculpas e suportar os desaforos da abstinência. Ao final, atingiria o objetivo. Ela não reclamou. Apenas sacudiu a cabeça. A irritação do dia anterior havia sido substituída por uma resignação melancólica.

Téo propôs que fizessem um passeio a pé. A noite estava bonita, apesar do frio. Era uma da manhã e os hóspedes estavam dormindo. Ela colocou um casaco sobre o vestido preto e envolveu um cachecol no pescoço. Saíram de mãos dadas. Passos lentos, desceram a encosta, serpenteando os limites do lago. Ela andava de cabeça baixa, mas não parecia triste, apenas distraída. Mal parecia se importar com o revólver que ele trazia na cintura.

Sentaram-se num banquinho de metal. Durante o dia, as crianças se esparramavam ali, alimentando os gansos e escorregando no declive. Sob a luz branca do refletor, a sombra dos dois era projetada na superfície negra do lago. Respiraram o ar fresco por alguns minutos. Clarice sorriu para ele e deitou a cabeça em seu ombro.

"Me desculpa pelo jeito que te tratei ontem", ela disse. "Ando me sentindo estranha."

"Estranha?"

"Achei que estaria péssima, mas me sinto inexplicavelmente bem."

Téo não podia ver seu rosto, mas sabia como ela estava: olhos fechados, lábios retesados, hesitantes. Conseguia adivinhar apenas pela entonação com que ela falava.

"É muito bom ouvir isso."

"Não faz sentido... Eu deveria estar com medo, não?" Ela levantou a cabeça, as mãos ainda unidas às dele. "Não sei por quê... Eu me sinto segura ao seu lado. Sei que você não me faria mal."

Durante esses dias, ele havia sido bastante razoável com ela. Quem nunca se apaixonou sem ser correspondido? Quem não gostaria de mostrar que poderia ser diferente, que a história de amor poderia dar certo? Ele apenas fazia o que todos já tinham desejado fazer. Havia criado para si a chance de estar próximo de Clarice, de deixar que ela o conhecesse melhor antes do "não" definitivo. Era ousado e corajoso. Agora, colhia os frutos da empreitada.

Mostrou as alianças a Clarice. Ouro maciço reluzente na caixinha.

"Casa comigo?"

Ela levou as mãos à boca.

"Eu te amo, Clarice."

Logo depois, ele se arrependeu de ter dito aquilo. Não é bom confessar a uma mulher que se está apaixonado por ela. Isso costuma espantá-las. Durante todo o tempo, ele mantivera o controle em relação a Clarice. Havia adotado um tom racional ou irônico. Agora, no entanto, tinha sido desconcertantemente sincero: a declaração subira à garganta, ansiosa por ser dita e repetida.

"Eu te amo… Por favor, pense bem."

Ela estava sem reação. Téo entendia que aquele era um momento muito importante na vida de uma mulher.

"Eu aceito", ela disse, finalmente.

Delicada, aproximou o rosto, e seus lábios se tocaram num beijo terno. Ele acariciou os cabelos dela e a abraçou com força, sem que mais nada precisasse ser dito. Suas bocas se entendiam mudas.


Voltaram ao chalé uma hora depois. Ao passar pela porta, Téo ainda estava inebriado pela troca de carinhos. Girou a chave na fechadura e a devolveu ao bolso. Clarice havia entrado na frente, direto para o banheiro.

"Espera aí", ela disse. Retirava a maquiagem na pia, os cabelos presos numa touca plástica.

Ele ficou na cama, sentindo-se nervoso com o que viria. Tirou os sapatos e guardou o revólver na gaveta da cabeceira ao seu lado. Achou inapropriado vestir o pijama. Aguardaria que Clarice tomasse a iniciativa de chamá-lo para perto dela.

"Ai, Téo, minha aliança!", ela disse, num susto. Levantou o rosto ainda molhado. "A água… A aliança caiu!"

Ele correu para o banheiro. Buscou a aliança no ralo da pia e se agachou para examinar o sifão. Virou-se, assustado pelo som dos passos. Clarice havia corrido para a porta e girava a maçaneta em desespero. Ele avançou na direção dela.

"Chega pra lá!", ela gritou, recostada à porta. Apontava o revólver para ele. "Cadê a chave?"

Téo recuou. Na cabeceira, a gaveta jazia aberta.

"Não faz besteira, Clarice. Larga isso."

"Vou te matar, seu filho da puta! Se você não me der a chave, te mato!"

Ele estava decepcionado. Nunca poderia imaginar que dentro daquele um metro e cinquenta caberiam tanto rancor e falsidade.

"Você precisa mesmo fazer isso? Esses dias foram tão bons, Clarice! Falamos do seu roteiro, vimos filmes... Foi..."

"Foi uma grande bosta! Não preciso dos seus conselhos pro meu roteiro! Você é nojento! Me dá a porra da chave!"

Ela tinha os olhos bem arregalados. As pernas estavam levemente curvadas, as mãos tremiam. A touca plástica concedia-lhe um ar macabro. Havia ódio em seu rosto. Medo também.

"Não vou te dar a chave, Clarice."

"Mais um passo e eu atiro. Se afasta. Chega pra lá, anda."

"Você não pode estar falando sério. Tivemos momentos tão bonitos!"

"Enfia esse anel no cu!" Ela tirou a aliança do casaco e jogou na cara dele. "Eu quero a chave!"

"Já disse que não vou dar a chave. Se quiser, atire em mim."

"Vou atirar. Vou atirar, seu filho da puta!"

O indicador no gatilho recuava temeroso. Mesmo com o revólver, ela parecia afugentada.

"É sua última chance."

"Atira em mim. Se é isso o que mereço depois de tudo, atira."

"Não me obrigue a..."

"É só uma fase, Clarice. Vai passar...", ele disse. Estendeu as mãos para ela.

"Cala a boca! Se afasta."

"Preciso que confie em mim."

"Não confio!"

"Eu nunca machucaria você."

"Foda-se! Eu quero a chave! Quero ir embora daqui. Quero ir pra minha casa."

Ele sorriu para ela.

"Não é assim que funciona..."

"Me dá a chave... Ou vou atirar na sua cara."

"Você não teria coragem de fazer isso..."

Téo se aproximou, passos calculados, mãos levantadas. Clarice puxou o gatilho. Uma, duas, três, quatro, cinco vezes, puxou o gatilho. O tambor executou um giro completo, indiferente. Téo avançou e bateu nas mãos dela. Sentia um misto de angústia e raiva. Esbofeteou Clarice.

"Eu disse que nunca te faria mal! Pensou mesmo que eu andaria com a arma carregada?"

Deu outro tapa nela. Clarice caiu na cama, escondeu-se sob a coberta, fechou os olhos. Uma mancha roxa surgia na altura da boca. Téo pensou em sedá-la outra vez. Era o que ela merecia. Chegou a pegar a seringa, mas desistiu. Buscou os separadores de pernas e braços na Samsonite. Clarice gemia, suplicava perdão. Ele vestiu a mordaça nela. Não tinha mais nada a dizer. Puxou-a pelos cabelos e prendeu seus membros às extremidades do aparelho. Fechou cadeados, apertou fivelas, destacou velcros. Arrastou a estrutura até o chão frio do banheiro. Deixou a luz acesa. Clarice passaria a noite ali, crucificada, pensando na merda que tinha feito.

# 11.

LOGO QUE AMANHECEU, TÉO RETIROU CLARICE DO BANHEIRO. Levou-a de braços dados até a cama, pois ela estava toda dolorida. Sugeriu uma massagem, mas a resposta foi o silêncio. Sobre a escrivaninha, ele havia deixado um prato com fatias de melancia.

"Não quer comer?", perguntou. Resistiu a chamá-la de Magali.

Ela girou a cabeça. Cerrava os lábios, feito criança malcriada. Téo descalçou as sapatilhas dela e massageou os pés ressecados. Sempre que a tocava, sentia as mãos formigarem. Ficava surpreso com as sensações que Clarice ainda provocava nele. Tentou sorrir, mas continuava indignado. Se a arma estivesse carregada, ele teria morrido. Clarice estava nitidamente fora de si. Ele lamentava muito. E não conseguia evitar certo desprezo pela fraqueza dela.

"Não vai falar comigo?", perguntou.

Pelos dias seguintes, Clarice recusou a comida e as palavras. Aceitava apenas água, mas não agradecia. Passava as tardes no notebook, escrevendo o roteiro. Téo buscou respeitar. Sabia que ela não aguentaria muito tempo. Os casais sempre se perdoam.

Deitado na cama, ele a observava na poltrona: ombros curvados, braços raquíticos, olhar apático, quase morto. A situação ganhava contornos insuportáveis. Ele tentava ser simpático, mas ela se mantinha impassível. Qualquer assunto não merecia dela mais do que um olhar desdenhoso. Qualquer carinho era recusado. A falta de alimentação também o preocupava.

No domingo à noite, o hiato foi interrompido. Ela estava enroscada nas cobertas, pronta para dormir, quando disse:

"Tenho muita pena de você, Téo."

A frase o atingiu em cheio. Ela não via que ele estava com a razão? Esforçou-se para a conversa não acabar:

"Eu também tenho muita pena de você, Clarice."

Ela fingia dormir, mas as pálpebras tremiam.

"Tenho pena porque você tem alguém que te ama e não valoriza isso", ele disse.

Ela abriu os olhos muito vivos:

"Você acha mesmo que me ama?"

"Amo."

"Isso é paixão, é doença, obsessão. Qualquer coisa, menos amor."

"Não sou adepto de classificações taxonômicas dos sentimentos, Clarice."

Ela sacudiu a cabeça e calou-se outra vez.


"Vá ao centro e me traga a merda de um cigarro qualquer", ela disse, sentada na poltrona.

Era quinta-feira. Clarice não fumava havia uma semana e estava mais desaforada a cada dia. Téo preferia ignorá-la. Sabia que a abstinência era dolorosa e havia tentado solucionar o problema dias antes: conseguira palitos na recepção.

"A maioria dos ex-fumantes masca palitos nos primeiros dias. É importante para suprir o hábito de levar o cigarro à boca", ele havia explicado.

Ela jogara os palitos no chão. Apesar disso, aceitara o conselho. Pouco a pouco, o vício se dissipava.

"Vá ao centro e me traga a merda de um cigarro qualquer", ela repetiu.

"Não vou ao centro hoje."

Ele estava dobrando roupas nas malas. Pegou o celular dela.

"Mais alguém me mandou mensagem?"

"Não."

"Gostaria de olhar meu celular..."

"Ninguém mandou mensagem."

"Quero olhar meu celular. Você tinha dito que faria tudo o que eu pedisse..."

"Por favor, não seja impertinente. Eu disse que não há mensagens. Então esta é a verdade: não há mensagens! Para de me aborrecer com isso!"

"Você me trata como prisioneira", ela disse. "Finge me agradar, mas me trata como um animal."

"Você não está enxergando as coisas direito."

"Breno", ela disse. O nome funcionou como um golpe; o ataque de um urubu que, há tempos, acerca o corpo morto. "Você sabe quem é. Meu namorado."

"Ex-namorado."

"É meu namorado. E eu sinto falta dele."

"Vocês brigaram, pelo que entendi."

"Isso não interessa. Nós sempre brigamos e reatamos depois."

"Não é o que parece desta vez." Ele fez um gesto vago com as mãos. "O Breno te mandou uma mensagem. Disse que não quer mais nada com você."

"Não mente, Téo."

"Não estou mentindo. Lembro bem o que estava escrito. Peço desculpas por não ter contado. Excluí a mensagem porque não queria te machucar."

"Não acredito em você."

"Faz três semanas que estamos aqui e ele não te procurou, Clarice. Não é evidente que ele não quer saber de você?"

A pergunta a desconcertou.

"Além do mais, ele usava ofensas horrorosas na mensagem. Fiquei espantado." Téo franziu os olhos, como se puxasse informações pela memória. "Dizia que o relacionamento não estava bom pra ele. E te chamava de *piranha*."

"É mentira!"

Sua voz falhou ridiculamente e ele soube que ela não estava tão confiante.

"O *piranha* me marcou. Ele repetiu umas três ou quatro vezes."

Clarice desabou em lágrimas. Téo ficou orgulhoso. Pela troca de mensagens, havia notado que Breno não lidava bem com o jeito extrovertido dela.

"Mentiroso! Você só mente, desde o início!", ela repetia, aninhada na poltrona. A cabeça se escondia entre os joelhos, entregue ao vaivém dos soluços. As vértebras da coluna se movimentavam feito cobra sob a pele. Clarice havia perdido uns quatro quilos nos últimos dias; estava esquelética, mas continuava bonita. Se ele soubesse pintar, teria feito um retrato daquele instante. Cogitou pegar a câmera fotográfica, mas achou que seria ofensivo.

Num rompante, ela saltou sobre Téo. Arranhou-o e tentou mordê-lo. Bateu com o travesseiro no rosto dele. Téo a segurou pelos punhos e conseguiu prender as algemas. Estava bastante zangado com a reação dela. Clarice vinha se revelando pouco civilizada. Ele pegou o Thiolax no frigobar. Sob protestos ofegantes, aplicou a dose.

Téo se esqueceu das horas cuidando dos braços de Clarice. Massageou os ferimentos com creme. A pele esmaecida exibia manchas roxas e arranhões. Ela descansava profundamente, seu corpo era um território a ser desvendado. Os braços algemados acima da cabeça desenhavam uma silhueta sensual, as coxas brancas saltavam do pijama. Ele sabia que aqueles pensamentos eram inevitáveis e foi tomar banho.

Já passava da meia-noite quando bateram à porta. Três soquinhos breves. Ele se levantou da cama e olhou para Clarice, ainda adormecida. Afastou as cortinas da janela lateral. O céu estava negro, nuvens escuras fatiavam a lua. O poste à beira do lago iluminava pouco, desenhando a sombra do visitante. Não era um anão.

Téo pegou o revólver na mala, lamentando que não tivesse comprado munição. Insistiram com mais batidas.

"Quem é?"

Não houve resposta.

"Quem é?"

Arma na cintura, abriu a porta. Não demorou a reconhecer o rapaz da Sala Cecília Meireles. Era alto, vestia jeans, polo verde e jaqueta de couro. Os óculos de armação quadrada marcavam o rosto.

"O que você quer?"

Breno o analisava de cima a baixo com ar idiota:

"Quem é você?"

"Você bateu na minha porta a essa hora…"

"Olha, eu só quero falar com a Clarice. Ela está aí?"

"Você sabe que horas são?!"

"Preciso falar com ela. Ela sempre fica nesse chalé."

Téo pensou em dizer que não sabia de nada, mas não queria parecer covarde ou submisso.

"Ela está dormindo. Como você chegou aqui?"

"Não importa."

"Sou namorado dela", Téo disse. Reparou num cheiro forte de álcool no hálito de Breno. Ele sacudia a cabeça. Seus olhos pareciam prestes a saltar das órbitas. "Não vou deixar você perturbar mais. A gente está junto. Some."

"Não quero arrumar confusão. Só preciso conversar com ela. Te imploro."

"Você já conversou mais do que o suficiente com aquelas mensagens ridículas!"

"Você leu?"

"A Clarice fez questão de me mostrar. Ela não sabe mais o que fazer pra você entender que acabou."

"Por favor, não sei o que está acontecendo. Ela não me responde direito. Estou desesperado", Breno disse, num ressentimento de bêbado. "Preciso ouvir dela que tudo terminou. Só isso e vou embora."

Téo encarou aquele sujeito em frangalhos e o achou patético. Como Clarice tinha gostado de alguém assim?

"Sei que você é o novo namorado dela e que..."

"Ela está dormindo, já disse."

"Ela nunca dorme cedo. Não é possível que tenha mudado tanto..."

Breno agora estava mais calmo. Seu olhar se fixara no arranhão comprido que Clarice havia feito mais cedo no pescoço de Téo.

"Não saio daqui sem ver a Clarice."

"Vai embora!", Téo mandou, fechando a porta.

Breno o impediu, impulsionou o corpo para forçar a entrada. Na semiescuridão, viu Clarice deitada na cama e correu para ela. Chegou a falar "Meu amor, me desculpa" antes de notar as algemas. Virou-se para Téo, sem entender. A primeira coronhada lançou os óculos quadrados para debaixo da cama. Téo continuou a golpeá-lo, na cabeça e na nuca. Breno cambaleou, zonzo, mas conseguiu revidar. Desequilibrou Téo. Clarice dormia, alheia à cena.

Téo agitava as pernas, buscava escapar dos socos no rosto. Conseguiu segurar os cabelos de Breno e bater a cabeça dele contra a quina da cama. O impacto abriu um corte no crânio, sangue escorreu pelos cabelos até a orelha. Breno se contorceu; perdia a consciência. Téo repetiu o movimento mais vezes, abrindo um sulco profundo na cabeça de Breno. O corpo rígido ganhou flacidez e tombou. A cabeça sangrenta encontrou o chão num baque seco. Téo sentia o cansaço doer os ossos. Olhou para o corpo de Breno, enorme, imóvel. Encarou os olhos vítreos, bem abertos, logo abaixo da testa estraçalhada. Estava mesmo morto?

Hesitou. Pegou a seringa e a ampola de Thiolax. Tinha medo de tocá-lo e ser surpreendido. Deu chutes leves no corpo. Nenhuma reação. Com a rapidez de uma enfermeira atarefada, injetou uma dose de Thiolax no braço inerte. Injetou outra. E mais outra. E mais outra por fim.

Quatro doses de Thiolax... Impossível continuar vivo.

Téo andava de um lado para outro. Tinha matado uma pessoa. O corpo estava ali, horrendo e vermelho. O que ele sabia sobre Breno? Que era o ex-namorado ciumento de Clarice e que tinha um carro. Revistou os bolsos do morto. Um celular de modelo antigo, já desligado. Um chaveiro com três chaves. No bolso da jaqueta, a carteira. Duas notas de cinquenta, uma de dez. Dois cartões de crédito. Uma carteirinha da faculdade de música. O documento de identidade mostrava que Breno tinha vinte e seis anos. Dentro da identidade, Téo encontrou uma passagem de ônibus Rio-Teresópolis usada. Nenhuma carteira de motorista. Alguém sabia que ele tinha vindo atrás de Clarice? Algum hóspede o tinha visto chegar? Não havia tempo para especulações. Precisava se livrar do corpo. O sangue se espalhava, ameaçando manchar a barra do lençol. Ele esperava que Clarice ainda levasse algumas horas para acordar.

Abriu a porta do chalé e foi ao carro. Vestia camiseta, mas o frio não o incomodou. Pegou o tapete na mala e estendeu no chão do quarto. Deitou o corpo de Breno sobre ele, limpando o sangue. Pensou em enrolar o corpo no tapete e jogá-lo no lago. Já havia lido alguns romances policiais em que o criminoso enrolava o corpo em um tapete para escapar da polícia. No entanto, fora da ficção, o cadáver poderia se desprender e os gases da putrefação o fariam boiar na superfície. Talvez algumas pedras ajudassem a mantê-lo no fundo. Ainda assim, muito arriscado. A ideia de abrir uma cova na floresta também lhe ocorreu, mas foi eliminada: não estava acostumado a revolver a terra e acabaria acordando algum hóspede.

Decidiu-se. Saiu do quarto na direção do almoxarifado. Seus passos riscavam a noite. Em silêncio, girou a maçaneta e tateou na escuridão até o interruptor. Alcançou a pilha de sacos plásticos pretos na última prateleira. Depois, foi até a cozinha, anexa à sala de refeições, torcendo para que não estivesse trancada. Não estava. Pegou uma faca comprida e serrilhada. No caminho de volta, próximo ao canteiro florido do Chalé Dengoso, viu uma tesoura de jardineiro esquecida na terra. Levou-a consigo também.

Luvas postas, iniciou o trabalho. Rasgou as roupas de Breno, deixando-o nu sobre o tapete. Era irônico que Clarice se divertisse com tão pouco. Jogou as roupas amassadas em um saco preto, guardou os óculos e os pertences num compartimento da Samsonite menor. Estava ansioso, era a primeira vez que exploraria um cadáver fresco.

O corpo de Breno estremeceu quando a faca entrou na altura da garganta. Numa descida vertical, a pele — ainda quente — se abria com maciez, deixando um sulco atrás da faca. Téo foi devolvido à sala de anatomia, aos momentos com Gertrudes, aos prazeres da dissecação. Visitando cada parte do cadáver, revia os livros que havia estudado. Ilustrações se transformavam em realidade.

Posicionou-se de cócoras para vencer a caixa torácica. Encontrou as articulações das costelas e começou a cortá-las com a tesoura. Rompidas todas, levantou o esterno, ganhando uma visão dos órgãos dentro da caixa de ossos. O coração ainda se contraía debilmente.

Aos poucos, Téo se acalmou. O cheiro ferruginoso de sangue o agradava. Agia em movimentos calculados, como um dançarino ensaiando seus passos ao redor do corpo. Suava muito e, quando enxugou a testa no antebraço, olhou para Clarice. Se ela acordasse, conseguiria enxergar o ex-namorado no cadáver exposto? Ele sabia que não. O amor que ela nutria por Breno era físico. Diante daquela imagem, não haveria amor nem dor. Apenas nojo.

Agachou-se para cortar as bordas do diafragma e puxar as vísceras, imersas em gordura amarela. A lâmina deslizou, atravessou a luva e feriu seu polegar direito. Merda! Fluidos vertiam do intestino cortado. Fez um rápido curativo após lavar as mãos. Aproximou-se de Clarice, acariciou seu rosto, excitado com a situação. Queria que ela acordasse. Queria que ela visse Breno daquele jeito, só carcaça.

"Acorda, Clarice", ele disse ao pé do ouvido dela. Quis mordiscar seu lóbulo, mas se conteve. Por mais que o choque pudesse ser positivo, ele não queria correr o risco de perdê-la.

Vestiu novas luvas e iniciou o esquartejamento. Fez cortes nas articulações, divertindo-se ao ouvir o barulhinho peculiar dos membros inferiores soltos na altura da virilha. *Poc.* Lembrava um vidro de palmito sendo aberto. Dividiu as pernas em dois segmentos, nos joelhos. Fez o mesmo com os braços, nos cotovelos, depois de cortá-los na altura dos ombros. *Poc. Poc.*

Duas horas tinham passado. Ele não estava acostumado àqueles procedimentos com instrumentos tão rudimentares. As costas doíam, mas ainda restava a pior parte: separar a cabeça do tronco. Serrou a região da nuca. Os músculos cederam e apenas alguns ligamentos traziam dificuldade. A lâmina perdia o fio, tornando a tarefa mais exaustiva. Forçando o tronco do cadáver, Téo continuou a serrar, enquanto puxava a cabeça em sentido contrário até que ela soltasse.

O rosto de Breno estava coberto de sangue, a boca escancarada em um vazio negro, sem língua. Téo desceu as pálpebras dele: era um profissional de medicina, não um açougueiro sanguinolento. O tapete estava imundo. Ele o enrolou e amarrou com a fronha do travesseiro. Juntou Breno em sacos duplos, acrescentando pedras brancas que havia encontrado no jardim.

Por uma fresta na porta, encarou a escuridão. Calculou que precisaria de duas viagens — cerca de três minutos — para se livrar dos sacos no lago. Nenhum dos outros chalés tinha vista direta para aquela área, de modo que ele se permitiu fazer algum barulho. Arremessou os sacos para longe da borda, voltou correndo e fez novo arremesso. Livrou-se do tapete também. Lavou os instrumentos e os devolveu a seus lugares. Quando finalmente descansou na poltrona, precisava de um banho. Ficou trinta minutos debaixo do jato quente que massageava suas costas.

Diante do espelho, notou um ferimento inchar na face direita. Perfumou o quarto para espantar o cheiro acre que havia dominado os móveis.

Extasiado, sentou no banquinho de metal à beira do lago. Breno estava morto. Clarice era só dele. O fato ainda não o havia atingido emocionalmente. Ainda não absorvera seu significado, mas algo lhe indicava que era bom.

Seus olhos perscrutavam a superfície, atentos a qualquer anormalidade. Ficou ali por horas, estalando os dedos, refletindo, sorrindo, até que a sexta-feira começou a nascer. Era hora de voltar para a cama e tentar dormir. Sabia que não conseguiria.

# 12.

O PEDALINHO AVANÇAVA, BARULHENTO. Pai e filho pedalavam com força, riam alto, alimentando os gansos com nacos de pão e molhando as mãos na água para sentir a temperatura. Téo assistia a tudo. Pouco antes do amanhecer, tinha ido ao chalé. Na bochecha direita, uma mancha roxa surgia junto ao lábio superior inchado. Ele pressionou ali cubos de gelo conseguidos na cozinha. Tomou analgésico e passou pomada para aliviar a dor. Então, voltou ao banquinho de metal com o livro de Clarice Lispector. O volume jazia fechado sobre o colo. Quanto tempo demorariam para sentir falta de Breno? A investigação levaria a polícia a Clarice? Pouco antes de se revoltar e invadir o quarto do casal, Breno havia dito que ninguém o tinha visto chegar. Mas alguém o tinha visto sair de casa, tomar o ônibus para Teresópolis? Esses problemas escapavam ao seu controle e, por isso, Téo estava impaciente. Não queria pensar neles.

Abriu o livro de Lispector nas últimas páginas. O conto se chamava "Perdoando Deus". A autora tratava da desagregação da personagem frente à brutalidade da natureza, metáfora de Deus, retratada num rato ruivo morto. O estado de espírito inicial da personagem se assemelhava ao dele ao conhecer Clarice. Alma leve e despreocupada, ternura e afeto inéditos. A rebeldia também era a mesma. No conto, a narradora-personagem se revoltava contra Deus, que lhe colocava um rato morto no caminho. Na vida, ele entendia o significado daquilo: não tinha sido responsável pela morte de Breno. Uma força maior havia colocado o ex de Clarice em seu caminho. Era um obstáculo a ser vencido, uma peça a ser eliminada. Não havia com o que se incomodar.

Concluiu que a desordem íntima que o perturbava não era movida pelas causas, mas pelas consequências. Seu tecido de sentimentos estava esgarçado. O que Clarice pensaria dele quando soubesse?

Téo foi para o quarto por volta do meio-dia. Ela já havia acordado.

"O que aconteceu com a sua cara?", perguntou, ao ser desamordaçada.

"Me machuquei enquanto caminhava hoje de manhã. Você estava dormindo."

"É o que eu faço a maior parte do tempo."

Ele ligou o notebook dela e pediu desculpas por ter perdido a hora do café da manhã. Estranhou a passividade com que Clarice aceitou a desculpa do machucado. Teria acreditado nele? Percorreu o quarto com os olhos. Tudo estava como antes — ou parecia estar.

"Preciso de uma data", ela disse. Levou as mãos aos cabelos e os sacudiu num movimento bonito.

"Uma data?"

"Até quando vai durar isso?"

"Não sei, Clarice."

"O Natal está chegando." Ela espremeu os olhos. "Minha mãe vai estranhar se eu não aparecer."

"Não me peça uma data."

"Preciso estar em casa para a ceia."

"O Natal é só daqui a duas semanas."

"Duas semanas então."

"Você tinha dito que talvez não voltasse pro Natal."

Ela se esgueirou para perto dele e o abraçou. Os seios sob a blusa roçaram sua camisa.

"Por favor…", ela pediu.

Subiu na cama. Passou por trás dele, massageando seus ombros. Seu perfume era delicioso. Ele quase conseguia esquecer o que ela havia feito.

"Caramba, Téo, você está tenso", disse, sem parar os movimentos nos nós do pescoço, agora circulares. "Meu ex também era assim… Não conseguia relaxar."

Sem perceber, ele retesou os ombros.

"Pensei no que você me contou. E acho que está certo…", ela disse. "Meu relacionamento com o Breno acabou. Não gosto mais dele. Só tenho medo de virar a página."

"Fico feliz que tenha concluído isso."

"Acho que ele me traía", ela disse. "Me traía com as aluninhas de violino dele. Se nosso relacionamento valesse alguma coisa, ele teria vindo atrás de mim. Mas ele não veio, não é? Não veio."

Clarice o encarou a uma distância de centímetros. Havia um sorriso no canto de sua boca? Ele teve certeza de que ela sabia. Sabia e jogava com ele. Desafiava sua sanidade.

"Preciso sair", ele disse.

"O que houve?"

Téo vestiu algemas e mordaça em Clarice. Sentia câimbra nas pernas. Bateu a porta, dizendo que iria à cidade, mas não demoraria.

Ele não queria sair. Era sexta-feira e estava cansado. A voz de Clarice o sufocava, o hotel o sufocava, a fila de casais para entrar nos pedalinhos o sufocava. O passeio ao centro era a válvula de escape.

Aproveitou para almoçar e fazer compras. Numa lanchonete, pediu suco de goiaba enquanto assistia ao noticiário da tarde. Não havia nada sobre o desaparecimento de Breno, o que o acalmou. Clarice estava presa à cama e jamais conseguiria chegar à porta sem abrir as algemas. Breno estava no fundo do lago e não parecia vir de família influente. Quando o desaparecimento fosse registrado, seria arquivado antes mesmo que voltassem para casa.

Sentou próximo a um jardim colorido e fechou os olhos. Precisava falar com alguém que não fosse Clarice. Ligou para a mãe.

"Peraí, filho, tô terminando de anotar uma receita", ela disse.

Ao fundo, uma voz de homem continuava: "... meio litro de vinagre de maçã, meio litro de creme de leite, duas maçãs verdes, setecentos gramas de carne de...". Meio minuto depois, a televisão foi desligada.

"Pronto. Como você está?"

"Bem, e você?"

"Chegou o resultado da necrópsia do Sansão. Encontraram resíduos do meu remédio no estômago dele. O Sansão morreu por excesso de Hipnolid."

"Então...", ele disse, sentindo-se péssimo. "Puxa, não fica mal por isso. Você não tinha como saber que ele comeria sua caixa de remédios!"

"Você não está entendendo. O Sansão não comeu minha caixa de remédios. Alguém fez isso com ele."

"Como é?"

"Alguém deu Hipnolid pro Sansão. Ele não comeu caixa nenhuma."

"Quem faria algo assim?"

"Eu só consigo pensar numa pessoa…"

Téo queria desligar o telefone. Resistiu. Pressionou o receptor contra o ouvido.

"A Clarice, meu filho. Ela foi a única desconhecida que esteve aqui em casa."

"A Clarice? Ela não seria capaz."

"Também acho monstruoso, mas não tem outra opção."

Patrícia devia ter refletido bastante sobre o assunto nos últimos dias.

"A Marli, talvez?", ele disse.

"A Marli? Acha que ela faria uma coisa dessas com o Sansão? Ela sabe quanto eu amava aquele cachorro!"

"Ela tem a chave do nosso apartamento. E sabe que você toma Hipnolid."

"Mas por que ela faria isso?"

"A Clarice também não tinha motivos. Eu fiquei ao lado dela o tempo todo."

"Não sei o que pensar…"

Naquele instante, Téo entendeu que a mãe suspeitava dele. Mas ela era dependente de seus cuidados, sugava suas energias e não podia acusá-lo impunemente.

"Não foi a Clarice. Tenho certeza", ele disse.

"Quando vocês voltarem, quero conversar com essa menina. Sou muito sensitiva, você sabe. Quero ver a índole dela."

Desde que Marli havia dito para Patrícia que ela era uma "pessoa especial", a mãe usava esse argumento para justificar suas impressões disparatadas.

"Não quero que você confronte a Clarice."

"Eu jamais faria isso. Não sou indelicada. Mas talvez essa menina não esteja fazendo bem a você."

"Ela me faz bem, mãe."

"Lembra aquele pesadelo que tive pouco antes de você viajar?" A voz de Patrícia fraquejou. "Tive de novo, três vezes nesta semana. O mesmo pesadelo."

"É apenas imaginação."

"Estou assustada, Téo. Alguém envenenou o Sansão. E, nesses pesadelos, você também morre envenenado, meu filho. É horrível!"

Ele se despediu numa chateação fingida. Aquela conversa o tinha deixado ainda pior. Não era culpa da voz de Clarice, tampouco do chalé. Era o mundo que o sufocava.


À noite, Téo dormiu profundamente. Acordou cedo e bem-disposto. Antes do café, conversou com os anões da recepção: ninguém parecia ter visto ou ouvido nada na madrugada anterior. Caminhou ao redor do lago. O negrume das águas atraía seus olhos para a superfície. Esperava algo emergir subitamente — um antebraço, um fígado. Nada apareceu.

Levou o café da manhã de Clarice ao quarto.

"Você roncou esta noite", ela disse, mordendo um croissant.

"Desculpa."

"Não falei brigando. Você parecia mesmo cansado…"

"Sim, eu estava."

Ele abriu a mala para arrumar as camisas.

"Qual é seu signo, Téo?"

"Não ligo pra essas coisas."

"Qual é seu signo?"

"Faço aniversário em setembro. Dia vinte e dois."

"É Virgem. O último dia. Mas é Virgem. Típico."

"Típico o quê?"

"Racional, determinado, metódico. É você."

Ele não acreditava que a posição dos astros determinasse suas características, mas ficou quieto. Lembrou-se do site em que tinha visto Clarice discutir astrologia e deduziu que ela nutria certa devoção ao tema.

"A que horas você nasceu?"

"Não lembro."

"Preciso disso pra saber a lua e o ascendente."

"Qual é seu signo?", ele devolveu. Não estava com vontade de falar de si mesmo.

"Áries. Cuspida e escarrada."

"Como assim?"

"Impulsiva, independente, sincera até demais. Temperamental também, mas prefiro não entregar meus podres assim de cara", ela disse, com um sorriso generoso. Deixou o notebook de lado. "Preciso dormir mais um pouco. Seus roncos eram incrivelmente altos."

Ele aproveitou para ler o roteiro dela no notebook. Acompanhou o avanço da história e identificou as mudanças que ela tinha feito. Clarice havia seguido vários de seus conselhos e Téo ficou feliz com isso. Sabia que ela nunca mais conseguiria escrever sem os apontamentos dele. Pouco a pouco, a angústia desaparecia e voltavam a ficar bem. Distraído, ele cantarolou uma canção, batucando os dedos no estrado da cama. Nada como um tempo após um contratempo.

Téo folheava o álbum de fotos quando Clarice acordou e perguntou o que ele estava fazendo. A reação inicial foi fechar o volume. Ainda não havia mostrado as fotos para ela e não sabia como reagiria. Depois, concluiu que não havia problema em deixar que Clarice as visse. Não eram imagens ofensivas ou indignas. Ao contrário, registravam sentimentos bonitos, como carinho, companheirismo e amor.

"Minha mãe ia adorar isso aqui", ela disse. Olhava as fotos como se não se reconhecesse nas imagens. "Ia deixar na mesa de centro da sala, junto ao álbum de casamento dela."

O tom de Clarice ao falar da mãe era de desprezo. Téo queria entender a relação das duas, mas esses fios de convivência lhe pareciam emaranhados. Ainda que ele não amasse Patrícia, tinha respeito e cuidado com ela. Às vezes, pensava na manhã em que sentiria nos lábios a pele gélida da mãe ao dar o beijo de bom-dia e notaria que ela estava morta. Não haveria nada ali, além do corpo flácido e maltratado que o tinha posto no mundo. Ele imaginava o que iria sentir. E também o que *deveria* sentir. Deveria chorar e deixar que as pessoas o vissem indefeso. Mas, no fundo, numa parte obscura de si mesmo, ele sabia que não faria muita diferença. Sentiria falta do dinheiro fácil que recebia a cada mês... Da omelete de queijo que a mãe preparava em jantares improvisados... E só. Omelete e dinheiro. O elo entre eles se resumia a isso. Mas havia algum problema? Sem dúvida, a convivência dele com Patrícia era melhor do que a de Clarice com Helena.

"Você gosta da sua mãe, Clarice?"

"Por que está me perguntando isso?"

Ela deixou o álbum de lado.

"O jeito que você fala dela..."

"Eu e minha mãe fomos muito próximas. O tempo separou a gente."

"O tempo?"

"O tempo, os amigos, a mentalidade", ela disse. Passeava os dedos pelas capinhas plásticas do álbum, tentando disfarçar o incômodo. "Minha mãe nasceu no subúrbio, com a mente fechada. Acha que quem é escritor é vagabundo; que quem fuma maconha é criminoso; que quem ama pessoas do mesmo sexo é doente. Coisas de que eu discordo."

Téo pensou que aquela era uma oportunidade para falar sobre Laura, mas não sabia como abordar o assunto.

"E então vocês se afastaram?"

"Ela finge cuidar de mim, eu finjo precisar dela. Ela se sente culpada, sei disso."

"Culpada de quê?"

"Foi ela que desistiu de mim", Clarice disse, e a frase saiu carregada de dor. "Ela viu que eu não me encaixaria na fôrma de filha perfeita com emprego público e filhos no berçário. Daí, desistiu. Me soltou no mundo."

Téo havia ficado receoso com a promessa feita a Helena de pedir que Clarice retornasse a ligação. Agora, soube que ela não estranharia se a filha continuasse ausente nos próximos dias. Temia principalmente que, numa conversa, Helena mencionasse o desaparecimento de Breno. Clarice continuou:

"Sei que não é culpa dela. Sou uma pessoa do mundo. Ascendente em Sagitário. Não adianta tentar me controlar. Não tenho dono, sabe? E nunca vou ter."

Téo sorriu, mas ficou com a impressão de que ela tinha insinuado alguma coisa para ele. Aquela atitude acionou uma cadeia de pensamentos, bons e ruins, e o levou a uma verdade cáustica: ele jamais poderia deixar Clarice partir.

# 13.

A TERÇA-FEIRA AMANHECEU COM PROBLEMAS. Clarice entrou em uma crise de criatividade, culpa da falta de cigarro. Disse que não conseguia escrever mais nada. Havia travado na parte em que as personagens chegam a Ilha Grande.

"É uma merda. Fui nesse lugar quando tinha cinco anos. Não lembro nada. Preciso voltar."

Ele entendia que os escritores escrevem sobre aquilo que conhecem. Por isso, não cogitava escrever ficção. Acabaria criando um personagem médico, morador de Copacabana, vivendo feliz com uma menina meio doida.

"Isso passa", ele consolou.

Cansada de enfrentar a tela do notebook, Clarice deitou ao seu lado na cama. Usava a mesma camisola do dia em que ele a tinha buscado em casa. Agora, estava mais desleixada: os cabelos malcuidados, as unhas descascadas e roídas, o rosto sem maquiagem e com olheiras. Suas sobrancelhas tinham crescido e as pernas estavam um pouco peludas. Ainda assim, continuava linda. Não havia nada no mundo capaz de deixá-la feia.

"Por que não jogamos cartas?", ela perguntou. "Preciso me distrair."

Téo concordou. Não gostava que Clarice se sentisse prisioneira. No dia anterior, ela havia sugerido que assistissem a *Pequena Miss Sunshine* pela segunda vez e, à noite, havia pedido que ele lhe ensinasse as regras do jogo de gamão. Um dia muito simpático e agradável, envolto no bucolismo de Teresópolis.

Algemou-a e saiu do quarto para buscar os baralhos na recepção. Gulliver, o anão mais velho, estava ao telefone e fez sinal pedindo que ele aguardasse. Téo gostava de Gulliver: era um sujeito quieto, um pouco soturno, mas de humor inalterável. Evitava encará-lo por muito tempo, pois invariavelmente se fixava nos dedinhos da mão dele, pequenos feito minhocas.

Téo foi pego de surpresa quando Gulliver falou ao telefone:

"Eu entendo, Helena. Trate de aparecer no nosso hotel, sim? Ultimamente, só a Clarice vem nos visitar!" Ele soltou uma risada. "Não sei por que eu não estava conseguindo ligar para o quarto deles. Você deu sorte. O namorado da Clarice está bem aqui, na minha frente. Aguarde um instante."

Gulliver tapou o bocal com a mão esquerda e virou-se para Téo.

"A mãe da Clarice quer falar com ela. Eu estava tentando encaminhar a ligação para o chalé de vocês, mas só dá ocupado. Ia lá agora mesmo chamar a Clarice."

"Deixa que eu falo."

Téo foi até a cabine telefônica.

"Ela prefere falar com a filha", o anão disse, mas ele ignorou. Fechou a porta sanfonada, sentou no banco e pegou o fone.

"Pode chamar a Clarice?", a voz de Helena era agitada, porém firme.

"Ela está no quarto escrevendo. Como você está?"

"Um pouco nervosa. Chama a minha filha?"

"Você sabe como é a Clarice. Ela pediu pra não ser incomodada. Eu mesmo fui expulso do quarto", disse e riu, tentando ser agradável.

"Preciso falar com ela. Ela está bem?"

"Hoje acordou em crise porque travou numa parte do roteiro. De resto, temos nos divertido bastante."

"Uma coisa horrível aconteceu."

Téo se retorceu na cadeira. Apertou o fone entre os dedos.

"Breno desapareceu", ela disse.

"Breno?"

"O ex-namorado da Clarice... Ela deve ter te falado dele."

"Ah sim, o violinista."

"Está desaparecido desde quinta-feira."

"Como assim?"

"A polícia acabou de sair daqui. Queriam falar com a Clarice."

"Com a Clarice?"

"Acho que estão conversando com todas as pessoas próximas a ele."

A voz de Helena era vazia e amarga, marcada pelo fio de tensão de quem acaba de receber a polícia em casa. Téo buscou não soar defensivo ou amedrontado:

"Ele e a Clarice terminaram o namoro faz quase um mês. Entendo que é horrível que o Breno tenha desaparecido. Mas acho errado contar à Clarice neste momento. Ela está terminando o *Dias perfeitos*." Ele fechara a mão esquerda em punho e batia de modo suave na mesa do telefone. "Uma coisa dessas pode afetar nosso relacionamento. Não quero que a Clarice volte a pensar nesse cara."

"A polícia faz questão de falar com ela. Insistiram nisso."

"Ela fala com a polícia quando as férias acabarem", ele disse. "É possível que só voltemos no início do ano que vem."

"Voltem antes do Natal. Quero ir até Teresópolis conversar com vocês."

"Não precisa. Está tudo bem. Só não vou importunar a Clarice com uma coisa dessas. Com certeza vão achar o rapaz."

"A polícia deve ligar para o celular dela em breve. Ou talvez ligue para o seu. Eu dei o número."

Ele pensou em dizer "Você não deveria ter feito isso", mas acabou dizendo:

"Tudo bem. Não tem problema se ligarem."

"Vocês não têm nenhuma ideia do que pode ter acontecido?"

"Não sabemos de nada."

"É que…" Ela chorava do outro lado da linha. "Acho que eu fui a última pessoa a ver o Breno antes de ele desaparecer."

Téo sentiu as pernas perderem força e, se não estivesse sentado, teria caído no chão. Olhou para Gulliver através do vidro. O anão digitava no teclado do computador e parecia não escutar a conversa.

"Na quinta à tarde o Breno esteve aqui em casa", ela disse. "Queria falar com a Clarice. Repetia isso sem parar. Parecia bastante nervoso. Eu disse que ela não estava, que tinha viajado para Teresópolis com você. Ele saiu daqui feito um louco, dizendo que precisava conversar com ela a qualquer custo. Logo depois, desapareceu. E, bem, eu pensei…", a voz dela fraquejou. "Pensei que vocês poderiam estar envolvidos nisso."

"Não estamos."

"Tem certeza?"

A pergunta ofendia Téo.

"O que está pensando? Que o Breno veio até Teresópolis naquele dia e que nós o matamos?"

"Eu nunca pensaria algo assim!"

Estava escandalizada.

"Talvez ele tenha aparecido aí e vocês o expulsaram", ela disse. "Acho que ele pode ter se matado. Ele estava muito abalado quando veio falar comigo."

"Helena, como eu disse, fiquei ao lado da Clarice o tempo todo e garanto que ele não esteve aqui nem na quinta nem na sexta nem em nenhum outro dia. Não sei como ele é."

"Acha possível que ele tenha cometido suicídio?"

"Sim, infelizmente. A gente nunca conhece muito bem as pessoas, não é?"

"Nunca gostei dele. Mas estou assustada, Téo."

"O importante agora é preservar a Clarice", ele disse. "Prefiro não contar a ela que isso está acontecendo. Ela anda tão entusiasmada com o roteiro. Vamos dar tempo ao tempo. O Breno pode estar escondido em algum lugar. Pode ter se isolado para refletir, para se recuperar de tudo."

"Você está certo."

"Estou sendo racional. A Clarice não teria como ajudar em nada. E acabaria abalada demais para continuar a escrever o roteiro. Todos sairiam perdendo."

Hesitou, mas a pergunta era necessária:

"Você mencionou à polícia que o Breno esteve aí na quinta-feira procurando pela Clarice?"

"Não. Preferi não falar nada até saber o que estava acontecendo. Não gosto de lidar com a polícia."

"Espero que fique bem", Téo disse, com gentileza. "E que isso se resolva logo."

O silêncio ficou pesado. Ele continuou:

"Estou muito feliz com sua filha. A alegria dela me contagia. Ela está tão envolvida no roteiro que até largou o cigarro."

"Parou de fumar?!"

"Digamos que está evitando", ele disse, como se contasse um segredo. "Eu fiz pressão, claro."

"Que bom."

"A Clarice não quer ir embora até finalizar o roteiro. Ela passa o dia escrevendo."

"Eu entendo", ela disse, com seu modo lento e grave. "Talvez eu faça uma visita a vocês."

Desligaram após uma despedida pouco calorosa.


Enquanto caminhava, Téo relembrou o diálogo com Helena. Tentava interpretar frases, destrinchar nuances. Ao fim da conversa, ela parecera convencida e pacífica. Ao mesmo tempo, terrivelmente complacente. A possibilidade de Helena aparecer a qualquer momento no hotel o inundava de temor. Caso isso acontecesse, ele não teria desculpas para impedir que ela falasse pessoalmente com a filha. O que poderia fazer então?

Ao entrar no quarto, deixou os maços de baralho sobre a cama e retirou a mordaça de Clarice. Disse que precisava de um banho para refrescar o calor.

"Por que demorou tanto?", ela perguntou.

"Sua mãe telefonou."

"Minha mãe? Por quê?"

"Queria saber de você. E quando voltaríamos. Eu disse que não sabemos ainda."

Ele fechou a porta do banheiro. Diante do espelho, aparou a barba e trocou o curativo no rosto. Havia deixado a barba crescer para esconder o arranhão no pescoço. Agora, restava apenas um discreto risco. A região tinha parado de doer, mas continuava marcada pelo roxo.

Ele estava pronto para entrar no banho quando bateram à porta. Correu enrolado na toalha e sinalizou para que Clarice ficasse em silêncio. O desespero o dominava por completo, ainda que a lógica impedisse que Helena tivesse chegado tão rápido ao hotel. A menos que ela já estivesse aqui por perto, pensou e, por um segundo, teve certeza de que era a mãe de Clarice do outro lado. Abriu discretamente as cortinas.

Gulliver notou que Téo o observava pela janela e sorriu.

"Vim conferir o que está acontecendo com o telefone do quarto de vocês", disse.

Téo concordou e foi na direção de Clarice. Sentou ao lado dela na cama, fazendo um carinho enquanto soltava as algemas. Deixou o notebook no colo dela.

"Por favor, não faça nada", disse. Dosou a solução de Thiolax na seringa. Clarice se retesara na cama, pensando que seria sedada, mas ele foi até a porta e abriu, mantendo a seringa escondida nas costas.

"Seja rápido", disse ao anão.

Gulliver percorreu o quarto com seus olhinhos perniciosos. Sorriu ao ver Clarice e se aproximou para um beijo na bochecha.

"Fico feliz em finalmente ver você, grande escritora!", ele disse. Encarou-a de modo demorado, como se esperasse que ela lhe passasse alguma mensagem com a troca de olhares. Clarice apenas sorriu. Téo se manteve por perto, pronto para imobilizar o sujeitinho caso ele ou Clarice tentassem qualquer coisa. Era claro que o defeito no telefone tinha sido uma desculpa para entrar no quarto. Gulliver estava desconfiado.

"Está faltando o filtro de linha", ele disse ao se aproximar do telefone. "Alguém deve ter tirado."

Téo sorriu. Quis chutar o anão. Imaginou-o quicando entre os gnomos de jardim.

"Alguém?"

"Alguma das camareiras, claro."

O tom era de ironia. Téo fechou o rosto e pediu que ele se retirasse.

"Quando formos embora, você ajeita o telefone. Estamos bem sem ele."

Bateu a porta com força e recostou na parede. Levou as mãos ao rosto, tentando controlar a respiração carregada de fúria.

"Você não está nada bem, não é?", ela perguntou.

"Cala a boca!"

O silêncio o gratificou por alguns segundos. Clarice fez a pergunta:

"Por que não continuamos a viagem?"

"O que disse?"

"Já que vamos ficar juntos nos próximos dias, por que não continuamos a viagem? Podemos dormir num motel. E, então, em Ilha Grande e depois Paraty. Acho que vai ser bom para o roteiro se eu fizer o mesmo trajeto das personagens."

A ideia era ótima e Téo estranhou que tivesse partido dela. O que pretendia com aquilo? Clarice era toda entrelinhas. A verdade é que ele já não suportava mais ficar ali. Havia algo no ar, um ranço nebuloso. Queria esquecer os anões, esquecer Helena, esquecer Breno e pensar só neles dois. Voltar ao que eram antes. Encaixes perfeitos.

"E então?", ela insistiu.

"Não sei."

Algo o mantinha preso ao chalé. O que Gulliver pensaria se partissem agora, logo após o episódio desagradável? Ele devia ter se controlado. Mas pouco importava. Cedo ou tarde, teria que ir embora. A suspeita de Gulliver tinha tanta relevância quanto sua altura.

Fizeram as malas em poucas horas. Enquanto Clarice estava no banho, Téo transferiu os óculos e os pertences de Breno para a valise com senha de quatro dígitos. Pagou a conta e acompanhou Gulliver até o quarto para confirmar que nada do frigobar havia sido consumido. Clarice o esperava no carro, algemada e amordaçada.

Pegaram estrada ao anoitecer. Por volta das oito, ela propôs que pernoitassem num motel à beira da rodovia com visor luminoso: Motel das Maravilhas.

# 14.

A ILUMINAÇÃO ERA DIFUSA. Nas paredes e no teto, espelhos refletiam-se uns aos outros numa sequência infinita de imagens. A cama de casal estava forrada com um lençol branco e cheirava a sabão de coco e cigarro. Na cabeceira, um telefone sem fio e o controle da televisão de vinte e cinco polegadas.

"Até que não é tão ruim…", Clarice comentou, alisando o lençol. "Espero que eles lavem bem isso."

Téo entrou com as malas. Deixou-as sobre duas cadeiras próximas à porta. No banheiro, checou a descarga da privada bege, girou as torneiras do chuveiro. O box tinha uma cortina plástica enfeitada com morangos cor-de-rosa. Nunca havia se imaginado em um lugar daqueles.

Clarice usava um vestido decotado, com lacinhos nas mangas. Deitou-se na cama e sorriu para ele.

"Faltam as toalhas", ele disse, desviando o olhar.

Pensou em pedir pelo interfone, mas preferiu buscá-las pessoalmente. Dividir o quarto com Clarice havia se tornado inexplicavelmente incômodo. Fugia dela ou de si mesmo? Não era hora de pensar nessas coisas. Algemou-a e saiu.

"Ai, meu Deus! Ai, meu Deus! Estou muito atrasado!",
era o que o recepcionista dizia ao telefone quando Téo apareceu. O homem lançou os olhos esbugalhados para o relógio que tirou do bolso do colete. Finalizou a ligação. "Do que você precisa?"

"Toalhas."

"Desculpa! Me esqueci de entregar", lamentou-se. "O rapaz que entra depois de mim ainda não chegou."

"Tudo bem."

Téo olhava a estátua de um guerreiro de lança próxima à porta. Ao chegar, havia deixado o carro numa vaga do motel e subido por um elevador dos fundos que levava direto à recepção. As paredes tinham aparência medieval numa pintura malfeita simulando pedras empilhadas. Duas torres baixas confirmavam a pretensão arquitetônica do lugar. Era para parecer um castelo, mas não parecia.

Quando o recepcionista lhe entregou as toalhas, lembrou-se de perguntar:

"Vocês têm Wi-Fi no quarto?"

"Não."

"Obrigado."

Acima de cada porta havia uma lâmpada vermelha. Téo logo entendeu o código: quando a lâmpada estava acesa, um casal ocupava o quarto. Aproximou-se de duas ou três portas, mas não escutou nenhum gemido.

Ao chegar com as toalhas, encontrou Clarice atenta à televisão. Dois homens e uma mulher faziam sexo sobre a bancada de uma cozinha numa posição pouco confortável.

Ele tirou as algemas de Clarice e deixou o notebook na cama.

"Curte um pornô, Téo?"

Ele virou o rosto. Não gostava de falar de suas intimidades, mesmo com ela. Fez correr o zíper da mala e escolheu um livro qualquer.

"Eu curto", ela continuou. "Acredita que a maioria das mulheres não se masturba? Li outro dia numa revista. Elas têm vergonha..." Clarice se ajeitou na cama e desligou a televisão. "Você também tem vergonha de tocar uma de vez em quando?"

"Para com isso."

"É natural."

"Eu..."

"Outro dia você ficou meia hora no banho... Imagino fazendo o quê."

Clarice percorria o corpo dele de cima a baixo de modo invasivo. Téo se sentiu confortável com a distância que os separava. Queria encerrar a conversa, tratar de assuntos menos constrangedores. Masturbava-se quando a necessidade vinha, mas evitava pensar em mulheres específicas. Desde que conhecera Clarice, evitava pensar nela. Achava desrespeitoso. Nu, o membro enrijecido nas mãos, sentia-se um ogro. Era como um animal liberando uma febre selvagem.

"Você já teve namoradas?", ela perguntou.

"Quero ler o livro."

"Só estou tentando conversar. Qual o problema de saber se você já namorou?"

Ele passeou os olhos pelas páginas.

"Já namorei", disse. "Uma vez."

"Ela tinha nome?"

"Letícia."

"Quanto tempo durou?"

"Pouco."

"Pouco quanto?"

"Meses."

Não estava mentindo. Havia se relacionado com Letícia no passado distante. Tinha quinze anos e via os colegas de classe comentarem sobre garotas, beijos, bundas. Queria fazer parte do grupo também. Letícia morava em São Paulo, era meio gorda, meio nerd, meio carente. Ideal na época. Conheceram-se pela internet, falavam de cinema, música e assuntos banais. Ela o achava especial, mais inteligente que os outros, o que era ótimo para ele. Téo não demorou a perceber que Letícia sentia algo mais. Alimentou as ilusões da garota; não por maldade, mas pela necessidade de gostar de alguém. De *fingir* gostar de alguém. Era uma experiência inédita.

Durou menos de cinco meses. Letícia enviava mensagens diárias no celular, perguntava onde ele estava, como estava e no que estava pensando. Ainda que não tivessem contato físico (nunca chegaram a se conhecer pessoalmente), ela parecia disposta a dominar sua vida. Queria compartilhar segredos, dar conselhos, trocar carinhos. Não aceitava ser namorada virtual. As mulheres sempre querem mais. A reação natural de Téo tinha sido recuar. Mensagens ignoradas, respostas monossilábicas, desculpas inventadas para dormir cedo. Até que desandou de vez.

"Por que terminaram?", Clarice insistiu.

"Porque não dava certo."

"Você traiu a garota?"

"Eu nunca traio."

"Os homens sempre traem."

Ele sacudiu a cabeça, exasperado.

"Eu nunca traio, Clarice", disse. E voltou ao livro.


Ela saiu do banho. Aproximou-se nua da cama, com uma toalha branca enrolada na cabeça. Téo estava distraído e ficou abalado — Clarice sempre havia se trocado de portas fechadas. Tentou fingir naturalidade. Ela pegou o interfone e entregou a ele:

"Pede um vinho pra gente."

O vinho foi trazido minutos depois, dentro de um balde com gelo. Um abridor e duas taças de plástico acompanhavam a garrafa. Ela o observou servir a bebida. Sorriu, mãos na cintura, olhar acolhedor.

"Você é virgem?", ela perguntou.

Bateu sua taça na dele e bebeu um gole. Uma gota escapou de seus lábios, desceu pelo queixo e se bifurcou nas curvas dos seios. Duas laranjas maduras. Téo não respondeu. Mal conseguia pensar. Mamilos róseos.

"Se você tem tesão por mim, é bom que saiba que eu quero ir pra cama com você", ela disse, finalmente. Passou o indicador na gota e o levou à boca, sugando de modo que as bochechas formassem curvas côncavas.

Ele agitou a cabeça.

"Não pode ser assim. Não quero que seja assim."

"Não seja bobo. Namorados trepam."

"Eu..."

Ela estendeu o indicador nos lábios dele, silenciando-o. O dedo ainda estava úmido com a saliva de sua boca. Téo piscou os olhos, tentando memorizar cada centímetro daquela imagem. Clarice perfeita: a língua tímida roçava os dentes, as estrelas tatuadas no ombro ganhavam brilho no corpo nu, muito branco.

"Você não vai beber?"

"Vou", ele disse. Tomou um gole sedento do vinho. Respirava fundo, invadido pelo ar perfumado.

"Sei que você é virgem", ela disse. Sentou no colo dele. As taças tilintaram novamente. "Mas eu te ensino tudo."

"Eu não..."

Ela aproximou o rosto e deu-lhe um selinho. Deixou o contato durar alguns segundos e mordiscou seu lábio inferior. Téo se afastou, anestesiado. Sua boca formigava. Os ossos dela despontavam na cintura fina. Por um instante, ele quis arrancar a toalha, jogar Clarice na cama, foder com ela. Encarou a harmonia das linhas que, como córregos, confluíam da vagina. Como se pudesse ler seus pensamentos, Clarice deixou que a toalha escorresse pelos cabelos e subiu nele, puxando-lhe a camisa do pijama pelo pescoço. Ele gemia, tremia, bufava. Encostou as mãos nos seios dela. Sentiu a maciez, o aroma, as saliências. Clarice se esticou para pegar as algemas na mesa de cabeceira. Passeou o metal frio no peito largo de Téo, arranhando-o sutilmente com as unhas. Inclinou a cabeça. Beijinhos molhados no pescoço. A língua girava em seu mamilo enquanto Clarice passava a argola pelo punho direito dele. Sorriu, deixando que Téo ficasse hipnotizado com suas curvas. Ela tentava fechar a outra argola no punho esquerdo quando ele a impediu.

"Você não vai fazer isso", disse.

Afastou-a com violência. Saiu da cama, ficou de pé, a algema pendendo de um braço só.

"Téo, volta pra cá."

Ele pegou a chave na mesa e se livrou da algema. Jogou-a para Clarice.

"Coloca em você", mandou. "Prende na grade da cama."

"Eu não…"

"Anda logo."

Sentou na poltrona, atento aos movimentos dela, leves, quase flutuantes. Clarice demorou alguns minutos para se prender à cama, as mãos acima do corpo. A corrente da algema era curta e quase se esgotava ao passar pela grade da cabeceira.

"O que vamos fazer agora?", ela perguntou, sensual.

144

Ele continuava elétrico. O contato com a pele dela fora algo indescritível. Levantou-se e caminhou nervosamente pelo quarto. Ela falava alguma coisa, mas ele evitava escutar. Ela movia os braços, arregaçava as pernas, mas ele evitava olhar. A imagem era convidativa. Ao mesmo tempo, perigosa. Ele precisava respirar, precisava pensar, precisava... Saiu do quarto depressa, deixando para trás Clarice no Motel das Maravilhas.

# 15.

TÉO MORDEU A BATATA FRITA E PEDIU OUTRA DOSE DO UÍSQUE VAGABUNDO. O ambiente combinava com seu estado de espírito: um boteco apertado, com cheiro de fritura e um bêbado que gastava moedas em doses de pinga e músicas do Fagner na jukebox.

O convite de Clarice o perturbava, trazendo imagens tanto obscenas quanto dolorosas. A maioria dos homens teria se aproveitado da situação para abusar dela. Ele se sentia digno, mas também imbecil.

"Sei que você é virgem", ela havia dito, como se estivesse escrito na testa dele. Era uma chaga. Clarice chamava a atenção de todos os homens. O que ele podia oferecer? Ao fazer o convite, ela já sabia que ele fugiria. Era esperta, astuta de maneira primitiva.

Ele estava aprisionado, próximo à felicidade, mas grades firmes o impediam de alcançá-la. Tinha Clarice nua na cama do motel, mas não a tinha por inteiro. Havia recantos dela que ele jamais conseguiria acessar. No fim das contas, era ele quem estava algemado.

Engoliu o uísque e pediu cachaça. Serviu-se do copinho, uma, duas, três doses. O celular vibrou no bolso. No visor, "Helena". Ele deixou o aparelho sobre a mesa e esperou cair na caixa postal. Uma borboleta passou voando em disparada. Fez um enfeite no ar, próximo à lâmpada. Bateu as asinhas amarelas pontuadas de manchas marrons e deu outra cambalhota.

Ele virou a quinta dose, sentindo a bebida escorrer pela garganta. A borboleta serelepe começava a enjoá-lo, enojá-lo. Teve vontade de regurgitar toda a batata frita em cima da mesa, de volta à travessa gordurosa. Ou em cima da borboleta. Privar dela o amarelo e o marrom coloridos. Deixá-la bege. Cor de vômito.

Passeou os dedos pelo vidro do copo vazio, preparando o ataque. Num movimento rápido, passou o bocal pela borboleta, aprisionando-a no copo comprido. Ela se debatia. As asinhas tilintavam contra o vidro. Os dedos de Téo envolviam o copo, pressionando o bocal contra a mesa, impossibilitando qualquer escape. Era assim a vida dele. Vinte e dois anos. Sem nenhum escape.

Pediu mais uísque. O que Clarice não entendia é que tê-la por perto já era suficiente. Não precisava de carinhos nem de beijos nem de sexo. Só queria que ela fosse dele, como um livro de fotografia na mesa de centro.

Gostava de ver a borboleta aflita. Era consolador dividir com alguém aquilo que estava sentindo. Ela não se conformava com a perda da liberdade. Não esperava ser encarcerada num vidro ao som de "Borbulhas de amor". O farfalhar crescia e ele encarou aquilo como uma resposta. Clarice estava sob seu controle, mas não estava *realmente* sob seu controle. Para isso, nem algemas nem mordaça nem Thiolax ajudariam. Ele precisava surpreendê-la. Surpreendê-la como ela mesma o surpreendia com frases sugestivas, olhares e carinhos inesperados. Precisava ser marcante. Era capaz?

Levantou o copo, deixou a borboleta fazer acrobacias no ar. Amarelo e marrom. O inseto estava surpreso com a liberdade e agora gostava dele. Era assim que funcionava: surpresa e gratidão caminhavam juntas. A borboleta gostava dele e ele gostava dela. Sentia-se repleto de coragem e queria continuar desse jeito.

A borboleta se afastou. Voou numa altura que Téo não conseguia alcançar. Ele esperou que ela se aproximasse, mas a borboleta era ingrata: zanzava, batia asas, fugia dele. Téo esperou até que ela pousasse numa mesa vizinha. Esmagou-a com o punho cerrado.

Voltou ao quarto. A silhueta esguia de Clarice desenhada nas sombras: braços levantados, pernas entrecruzadas, cabeça tombada. Era uma posição desconfortável para dormir, mas ela dormia. Ele acariciou a barriga dela. Pele macia, pintas delicadas. Puxou Clarice para si. O corpo pendeu; ele avançou. A respiração cadenciada foi substituída por outra, ofegante. Puxava cabelos, desvendava cheiros, rasgava desejos. Tinha tesão por axilas. As dela eram perfeitas e se ofereciam para ele.

"Téo, você está bêba..."

Ele deu um tapa nela — não para machucar, mas para mostrar que deveria ficar quieta. Engolir as palavras. Pegou a mordaça estofada na mala e vestiu em Clarice. As mãos dela presas à grade. Pernas e barriga. Uma orquestra de metais. Tirou a camisa, desceu as calças. Lançava roupas ao chão. Humano, vulgar, sem-vergonha. Era um sentimento gostoso.

Aproximou-se do entrepernas. Passeou a língua quente pela virilha. Lambuzou barriga e coxas de saliva. Mordiscou a pele, como se fosse arrancar um pedaço. O sexo carrega uma dose de dor, ele sabia. Tinha visto nos filmes. Esfregava o nariz, a boca, os olhos. Explorava, soprava, aspirava, invadia.

Mãos na cintura, nos mamilos, nos lábios. Ela era toda pequena, toda magra, sua Lolita.

Ficou tonto, culpa do álcool. Desceu a cueca. O membro enrijecido entre um ninho de pelos. Lamentou não tê-los aparado, mas dane-se. Montou em Clarice, arreganhou as pernas dela. Ela recuava em espasmos. A pele vermelha, os vasos dilatados. As algemas batiam na grade. Pela primeira vez, ele se sentia correspondido.

Enroscaram-se, banhados de suor. Movimentos violentos contra a cabeceira da cama. O peito cabeludo contra a mordaça na garganta dela. Clarice ia e vinha como um êmbolo. Téo bufava, engasgava, mantinha o ritmo. Conquistava, arrombava, surpreendia.

Ejaculou entre grunhidos abafados, descansou no colchão. Tirou a mordaça dela e deu-lhe um beijo na boca. Abriu as algemas também. Clarice baixou a cabeça e massageou os punhos doloridos, o olhar fixo na porta. Começou a chorar. Movia braços, pernas, socava o colchão. Téo ficou perturbado com aquilo. Pediu que ela parasse, mas Clarice não escutava. Era como se estivesse tendo um ataque epiléptico. Ele se lavou no banheiro e buscou a seringa na maleta.

# 16.

O VECTRA ENGOLIA A ESTRADA. Téo dirigia depressa, tomado por uma felicidade efusiva. Clarice dormia no banco do carona, sem algemas ou mordaça. Antes de partirem, ele tinha guardado as malas no bagageiro e devolvido a aliança ao anular direito dela. Clarice ficava mais bonita daquele jeito, noiva.

Ele esfregou os olhos, tentando se livrar das impregnações do álcool. Ainda estava meio tonto, mas o orgulho de si vencia o mal-estar. A vergonha por ter se despido diante dela havia se transformado em uma audácia que o convidava a seguir adiante. Lentamente, Clarice se abria para ele, gostava dele. Era natural: ela não tinha mais ninguém. Ele a alimentava, dava carinho e atenção. O mínimo que podia esperar em troca era aquele afeto sutil, que logo ganharia vigor — ele tinha certeza. No fim das contas, mesmo mulheres feministas e alternativas se rendem a um homem de verdade.

O bom sexo é como uma troca. Antes mesmo de penetrar Clarice (algo que ele supunha desagradável a qualquer mulher), ele havia se preocupado em satisfazê-la. A expressão dela, entre o temor e o deleite, desenhava a conquista. Agora, Clarice era outra pessoa: não bebia excessivamente, não fumava, escrevia melhor. Tinham evoluído juntos. Havia algo de mágico no que estavam fazendo: arrumar malas, seguir um roteiro de cinema. Desvendavam a ficção e construíam uma nova realidade, a realidade deles.

Ele tomou as mãos de Clarice e as beijou. Os dedos pálidos estavam gelados e mereciam novo brilho. Decidiu que compraria esmaltes no caminho. Esmaltes escuros, homenageando Caetano, que cantava "Tigresa" no rádio como se tivesse composto a canção para Clarice.

O trânsito seguia tranquilo, a paisagem era de montanhas e campos largos. Na altura de Itaguaí, os carros se aglomeraram. Cones laranja redirecionavam a estrada. Obras na via, ele supôs. Estava ansioso por chegar a Ilha Grande e se aborreceu com o engarrafamento. Logo adiante, no quilômetro vinte e dois, a situação ficou clara: num posto da Polícia Rodoviária, policiais de colete controlavam o fluxo.

Téo olhou para Clarice: vestia um jeans justo e uma blusa amarelo-ovo, estava bonita, mas parecia cansada. Pegou as mãos dela e colocou de modo brusco entre as coxas, escondendo os punhos com marcas de algema. Na boca, um leve risco denunciava o uso da mordaça.

Manteve a velocidade controlada e se alinhou à fila de carros na faixa esquerda para passar diante da barreira policial. Havia muitos cones, muitos policiais e muitos motoristas nervosos no acostamento em busca de seus documentos. Por algum motivo, essa imagem o tranquilizou. Teve a certeza de que não seria parado, de que estava livre daquela gente fardada. No mesmo instante, um policial fez sinal para que o Vectra encostasse.

Téo cogitou acelerar, fugir dali. Em vez disso, desceu o vidro.

"Estão indo pra onde?", o policial perguntou.

"Ilha Grande."

Havia outros cinco carros parados. Alguns motoristas eram encaminhados para a cabine de polícia.

"Aconteceu alguma coisa?", Téo perguntou.

"Habilitação e documento do veículo, por favor."

Ele pegou a carteira. Tentava conter o tremor nas mãos e sorrir.

"Viagem a passeio?"

Os olhos do policial invadiram o carro. Passaram por Clarice antes de se fixarem outra vez nos documentos.

"Sim. Eu e minha noiva vamos acampar…"

Os segundos repuxavam seus nervos. O policial voltou a olhar para Clarice.

"Ela toma remédios pra dormir", Téo disse. "Costuma enjoar na estrada."

"Posso verificar a mala?"

"Sem problemas."

Quando saiu do carro, suas pernas fraquejaram ao peso do corpo. Apoiou-se discretamente no capô. Tentava calcular há quanto tempo tinha aplicado o Thiolax em Clarice. Quatro, cinco horas? Ela podia acordar a qualquer instante. Principalmente se ouvisse vozes estranhas.

O policial analisou superficialmente o bagageiro, o que deixou Téo um pouco mais aliviado. Ele não tinha registro do revólver e tampouco saberia como justificar os produtos que havia comprado no sex shop. Supôs que as duas Samsonite cor-de-rosa convenceram o policial de que eram apenas um casal indo passar as férias em Ilha Grande.

"São muitas malas. Vão ficar quanto tempo?"

"Mulheres são exageradas, você sabe. Ficaremos pouco. O Natal será em casa, junto com a família."

"O que tem no porta-luvas?"

A pergunta do policial, lançada de modo enfático, deixou Téo com a sensação de que desmaiaria. No porta-luvas estava a valise com os pertences de Breno. Por que não tinha jogado fora? Ele se adiantou ao policial e abriu a porta do carona. Enfiou o corpo no carro, respirando a centímetros de Clarice. Entregou a valise.

"Pode abrir, por favor?", o policial pediu, após ter checado a maleta com as ampolas de Thiolax que estava no fundo do banco. Téo estranhou que ele não tivesse perguntado mais detalhes sobre elas.

Girou os números na valise até chegar à senha. Enxugou a testa na camisa. Por um segundo, desejou confessar a morte de Breno, confessar onde estava o corpo e o que ele tinha sido obrigado a fazer. As mãos do policial cavoucavam o interior estofado da valise e agora seguravam os óculos de Breno.

"São seus?"

Téo não sabia como funcionava a comunicação entre as polícias, mas considerou a possibilidade de terem circulado uma foto recente de Breno. Caso isso tivesse acontecido, os óculos seriam o detalhe mais fácil de recordar.

"São da minha noiva."

"E quem é esse?", o policial perguntou. Por sorte, Breno estava sem óculos nas fotos dos documentos da carteira.

"É um amigo."

"Breno Santana Cavalcante", o policial leu. Escutar aquele nome da boca de um oficial da lei fez Téo se enxergar na prisão. Viu Clarice transtornada, o dedo em riste para ele no Tribunal. *Quem está algemado agora?*, ela repetia.

"Ele esqueceu a carteira lá em casa. Vamos nos encontrar em Ilha Grande", Téo explicou. Seria nesse momento que receberia voz de prisão? Ou ainda era cedo para confirmar seu envolvimento no desaparecimento?

153

"Me acompanhe, por favor", o policial disse, indicando a cabine. "Ela pode ficar no carro."

O breve caminho pareceu a Téo algo como um corredor da morte. Ainda que o sol de dezembro brilhasse no céu, ele sentiu o dia ficar cinzento e sombrio. Tentou captar cada detalhe daqueles instantes. Eram seus últimos em liberdade. No futuro, apenas concreto e grades. Mesmo que contasse a verdade — que havia agido em legítima defesa —, seria condenado por um júri imbecil. Nem sempre é fácil desviar dos ratos mortos pelo caminho...

Téo se contorcia na cadeira. Transpirava em excesso, como um criminoso. O policial havia mandado que ele aguardasse. Téo sabia o que ele tinha ido fazer: naquele exato momento, averiguava que os óculos da valise batiam com a imagem veiculada pela polícia civil, confirmava que o nome do desaparecido era mesmo Breno Santana Cavalcante. Não havia escapatória. Clarice seria tirada dele. Talvez ela até testemunhasse a seu favor no Tribunal. *Ele me tratou muito bem*, ela diria.

A ideia se perdeu quando o policial voltou à sala. Trazia um objeto que Téo não conseguiu identificar. Sentou diante dele e o encarou demoradamente, como se pensasse por onde começar.

"O que vou te pedir me deixa bastante incomodado", ele disse. "Preciso que acredite nisso..." Soltou um suspiro de enfado e sorriu. "Está tudo o.k. com seus documentos, sr. Teodoro. Mas não pude deixar de notar que o senhor ingeriu álcool recentemente, confere?"

"Sim."

"Eu trouxe aqui o bafômetro." O policial mostrou o objeto, que lembrava um marca-passo. "A lei manda que eu te peça pra fazer o teste, mas, sinceramente, isso me parece irrelevante agora." Ele sorria mais ainda, um sorriso largo que mostrava quase todos os dentes. "O senhor já entendeu aonde quero chegar. Estamos em busca de traficantes de drogas que passam por esta estrada, não de cidadãos de bem que tomam sua cervejinha aqui e ali."

Devolveu os documentos a Téo.

"Mas pra esquecer isso tudo, passar por cima da burocracia, queria saber se posso contar com sua ajuda. A ajuda que o senhor puder dar."

"Tenho algum dinheiro aqui", ele disse, sem acreditar. Havia passado num caixa eletrônico ao sair de Teresópolis e pagaria quanto fosse preciso. A autoconfiança estava de volta, com toda a força.

"Quanto?"

"Uns trezentos reais."

"O.k."

O dinheiro foi transferido de mãos com a discrição de crianças que trocam bilhetes secretos na sala de aula.

"Posso ir embora?"

"Tudo está esquecido", o policial disse.

Téo bateu a porta. Escutou um "boa viagem" através do vidro, mas não se virou para responder. Esperava que o policial tivesse realmente se esquecido de tudo, inclusive do nome, dos óculos e da foto de Breno que havia encontrado na valise.

Deixou o Vectra num estacionamento próximo ao cais de Mangaratiba e pagou o valor de um mês de aluguel da vaga. A perspectiva de ficar trinta dias longe dos problemas desanuviou rapidamente o estresse da conversa com o policial rodoviário.

Informou-se com o atendente e descobriu que não havia mais barcas para Ilha Grande naquele dia, mas uma escuna partiria dali a uma hora. Aproveitou para sacar dinheiro no caixa eletrônico e comprar esmaltes para Clarice. Escolheu os mais caros, pois deviam ter melhor qualidade. Numa banca, comprou diferentes jornais do dia, desde os tradicionais até os mais sangrentos. Procurou alguma notícia sobre Breno. Não havia nada. Perguntou ao jornaleiro se ele ainda tinha exemplares do dia anterior, mas a resposta foi negativa. Voltou ao carro quando faltavam dez minutos para a escuna partir.

O céu ainda estava claro, com o sol a pino castigando cabeças. Sem dificuldade, Téo colocou a Samsonite deitada no banco traseiro e guardou Clarice. Havia ganhado habilidade naquilo. Pagou um garoto com um carrinho de mão para levar as malas até o porto. O garoto era falante e curioso.

"Mala rosa, dotô? É da patroa?"

"Ela só vem amanhã, mas eu já trouxe tudo", disse, com certa irritação.

Na escuna, buscou um lugar isolado. Crianças barulhentas brincavam de pique. Havia também muitos turistas. Aos poucos, a cidade se transformou numa série de pontos minúsculos e reluzentes, o azul do céu se misturou ao das ondas. A embarcação subia e descia, assustando mulheres e revolvendo estômagos.

Absorto em pensamentos, Téo sequer reparou na paisagem. Temeu que Clarice acordasse com o balanço e abriu um pouco mais o zíper da Samsonite. Deixou a seringa já preparada para o caso de qualquer movimento na mala. Ligou o celular dela. A bateria estava no fim, mas o visor indicou o recebimento de mensagens. Breno havia telefonado mais vezes e enviado mais mensagens. A última, de quinta à noite, avisava que ele subiria atrás dela em Teresópolis.

Três mensagens eram de Helena pedindo para a filha entrar em contato com urgência. A quantidade de chamadas perdidas também era preocupante: desde a última conversa, Helena havia feito vinte e duas ligações. Outro número, desconhecido, havia ligado onze vezes. Téo checou o próprio celular: doze ligações de

156

Helena, dez do mesmo número desconhecido. A sensação de felicidade escorreu pelo corpo, viscosa.

Num ímpeto, abriu a valise e lançou o celular de Breno no mar. Viu o aparelhinho sumir e se sentiu aliviado. Pegou os documentos e cartões de Breno e os jogou na água também, deixando que afundassem para, só depois, se livrar da carteira vazia. Era como deixar um grande peso para trás.

Ao segurar os óculos de Breno e preparar o arremesso, Téo hesitou. Encarou-os de modo solene: eram a última evidência que o ligava ao corpo desmembrado. Ao mesmo tempo, eram uma espécie de troféu pela vitória. Concluiu que não havia perigo em guardá-los consigo. Devolveu os óculos à valise.

# 17.

AO APORTAR NA PRAIA DO ABRAÃO, Téo foi abordado por uma moradora local — uma velha enrugada pelo sol —, que se ofereceu para carregar malas, indicar hotéis, guiar passeios de barco. "Posso te levar na melhor moqueca da região", disse também, com a voz esganiçada. Téo queria apenas alugar uma barraca de camping.

"Vai ficar onde?"

"Não sei. Estou terminando de escrever um livro. Preciso me concentrar."

"Posso levar o senhor pra algum acampamento."

"Não tem praia deserta?"

A velha o encarou, séria. Cheirava a sal e água-de-colônia.

"O acampamento selvagem é ilegal", disse, como se lesse uma cartilha.

"Eu pago bem", Téo devolveu. Lembrou-se do policial rodoviário e decidiu que chamaria aquele dia de "quarta-feira dos subornos". Riu de si mesmo.

A velha espichou os olhos para os lados:

"Tenho uma casinha na Praia do Nunca. É bem isolada. Não tem muito conforto, mas dá pro gasto."

"Não precisa de conforto. É isolada mesmo?"

"Não tem mais nada lá, pode acreditar. Só areia e água transparente. Floresta e montanha pra trás. Quase ninguém passa, só os malucos em trilha."

"Vou ficar um mês. Quanto?"

A velha murmurou um valor extorsivo e sorriu:

"Metade disso vai pra fiscalização. Pra garantir que não vão incomodar."

Ele teria que sacar boa parte da poupança e controlar os gastos nos meses seguintes. Por Clarice, valia a pena.

"É bom o senhor passar no mercado e comprar algumas coisas antes."

"Tudo bem."

"E vamos num caixa eletrônico também...", a velha disse, ruborizada. Trazia a máxima mercenária na ponta da língua: "O pagamento é adiantado".

Em pouco mais de uma hora, Téo sacou dinheiro e fez compras no mercado e na farmácia. Comprou um colar de pedras em uma lojinha de artesanato para dar de presente de Natal a Clarice. Num jornaleiro, tentou mais uma vez conseguir os jornais dos dias anteriores, sem sucesso. Sentou num café com música ambiente e pediu suco de maracujá, ainda que não se sentisse nervoso ou agitado. Os clientes o encaravam de um jeito curioso, possivelmente porque ele carregava a Samsonite cor-de-rosa com Clarice.

Havia ficado de voltar ao cais dali a meia hora. Pensou em enviar cartões-postais para a mãe e para Helena, mas preferiu telefonar. Discou o número de casa.

"Estou em Ilha Grande", disse à mãe.

Patrícia ficou surpresa. Perguntou quando ele voltaria.

"Alugamos o quarto por um mês. A Clarice está escrevendo o roteiro dela, que se passa aqui em parte." Ele preferiu não mencionar que pretendiam ir a Paraty depois. "Voltamos no início de janeiro."

"Só ano que vem…"

"Sim."

"É o primeiro Natal que passaremos distantes."

"Eu já estou bem crescido, mãe."

"E eu estou velha."

"Não diga isso."

"Montei nossa árvore de Natal. Consegui quebrar poucas bolas este ano", ela disse, nostálgica. Forçou uma risada. Téo continuou em silêncio. "Queria me desculpar pelo que falei na última ligação. Eu não deveria ter suspeitado da sua namorada. Está tudo bem entre vocês?"

"Sim."

"A família dessa moça não se importa que ela fique fora por tanto tempo?"

"A mãe dela também reclamou porque ela não vai voltar pro Natal. Mas acreditamos que esse tempo será bom pro nosso relacionamento", ele disse — e ter falado no plural fez com que se sentisse sensato.

"Você me liga mais vezes?"

"Talvez eu não consiga. Vamos ficar em uma praia em que o celular não funciona."

"Sentirei saudades, meu filho."

A frase foi dita num tom fúnebre que o incomodou. De todo modo, ele disse que também sentiria saudades. Trocaram votos de Feliz Natal e Ano-Novo antes de desligarem. A fluidez da conversa com a mãe — além do fato de ela não ter insistido no assunto *Sansão* — encorajou-o a telefonar para Helena.

"Alô." A voz ríspida com que ela atendeu o telefone fez Téo se sentir frustrado. Bebeu o restante do suco pelo canudinho e pediu outro ao garçom.

"É o Téo."

"Tenho tentado falar com vocês desde ontem."

"Sim, nós só vimos agora e…"

"Você mentiu pra mim", ela o interrompeu.

"Como é?"

Ele decidiu adotar um tom de perplexidade a qualquer custo.

"Você mentiu pra mim. O Breno esteve aí na quinta-feira. Não sou burra."

Como ela podia afirmar uma coisa dessas? O novo copo de suco foi servido, mas ele não notou.

"O Gulliver me ligou assim que vocês saíram do hotel. A polícia está atrás de vocês e vocês fogem?"

"Não estamos fugindo."

"O Gulliver me contou tudo."

"Tudo o quê?"

Já pensava o que dizer caso ela afirmasse que o anão vira Breno chegar ao hotel naquela noite.

"Contou como foi tratado quando foi ao quarto de vocês consertar o telefone. Contou do jeito repentino que vocês foram embora."

"Eu não tenho que te dar explicações", ele disse, tão grosseiro quanto ela. "Clarice fez questão de não te ligar. Disse que você fica no pé dela… Como ela não está aqui perto, posso te dizer o que quiser saber."

"Me conta a verdade."

"A verdade é que o Breno não esteve no hotel. O anão disse que viu o Breno aparecer por lá?"

"Não, não disse", ela respondeu, engolindo em seco. Téo ficou em dúvida se Helena blefava para ver até onde ele iria.

161

"Como então você me liga e me acusa de ter mentido?"

"Eu…" Ela estava tão tensa que soava histericamente engraçada. "Me explica o que está acontecendo. Por que vocês fugiram do hotel?"

"Não fugimos. A Clarice está levando o roteiro muito a sério. Você não sabe quanto isso é importante pra ela."

"Eu sei. Ela é minha filha."

"Parte da história se passa em Ilha Grande. Ela comentou que só tinha vindo aqui quando era pequena e quase não se lembrava de nada."

"Vocês estão em Ilha Grande?"

"Sim, acabamos de chegar. Vamos nos hospedar por um mês numa praia. Não há nada de errado nisso."

"Quero que ela volte pro Natal."

Téo soltou um longo suspiro:

"Não vou me meter nessa briga. Insisti para que a Clarice conversasse com você, mas ela quer ficar isolada até terminar o roteiro. Ela ficou bastante aborrecida quando o Gulliver foi ao nosso quarto bisbilhotar. A sugestão de vir pra cá partiu dela. E, bem, eu não posso obrigar minha namorada a falar com ninguém no telefone."

"Você contou a ela sobre o desaparecimento do Breno?"

"Eu te disse que não contaria", ele respondeu, confiante. Não via furos em seu discurso. "Ele ainda não apareceu?"

"Não. A polícia me ligou hoje cedo dizendo que não conseguia falar com vocês."

"Os celulares não funcionavam em Teresópolis. E também não funcionam na praia onde vamos ficar. Diga que ligaremos quando voltar."

"O delegado pediu à operadora o histórico de ligações do celular do Breno."

"E daí?"

"Ele vai encontrar os telefonemas que o Breno fez aqui pra casa e pro celular da Clarice."

"Isso não significa nada. Caso eu venha para a cidade, ligo sem que a Clarice saiba e te mantenho informada. Entendo sua preocupação."

"Obrigada, Téo." Helena parecia mesmo agradecida. "Quando achar que é o momento, conte à Clarice que o Breno desapareceu. Não esconda por muito tempo."

"Acho que ele não vai demorar a dar as caras. Talvez eu consiga poupar a Clarice desse transtorno todo."

"Tomara que esteja certo. A polícia também pediu o registro dos cartões de crédito dele. Isso deve esclarecer alguma coisa."

"Sim, deve."

A ligação terminou logo depois e Téo percebeu que estava atrasado para o encontro com a velha. Pagou os dois sucos e saiu. O barco chacoalhava entre outros no cais. Pintado em vermelho com listras azuis, trazia a inscrição "Sininho" na lateral.

"É como me chamam por aqui", a velha disse, badalando o sino pendurado na frente da embarcação. "Meu nome é muito esquisito."

As malas foram colocadas num depósito na área inferior, mas Téo manteve consigo a Samsonite com Clarice. Descansou na amurada da proa. Pensava em muitas coisas. E pensava nas consequências dessas coisas.

O barco se afastou da costa. Avançava aos solavancos, trazendo um cheiro de diesel queimado que se misturava ao de peixe. Téo buscou relaxar com o vento que batia em seu rosto, mas uma sensação de insegurança o dominava. Ele tentava relembrar o que havia na carteira de Breno: cento e dez reais, dois cartões de crédito, documentos… Não havia nenhum canhoto de cartão de crédito, ele tinha certeza. Era bem provável que Breno tivesse pagado a passagem de ônibus para Teresópolis em dinheiro. De todo modo, havia a possibilidade ínfima de que a passagem tivesse sido comprada no cartão. Muita gente joga fora os comprovantes de compra do cartão de crédito. Ele mesmo fazia isso com frequência.

# 18.

CLARICE HAVIA ACORDADO NO INÍCIO DA NOITE, CONFUSA. Perguntara a Téo onde estavam e como tinham ido parar ali. Orgulhoso, ele contara as últimas horas em detalhes. Havia chegado mesmo a falar da blitz, mas tinha omitido a conversa com Helena — o assunto ainda o perturbava terrivelmente.

Ela estava na cadeira da cozinha, pernas cruzadas sobre a mesa, o olhar fixo na silhueta do rochedo desenhado através da janela. Vez ou outra, um barco iluminado passava distante e as árvores lançavam sombras fantasmagóricas sobre o braço de areia branca da Praia do Nunca. Téo segurava duas espátulas sobre a bancada, preparando um molho tailandês com curry e castanhas para temperar a salada de folhas verdes e roxas. No fogão a lenha, havia colocado panquecas de ricota para assar — era seu prato favorito. Estava de costas para Clarice, mas puxou conversa:

"O que achou daqui?"

Na verdade, queria saber se ela havia gostado do sexo, mas não tinha coragem de perguntar. Ele sabia que a noite anterior tinha transformado o diálogo entre eles em algo tortuoso.

"Espero que os mosquitos não me devorem", ela disse, estapeando a própria nuca. "De resto, prefiro a poluição e o barulho infernal do trânsito."

Jantaram em silêncio, iluminados pela lamparina de querosene pendurada num gancho da porta. Clarice repetiu as panquecas, mas não deixou de demonstrar insatisfação por ter de comer com colher. Logo ao chegar, Téo havia escondido as facas debaixo de um sofá velho.

Ainda que a casa tivesse dois quartos, ele havia colocado todas as malas no quarto maior. Clarice não reclamou, e até pareceu feliz em dividir novamente a cama com ele. As vantagens dali eram muitas: podiam ficar à vontade, ela quase não precisava ser algemada, nem vestir a mordaça no banho — que era de água fria ou "congelaaante", como ela fez questão de destacar num agudo histérico.

Pouco a pouco, Clarice reconquistava uma parcela de liberdade. Jamais voltaria a ser aquela menina esvoaçante que ele havia conhecido no churrasco. Afinal, relacionamento também é privação. Estavam atados um ao outro. Ele levaria Clarice consigo para sempre: já não podia viver ou mesmo morrer sem ela.

Os dias seguiram quentes. Téo sentia uma espécie de cansaço prazeroso. Ele e Clarice caminhavam cerca de quatro quilômetros pela manhã, após comerem biscoitos. Subiam o rochedo num trajeto de pouco mais de dez minutos e se sentavam no topo, olhando o horizonte e as pedras largas na encosta. Ao longe, conseguiam ver uma extensão plana de terra que quase desaparecia em meio à névoa. Téo gostava especialmente dessa sensação de distância e esquecimento. A casa também podia ser vista no extremo oposto, reduzida ao tamanho de um carro.

Nos dias mais refrescantes, tomavam o caminho de areia e se embrenhavam na mata. Não avançavam muito, pois a vegetação era cerrada e temiam se perder. Voltavam exaustos, suados; mergulhavam na água salgada e descansavam nas espreguiçadeiras. Clarice entrava no mar de tempos em tempos, nua, o que lhe parecia um convite a novas investidas. Ele se controlava, pois sabia que a expectativa era mais prazerosa do que a conquista.

Almoçavam legumes cozidos, arroz e feijão. Quando Clarice pedia carne, Téo pescava — com dificuldade no início. Fritava o peixe com ervas, deixando que um cheiro forte e saboroso dominasse a casa. O cheiro o remetia à infância. Patrícia costumava dizer que o filho tinha talento para gastronomia. Era verdade: Clarice comia satisfeita e, com frequência, dizia nunca ter provado nada melhor.

"Só falta uma cerveja gelada", ela brincava, engarfando gulosamente a comida.

Clarice sentia falta do álcool. Era possível que também sentisse falta da vida libertina. Mas havia parado de falar dos cigarros. Parecia ter se esquecido deles, finalmente. A inspiração para escrever havia voltado, de modo que ela ficou indignada com a falta de energia elétrica na casa.

"Como vou escrever no notebook?"

"Aproveite pra tirar uma folga. Você escreve quando voltarmos."

Ela não parecera satisfeita, mas tampouco estava ansiosa para ir embora. Em nenhum momento perguntou quanto tempo ficariam ali. Téo percebia um esforço dela em ser simplesmente agradável, sem ser desbocada nem sedutora nem misteriosa — todas as táticas que ela já havia usado antes.

Raras vezes Clarice o ofendia. Quando o fazia, apelava para pequenas coisas, troçando sutilmente de sua inteligência e racionalidade. Téo se limitava a sorrir. O sorriso era a melhor defesa aos ataques dela. Clarice insistia:

"Você devia ser menos sério."

Ele retrucava:

"Você devia ser menos sincera."

A sedução vacilante, as conversas superficiais, os ataques de fúria seguidos de pedidos de desculpas, Téo havia se acostumado a tudo aquilo. Em certo momento, havia se perguntado se continuava a amá-la. Talvez ela estivesse certa, talvez tivesse sido apenas paixão — um fogo passageiro. O que ele entendia de amor para ter certeza?

Depressa, havia abandonado essa ideia absurda. O que acontecia entre eles era mais simples e bonito: entravam numa nova fase, mais madura. Tinham atingido um amor sem intermitências. As surpresas cessaram, o que não significava o fim do sentimento. Ao contrário, a cada dia ele se via mais enraizado em Clarice: o pensamento dela, antes caótico e emotivo, tinha ganhado nuances de método. A confiança como roteirista fora substituída pela reflexão contínua acerca do próprio trabalho. Era um caminho doloroso, porém mais justo e verdadeiramente artístico. Às tardes, eles travavam discussões extensas sobre o significado da arte e sua função de mostrar a verdade — Clarice defendia que bastava entreter.

Assistiam diariamente ao pôr do sol. Téo fotografava, um tanto frustrado, pois a lente não captava a essência do momento. Quando voltasse para casa, montaria um álbum da viagem. No futuro, poderia mostrar aos filhos como tinham se conhecido.

Chegada a noite, sentavam-se lado a lado nas espreguiçadeiras diante do mar. Téo deixava a lamparina próxima deles. Em silêncio, observavam o céu estrelado. Eram momentos muito agradáveis, pois o vento corria na areia e a natureza entoava seus encantos. Duas semanas tinham passado, extirpando quaisquer preocupações. Ele havia se esquecido de Breno, de Patrícia e de Helena. Naquele instante, sentia que nada podia abalá-lo e confessou:

"Estou muito feliz, Clarice."

Ela estava com a cabeça no encosto, o rosto voltado para cima, olhos fechados. Continuou imóvel, as mãos caídas de um jeito relaxado.

"Breno está morto", ela disse, minutos depois. Abriu os olhos, encarando Téo.

"O quê?"

"Sinto que Breno está morto."

Em poucas palavras, Clarice o inundava de terror e vergonha. Ele teve vontade de socá-la. Chegou a levantar o braço, mas o recolheu logo depois.

"Morto em meu coração, quero dizer. Agora estou livre pra gostar de você."

Clarice se levantou, deu um beijo na boca dele e caminhou graciosamente na direção da casa.


Téo passou a quinta-feira muito quieto. Queria descobrir quanto Clarice sabia. Ao mesmo tempo, tinha medo de aceitar a hipótese de que ela realmente soubesse de alguma coisa. Tentava relembrar as horas seguintes à morte de Breno, mas a tensão havia deixado as imagens pouco nítidas. Agora, não conseguia afirmar com absoluta certeza que Clarice dormia enquanto ele desmembrava o corpo de Breno e guardava as partes nos sacos plásticos.

As possibilidades daquele instante levavam a outras mais perturbadoras. Estava conseguindo conquistá-la? Ou semeava silenciosamente um ódio profundo em seu peito?

Clarice saiu do banho disposta a puxar conversa com ele. Havia acordado interessada em falar de temas polêmicos. Perguntou o que ele achava da pena de morte e do aborto. Ele se manteve calado, de modo que ela perguntou novamente e ele foi obrigado a dizer alguma coisa.

"Não penso muito nisso."

"Mas você tem alguma opinião, não?"

"Sou contra a pena de morte."

Ela sorriu.

"Eu também. E o aborto?"

"Não sei. São questões difíceis."

Ele não se sentia à vontade para opinar em assuntos sobre os quais pouco entendia. Achava incômodo que as ciências humanas fossem discutidas de modo leigo entre pessoas que se julgavam no direito de ter uma opinião sem qualquer embasamento. Em casa, ele havia flagrado algumas conversas entre Patrícia e Marli debatendo qual deveria ser a pena de um político corrupto ("A forca!", Marli dissera) ou o que deveria ser feito com a mãe que aborta o filho anencéfalo ("É uma criatura de Deus", Patrícia defendera).

"Casamento gay?", Clarice perguntou, sentando-se diante dele e colocando as mãos em seus joelhos.

Téo a encarou, temendo os rumos da conversa. Não queria falar sobre Laura. E também não queria confessar o que achava dos homossexuais. Tentou outro assunto:

"Por que não caminhamos?"

"Antes me fala. Isso diz muito sobre uma pessoa. Você é a favor do casamento gay?"

"Sou. Mas me incomoda quando vejo."

"Te incomoda? Muitos homens têm tesão em ver duas mulheres se beijando."

"Eu não tenho", disse. *Você já beijou mulheres?*, teve vontade de perguntar.

"Me parece um tanto enrustido da sua parte", ela provocou.

Téo apenas sorriu, pois sabia que acabariam brigando se respondesse. Levantou-se para buscar a câmera fotográfica e vestir uma bermuda para a caminhada.

O dia estava bonito e fresco. Durante todo o trajeto, Clarice não voltou ao assunto nem iniciou nenhum outro. Chutava uma garrafa vazia pela areia e assoviava uma canção sem fim. Quando chegaram à clareira, ele pediu que ela ficasse nua.

"Quero tirar fotos", disse, ao notar a surpresa dela. "Será a parte secreta do nosso álbum."

Clarice não ofereceu resistência. Tirou a blusa laranja pelo pescoço. Desceu o short jeans e a calcinha rendada. Descalçou os tênis, fugindo das formigas de um jeito deliciosamente feminino.

"É pra fazer pose?"

"Aja naturalmente."

Clarice parecia mais saudável agora. Logo nos primeiros dias, a pele branca ficara bronzeada. Os cabelos, antes lisos, tinham adquirido um cacheado natural que caía até a cintura. Entre sorrisos, ela oferecia as bochechas rosadas. Téo parou de tirar fotos e se aproximou. Ela estava de olhos fechados, recostada num tronco largo. Ele esticou os braços, apoiando-se na árvore e cercando Clarice.

"Me beija", pediu.

Ela reparou o tom soturno e sorriu:

"Você está esquisito."

"Não gostei de você ter falado do Breno ontem."

"Ai, Téo, não foi nada de importante!"

"Enquanto você falar dele, é sinal de que é importante."

"Ele não me interessa mais, já disse. Está morto e enterrado."

"Para de falar assim."

Téo queria contar tudo. Sentia-se exposto, invadido por um jogo de palavras. Se explicasse seu incômodo, como Clarice reagiria?

"O que está acontecendo? Vamos começar uma relação sem segredos."

"Não tenho segredos. Apenas não quero que você fale do seu ex."

"Tudo bem, parei. Mas saiba que odeio homens ciumentos. O próprio Breno…" Interrompeu-se na frase. Pediu desculpas. Téo não tinha vontade de falar mais nada.

"A verdade é que sou um lago de sentimentos…", ela disse, apertando os olhos. "Sei que você está inseguro. Eu entendo."

Abraçou-o com força, a voz rouca sussurrada no ouvido dele:

"As pessoas ficam vagando nesse meu enorme lago. Não sei explicar. Ultimamente, você emergiu, chegou à superfície. O Breno só afundou. Não se importe com ele. Ele já chegou ao fundo, e você ainda está nadando."

Deu-lhe outro selinho:

"Estou gostando de gostar de você, Téo. Por favor, não destrua isso."

# 19.

ERA SÁBADO, VÉSPERA DE NATAL. Téo se banhava no mar quando viu o barco no horizonte acelerando em direção à costa. Na areia, Clarice lia Lispector. Ergueu a cabeça ao ouvir o ronco do motor. Téo nadou para a terra firme e mandou que ela entrasse na casa. Algemou-a à cama, guardou a chave e voltou em tempo de encontrar a velha desembarcando.

"Bom dia!", ele disse.

A velha estava excessivamente maquiada: batom vermelho, pó no rosto moreno, rímel nos olhos que se demoravam observando as duas cadeiras, abertas próximas à água.

"Está acompanhado?"

"Não. O que faz aqui?"

"Vim ver se está tudo bem."

Continuava a olhar fixamente para as cadeiras.

"Uso duas cadeiras para esticar as pernas", ele disse, mas logo achou-se ridículo. Mesmo de longe, era possível que a velha tivesse visto Clarice correr para dentro da casa.

"Como amanhã é Natal, pensei que talvez você quisesse ir ao centro comprar alguma coisa. Ou ligar pra alguém."

"Obrigado por pensar nisso."

Téo queria comprar meio quilo de mignon para Clarice, que vinha reclamando da falta de carne vermelha, além de alguns ingredientes para a ceia. Cozinharia talharim com molho branco e azeitonas chilenas, sua especialidade.

"Vou me enxugar e mudar de roupa."

A velha concordou, encarando Téo com os olhinhos vibrantes. Ela tinha um rosto grosseiro, com bochechas ossudas, sobrancelhas grossas e um nariz desajeitado com aparência de morango invertido. Suas costas, levemente encurvadas, a projetavam para a frente de modo intimidador.

"Acompanho você até lá dentro", ela disse, com um sorriso.

"Não precisa. Prefiro que me espere no barco."

A curiosidade da velha fez Téo imaginá-la morta, ensacada aos pedacinhos.

"Prometo não demorar", disse.

Tomou o caminho da casa e ouviu os passinhos arrastados da velha atrás dele. Virou-se para ela:

"Por favor, quero que me espere na merda do barco!"

Ela recuou, espantada. Ergueu os braços num gesto defensivo:

"Como preferir."

Girou o corpinho frágil e foi se afastando. Téo percebeu que, pela idade ou pelo medo, as pernas dela tremiam.

Vestiu-se, aflito. Pela janela, garantia que a velha continuava distante. Pediu que Clarice vestisse a mordaça com arreio.

"Não precisa. Não vou gritar."

"Por favor", ele insistiu. "Faça o que estou falando."

"A confiança é essencial…"

"Bota a mordaça!"

Pegou a carteira e os celulares. Esquecia algo? Sob o sofá, encontrou uma faca de tamanho médio. Escondeu-a no cós da calça jeans. Clarice continuava a falar, ainda presa à grade da cama:

"Eu poderia ter gritado quando o barco apareceu. Vi a mulher chegar. Poderia gritar agora também. Com certeza ela me ouviria."

"Você não faria isso…"

"Não faço porque não tenho vontade. Você acha que pode me fazer feliz. Quero te dar uma chance."

"Eu vou te fazer feliz."

"Então, sem mordaças… Estamos no meio do nada. E não tenho motivos pra gritar. Desde aquela noite…", ela se calou, subitamente envergonhada. Ele ficou feliz que Clarice tivesse mencionado *aquela noite*. Estava excitado e tentou disfarçar.

"Pode ficar sem a mordaça."

Ela sorriu:

"Obrigada, meu amor!"

Téo estagnou. Era a primeira vez que ela o chamava assim. Quis conversar sobre aquilo, mas a velha gritou para que ele se apressasse. Ao pisar na areia, sentia-se flutuando. Saboreava as palavras de Clarice e as teria saboreado durante toda a viagem não fosse a intromissão pouco sutil da velha fofoqueira.

"Tem alguém na casa com você, não é?", ela perguntou, de repente.

Estavam em alto-mar. A velha guiava o barco em velocidade excessiva, e Téo se perguntou por que ela tinha tanta pressa de chegar à terra firme.

"Não sei do que está falando."

Ela não reagiu. Continuou de costas para ele, as mãos fixas ao volante.

"Vi alguém correr para dentro da casa quando eu chegava."

"A senhora está imaginando coisas."

"Não precisa me dar explicações, rapaz. Mas não minta pra mim."

"Talvez a senhora esteja certa, então."

"Estou", ela disse, encarando-o de um jeito vulgar. "Fica tranquilo que não vou fazer nada. Você me pagou bem o suficiente para que eu não faça perguntas. Comentei por comentar."

Estavam a poucos metros de distância e o olhar dela o incomodou tremendamente. Ele se remexeu no banco da popa. Ela sabia que ele estava com alguém na praia e não demoraria a se perguntar quem era a pessoa e como ela tinha chegado lá. Mais ainda, a curiosidade a levaria a investigar por que ele tinha se dado ao trabalho de esconder a informação.

Téo empunhou a faca na mão trêmula, sem se dar conta do que estava prestes a fazer. Aproximou-se com cautela. O barco navegava no meio do nada; a costa era apenas uma mancha rósea, de modo que ele se sentiu seguro e invencível. Bastava fazer um corte na jugular da velha e, então, jogá-la no mar. Em menos de um minuto, extirparia o problema. Teria dificuldades em pilotar o barco, mas não seria impossível.

Seu passo fez estalar uma tábua do barco. O barulho o assustou, mas ela pareceu não ter escutado, pois não se virou. Decidiu puxar conversa. O assunto disfarçaria o real motivo da aproximação. Nesse momento — na fração de segundo em que ele pensou em conversar com a velha —, uma série de perguntas possíveis passou-lhe pela cabeça. A infinidade de perguntas era ainda maior do que a imensidão do mar diante de si.

Ainda assim, sem saber, Téo fez a pergunta-chave. A pergunta cuja resposta fez com que ele recuasse sem forças e lançasse a faca no mar, voltando depressa para o lugar na popa. Fosse qualquer outra, ele teria matado mais uma pessoa. Mas algo quis que acontecesse como aconteceu: ele fez compras no centro, preferiu não ligar para ninguém e voltou à casa horas depois, ainda inebriado por aquele instante no barco. A pergunta que Téo fez foi: "Qual é o seu nome verdadeiro, senhora?". E a resposta da velha, com um sorriso desdentado, foi: "Gertrudes".

Na manhã de Natal, Téo acordou perturbado por um pesadelo que, como todos os pesadelos que perturbam, parecia real demais. Gertrudes estava nele. Não a sua Gertrudes, que era educada e não seria capaz de atrapalhar seu sono, mas a outra, a velha medonha. Clarice também aparecia, gargalhando exageradamente. Ele tentou recuperar o volume e o timbre exatos das gargalhadas, mas notou que nunca tinha visto Clarice rir daquele jeito. Fechou os olhos, realocando peças numa ordem lógica.

Havia uma emboscada. Uma emboscada criada por todos para enganá-lo. O policial na blitz tinha identificado a foto de Breno e acionado outras unidades. Instruíram a velha — ela nem se chamava Gertrudes, na verdade — para recebê-lo em Ilha Grande e alugar a casa na praia deserta. Os contatos de Helena por telefone serviam para confirmar que Clarice estava viva. O que esperavam para prendê-lo? Tudo se encaixava, e isso o deixou muito assustado. O repentino aparecimento da velha teria servido para que a polícia fosse à ilha tranquilizar Clarice. Ele havia demorado pouco no centro, mas tempo suficiente para que alguém tivesse aparecido. Isso também explicava por que Clarice estava tão tolerante ultimamente.

Téo sacudiu a cabeça: quantas ideias loucas! Clarice estava gostando dele finalmente e ele vinha com esses pensamentos! Era tão grotesco que riu alto — a mesma risada de Clarice no sonho. Decidiu dar um mergulho para espantar aquela história. Nadou bastante e ficou muito tempo debaixo d'água, prendendo a respiração, pois o breve sufocamento o acalmava. Passou a tarde pensando em emboscadas.

A noite chegou fria, porém aconchegante. Téo fritou rabanadas, preparou seu prato especial — que Clarice elogiou já pelo aroma — e abriu o vinho italiano. Vestiu uma camisa social e perfumou-se com algum excesso. Clarice usava um vestido azul-marinho que Téo achou antiquado para ela. Os brincos eram semicírculos perolados.

Conversaram pouco e terminaram a primeira garrafa ainda na mesa de jantar. Ela bebia mais depressa do que ele e tinha consumido mais de três quartos da garrafa. Decidiram abrir a outra do lado de fora da casa, sentados nas espreguiçadeiras de frente para o mar. Ela havia proposto que subissem o rochedo, mas o vento estava muito forte. Vestira um casaquinho vermelho para se proteger.

"Você acredita em Deus?", ela perguntou. O vinho já fazia efeito: os braços caídos pelas laterais, a taça cambaleante na mão direita, as pernas esticadas revolvendo a areia molhada.

"Não sei."

"Esperava uma resposta melhor."

Téo estava relaxado e tinha até esquecido o pesadelo de mais cedo.

"Acho que as pessoas precisam acreditar em algo superior e desconhecido para a vida fazer sentido. E para impor limites também."

"E o que seria esse algo superior?"

"Para mim, é a ciência. Não preciso de Deus, mas vou à igreja."

"Também não acredito Nele."

Ela jogou a cabeça para cima como se desafiasse o céu. Serviu-se de mais vinho antes de enterrar a garrafa na areia:

"Prefiro pensar que somos todos livres e viemos do nada."

"E o que está acima de você? O que te dá limites?"

"Bem, minha mãe me dá limites… E você também, agora."

Téo encontrou certa crítica naquelas palavras. Não gostou que Clarice tivesse mencionado a mãe. Bebeu todo o vinho da taça e, quando ela pegou a garrafa, disse que não queria mais.

"Nos últimos dias, estou te sentindo amargurado. Não gosto disso." Ela segurou e acariciou seu braço. Ele queria se levantar e buscar o colar que havia comprado de presente de Natal, mas deixou que o carinho dela se prolongasse. Por um instante, todo o plano que havia criado para aquela noite pareceu-lhe infantil.

"Eu queria pedir desculpas, Clarice… Pelo que fiz…"

"Você não fez nada."

"Fiz, eu sei que fiz", ele disse. Não chegava a se arrepender, mas o desejo que quase o tinha levado a matar a velha havia se transformado em algo positivo. Talvez tivesse mesmo passado um pouco dos limites. "Lamento não ter confiado em você ontem. Foi absurdo exigir que vestisse a mordaça."

"Tudo bem."

"Às vezes, eu ajo como um louco, mas… Mas é que você mexeu muito comigo e… Não posso te perder. Você é a razão da minha vida."

Ela sorriu. Os lábios convidativos estavam escurecidos pelo vinho.

"Obrigada por esse Natal", disse, e o pegou pela mão de um jeito delicado. "Vamos dar um passeio."

Tomaram o caminho na direção contrária à casa. A lamparina iluminava poucos metros adiante, limitando a velocidade dos passos. Clarice perguntou até que idade ele tinha acreditado em Papai Noel e emendou um papo sobre os Natais de sua infância.

Quando bebia, ficava tagarela. Téo respondia com secura. Não entendia o que estava acontecendo com ele. Chegava a ser absurdo: antes, desejava Clarice com forças que desconhecia em si mesmo. Agora que estava próximo dela, sentia-se perdido, desanimado, bobo. Segurava a lamparina como se pesasse toneladas.

"Deixa que carrego pra você", ela disse, transferindo a lamparina para a mão direita e abraçando Téo pela cintura.

Ele refletia em que momento havia deixado de ser o protetor para ser o protegido. Com a morte de Breno? A suspeita de Helena? As sombras das árvores criavam figuras monstruosas em sua imaginação, sons indiscerníveis ditos pelas folhas agitadas. Vagaram por muitos minutos, desviando de galhos retorcidos e terrenos alagados. Era noite de lua cheia.

Téo estava distraído quando sentiu o impacto. O peso atingiu sua cabeça e ele caiu. O ponto luminoso voltou a atacar. Ele tonteou, gemeu, comeu terra. Viu o capuz vermelho, viu a luz. Então, enxergou Clarice. Ela girava a corrente da lamparina no ar e batia na cabeça dele.

Urrou de dor. Apoiou-se nos cotovelos arranhados, tentou se levantar, mas os joelhos também foram atingidos. O metal rasgava seu rosto e sangue escorria pelas bochechas. Implorou para que ela parasse, mas os golpes não cessaram. Sentiu o corpo amolecer e a escuridão avançar sobre seus olhos.

# 20.

O SOM VINHA DE DENTRO. Um bate-estaca que esmagava miolos e dispersava a consciência. Não conseguia falar, enxergar ou se mover. Um formigamento tomava o corpo, o que era bom sinal: ainda havia corpo. De resto, vazio e escuridão.

Então, a luz. Confrontava forças: o impacto da permanência e o desejo de escapar. Escapar do bate-estaca. A dor estava lá antes, enclausurada na caixa-preta do cérebro. A luz era externa. Piscou os olhos, forçou as pálpebras, mas não enxergou. Lâminas afiadas. Doía muito, rasgava. As linhas criaram formas, as cores pintaram o cenário. Viu a cortina entreaberta; o sol iluminava o quarto com reflexos desenhados no teto branco.

Estava na cama. Os móveis derretiam feito cera quente. Seu nariz fritava. Aspirou, sentiu uma pontada em algum lugar. O grito ficou engasgado na laringe. Algo enchia sua boca, empurrando as bochechas e a garganta. A língua tateou o objeto estranho, sabor couro. Forçou o objeto, tentou expulsá-lo. Estava preso à pele, esgarçando os cantos da boca. Seu rosto ardia, coçava, ardia, coçava. Fazia um calor tremendo.

Os sentidos barganhavam com a dor. O metal que envolvia seus punhos e seus tornozelos. O colchão embolotado sob o corpo suado e sujo de terra. Uma lembrança: a luz forte da lamparina. A sombra no escuro. Uma mulher com ódio. Clarice de casaco vermelho. Onde ela estava? A imagem de Clarice se fundiu ao movimento da porta. Outra Clarice surgia. Vermelho e escuro. Tenha piedade. Sentou próximo dele.

A mão fria tocou sua testa e ele pensou ter escutado a palavra suor. Não era delírio. Clarice falava alguma coisa. Ele via os lábios dela se moverem como numa televisão ligada no mudo. Forçou o cérebro ao silêncio.

"Desculpa, não sou muito boa nisso", ouviu-a dizer.

A dor voltou. Brutal. O ruído lancinava a cabeça.

Viu a agulha penetrar seu antebraço envolvido por um elástico frouxo. Clarice empunhava a seringa, puxava o êmbolo grosseiramente.

"Nunca encontro essa veiazinha de primeira", ela disse, sorrindo.

Quis gritar. Seus olhos pesaram, a cabeça rodopiou. Viu o espectro de Clarice se levantar, passar as mãos por suas bochechas num carinho discreto.

"Boa noite, *meu ratinho*."

Era noite quando Téo acordou, ofegante. Estava assustado e levou muito tempo para se recuperar. A respiração pressionava o tórax, aumentava a sensação de afogamento. Uma bola de eletricidade percorria todo o corpo, provocando reações involuntárias. Empinava os quadris, as pernas tremiam, o abdômen se contraía em espasmos. Precisava de água, precisava de comida, precisava ir ao banheiro. A bexiga estava inchada, fazendo pressão na altura da virilha. Por milagre ele não tinha se mijado.

Tentou agitar os braços, mas não conseguiu. Seus punhos continuavam presos aos pilares da cama de madeira, as mãos erguidas sobre a cabeça, forçando os ombros. As escápulas convidavam novas dores: *Venha, dor, venha!* As correntes das algemas repuxavam os braços dormentes, com dez centímetros de liberdade. O corpo havia escorregado pelo colchão, de modo que os músculos se esticavam ao máximo, formigando da ponta dos dedos até a base do pescoço.

Girou o braço para enxergar as cicatrizes nos cotovelos, cobertos de sangue seco. A camisa social usada na noite de Natal — a noite anterior? — tinha se rasgado, deixando entrever o mamilo esquerdo. Ele buscou uma posição melhor. Apoiou a cabeça contra a cabeceira, forçou o corpo para cima, arqueando as pernas para impulsionar o movimento. A tentativa foi vencida pela gravidade: os pés se dobraram, as nádegas quicaram no colchão, a coluna rangeu.

O quartinho da casa de praia parecia inesperadamente sufocante. A janela estava fechada e coberta por uma cortina de passarinhos azuis. O colchão engolfava uma espuma amarela, a sombra da cabeceira cobria a porta num lastro discretamente perturbador. O terrier de porcelana sobre a mesa de cabeceira o encarava com pena. Abaixo da janela havia um carrinho de mão. Até onde ele se lembrava, antes não havia carrinho de mão. A constatação era inútil, pois antes ele também não havia reparado na cortina de mau gosto. Tudo era muito grande e próximo agora.

A valise onde havia guardado os óculos de Breno estava sobre a cômoda, numa altura pouco superior à linha dos olhos. Ele conseguia ver o fecho com senha e teve a impressão de que o marcador de dígitos estava reluzente, como se alguém o tivesse polido. A ideia de Clarice polindo os dígitos — buscando a senha para abrir a valise — produziu nele um terror vítreo.

Esforçou-se para ficar calmo. Sabia que Clarice queria atormentá-lo. Uma insistente autonegação a impedia de enxergar os benefícios do relacionamento deles. De certo modo, ele entendia essa breve confusão, mas queria esclarecer. E perdoar.

Ela entrou no quarto pouco depois, trazendo um copo d'água na mão direita. Vestia um macacão branco e uma tristeza inesperada. Com a cabeça baixa, os olhos caídos e a boca encerrada numa expressão séria, parecia possuída pelo demônio. Estagnada diante da cama, movia lentamente o tronco para a frente e para trás.

"Clarice, por favor, fala comigo." Ele quebrou o silêncio e só então notou que estava sem a mordaça. Sua voz saiu poeirenta, mas firme. Não acreditava em possessões, mas os últimos acontecimentos podiam ter condenado Clarice a sérios transtornos psicológicos. "Fala comigo. Está tudo bem?"

"Bebe."

Ela esticou o copo d'água.

Téo moveu os braços erguidos, mas as algemas deixavam suas mãos a mais de vinte centímetros de distância. Forçou as correntes, arranhou os punhos, não era suficiente. Engoliu em seco. Não sentia mais nada. Apenas sede.

"Por favor, chega mais perto."

Ela levantou a cabeça, sorriu para Téo, mas não se moveu nem um centímetro.

"Deixa de ser preguiçoso. Vamos, bebe."

"Não consigo."

Clarice tirou os olhos dele, encarou a mão que envolvia o copo e tornou a olhar para ele. Seus olhos pareciam buracos negros.

"Puxa, eu sinto muito!", disse. Seu tom era irritantemente meigo. Deitou a cabeça sobre o ombro, mantendo firme o sorriso no rosto. "Eu também estou com sede."

Bebeu o copo diante dele, marcando as longas goladas.

"Quer se vingar de mim?", ele perguntou. Seu rosto tinha voltado a arder e a coçar.

"Está com fome, querido?"

Sem esperar resposta, ela saiu do quarto e voltou trazendo um cacho de bananas. Na mão esquerda, empunhava uma faca de lâmina comprida.

"O que está fazendo?"

Ela sentou na cama e arrancou uma banana do cacho. Desceu a casca. Estavam a poucos centímetros: ele chegava a sentir seu perfume, agora adocicado demais. Quis tocá-la, mas teve medo.

"Dei uma arrumada na casa. Estava cheia de poeira e de insetos mortos! Basta a mulher ficar um pouco presa que tudo vira bagunça", ela disse. "Encontrei um lindo jogo de facas debaixo do sofá."

Fatiou a banana de modo desajeitado, pois a faca era muito grande e pesada. Colocou uma fatia nos lábios de Téo e ele não resistiu. Estava faminto. Mastigou lentamente, pensando no que dizer a ela.

"Por que não me solta?"

"Está tão gostoso assim!"

"O que vai fazer comigo?"

"Ai, para com essas perguntas embaraçosas!", ela gritou, como uma menina de quinze anos que encontra uma barata no banheiro. Serviu outra fatia na boca de Téo com certa agressividade e esperou que ele mastigasse. "Chegou a ver seu novo transporte?"

Apontou o carrinho de mão. Só então ele reparou que as rodas estavam sujas de terra.

"Precisei dele para te trazer até aqui. Você é bem pesadinho, sabia?"

"Para com isso. Vamos conversar sério."

"Você tem que fazer uma dieta. Quanto você pesa? Mais de cem?"

"Isso não está certo, Clarice. Vingança…"

"Vingança?" Ela sorria, e seu sorriso era tão hipócrita que Téo se sentiu embaraçado. "Eu não entendo o que quer dizer, querido. Só estou mostrando o que sinto."

"Tudo o que fiz foi pro seu bem. Pensando no seu bem."

"Eu agradeço."

"Clarice, você não é má." Ele fazia questão de dizer o nome dela, pois, numa abordagem psicológica, isso servia para aproximá-la dele. "A raiva leva a sentimentos ruins."

"Estou com sentimentos bons, te garanto. Arrumar a casa me fez bem." Ela girou os olhos pelas paredes e levantou-se como se lembrasse de uma tarefa inadiável. "Encontrei muitas coisas interessantes."

Mais uma vez, saiu apressada. Através da porta aberta, Téo via parte da mesa da cozinha e da bancada metálica da pia. Havia uma pilha de louça esperando para ser lavada, e ele pensou quanto tempo tinha passado para que Clarice houvesse sujado tantos pratos. Pensou também se ela estava mentindo ao dizer que *arrumara a casa*.

"Aproveitei esse tempo para refletir", ela disse ao voltar. Deitou a maleta dele na cama. O clique quase imperceptível das trancas fez Téo sentir náuseas. Ele relanceou os olhos para a valise sobre a cômoda antes de voltar a atenção para as mãos de Clarice. Viu-a abrir a embalagem de uma nova seringa e encaixar a agulha, rosqueando até travar.

"Por favor, não me seda."

Ela concordou levemente com a cabeça, sem se importar. Era um desrespeito.

"Posso acabar contaminado!"

"Isso não vai acontecer, querido."

Téo quis responder, mas qualquer argumento soava incoerente. Do seu ponto de vista, deitado com os braços erguidos acima da cabeça e com vontade de mijar, Clarice parecia uma daquelas enfermeiras mórbidas de filmes de horror. Agora, em vez de achar graça, ele estava apenas assustado.

"Quer mais banana?", ela perguntou. Sacudia uma ampola de Thiolax diante dos olhos, medindo a quantidade de solução.

Ele continuava com fome, mas disse:

"Estou decepcionado com você. Não acredito que vai me sedar de novo…"

Clarice sentou a centímetros dele e o encarou profundamente. Seus olhos faziam com que ele se sentisse de um jeito inédito. Era como se ela soubesse da morte de Breno e acreditasse que toda a culpa era dele.

"Nos últimos dias, eu pensei bastante…", ela disse. Injetou a agulha na ampola, aspirando a solução aquosa para o cilindro. Restava uma quantidade ínfima de líquido e, se ele não estava enganado, aquela era a penúltima ampola. "Pensei nas nossas primeiras conversas, nos seus artifícios para me conquistar… Presa por algemas, amordaçada…"

"Clarice, eu peço desculpas."

"Não me interrompa." Dessa vez a voz saiu chorosa. "Pensei muito no que aconteceu, Téo. E me esforcei pra entender. Me coloquei no seu lugar. Tudo isso parece loucura, mas você queria que eu me apaixonasse por você. Queria que eu te amasse como você me ama." Ela envolveu o elástico no antebraço dele e passou a gaze com álcool pela face interna enquanto tateava as veias com os dedos frios. "Nossa história não pode acabar assim. Você não merece isso. Nós não merecemos isso."

Ele estava confuso.

"Você teve a chance de me mostrar seu lado", ela disse, enxugando uma lágrima. "Você nutre um sentimento por mim, entendo. Mas chegou minha vez. Eu também nutro um sentimento por você. E quero te mostrar isso."

Ela meneou a cabeça para a porta. Esticou a pele do braço de Téo e pressionou o êmbolo vagarosamente.

"Agora vamos dormir."

# 21.

TÉO FOI ACORDADO COM UM BALDE DE ÁGUA GELADA. O choque térmico fez seu corpo tremer e o bate-estaca retomar com vigor. Era dia claro. A cortina fechada concedia uma penumbra agradável: poucas réstias de sol entravam próximas ao teto, acima de sua cabeça. Ele suava frio, gritava. Quando a dor deu trégua, viu Clarice na porta, rindo a valer enquanto sacudia o balde vazio.

"Meu Deus, você parece assustado!"

Ela agitou a cabeça num gesto solene. Aquele movimento, antes encantador, revelava toda a sua perversidade. Clarice o esnobava e parecia se divertir com isso. Voltou ao quarto com o balde cheio, carregado de modo irregular pelos braços finos.

Retirou uma esponja encharcada do balde e esfregou as pernas de Téo. A textura arranhava a pele, retirava crostas e fazia sangrar sulcos abertos. Era insuportável. Ele movia as pernas inutilmente.

"Deixa de ser frouxo", ela disse, em tom severo e ao mesmo tempo maternal. "Você está com uma aparência péssima. Veja."

Desenganchou o espelho da parede. Téo ficou chocado ao ver seu reflexo. Estava irreconhecível, marcado por inchaços, cicatrizes e pus amarelado. Cacos de vidro pareciam ter rasgado seus traços faciais. A bochecha direita havia se transformado numa grande bola roxa sobre a qual nasciam pelos da barba. Ele fedia. Como Clarice o tinha deixado naquele estado? Por trás do espelho, ela sorria, um tanto corada.

"Por que está rindo?"

"Acordei de bom humor."

Ela colocou a mão esquerda por trás da cabeça dele, fazendo-o recostar. Com a direita, ergueu um barbeador. A lâmina estava enferrujada e possivelmente já tinha perdido o fio. Ele quis baixar a cabeça, mas Clarice o prendeu pelo queixo. Enxaguou suas bochechas, passando sabão de coco pelo pescoço e ao redor da boca. Posicionou a lâmina na altura da veia jugular e raspou a espuma com cuidado.

Téo imaginou que ela estava prestes a matá-lo. E a ideia não soou tão ruim. Seria um alívio que os problemas se resolvessem por um corte indolor. Ficariam para trás a mãe com suas deficiências, Helena com seu desespero e Clarice com sua vingança ridícula. Era um acerto de contas às avessas. Como um mártir, ele precisava morrer para que sentissem sua falta.

"Por que não me mata?"

Clarice parou de barbeá-lo. Soltou um longo suspiro enquanto pressionava sutilmente a lâmina contra sua pele.

"Não sou como você", disse. Então, continuou a escanhoá-lo com a diligência de antes. Secou seu rosto com a ponta do lençol imundo. O cheiro de urina no tecido era forte.

Téo se sentia estranho; algo grotesco e repugnante fazia parte dele agora.

"Me deixa tomar banho."

"Você está bem melhor assim."

Clarice cuidou do rosto dele, aplicando pomadas e gazes encontradas na maleta. Ele tentou instruí-la a aplicar do jeito correto e menos doloroso, mas ela ignorava. Devolveu o espelho à parede e arrastou uma cadeira da cozinha para o quarto. Sentou-se, esticou as pernas para a cama e sacou um maço de cigarros do bolso.

"Fui mexer nas suas coisas e encontrei esta preciosidade."

Queimou a ponta do cigarro com a chama da lamparina. Tragou o Vogue, enchendo as bochechas de fumaça e fechando os olhos num deleite. Lançava baforadas na direção dele como uma criança travessa.

"Pensei que quisesse conversar comigo."

"Quero que tire essas algemas."

"Não posso fazer isso, você sabe."

"Você pode e vai. Não entrarei na brincadeira."

"Só quero me divertir um pouco."

Ela estava muito confortável, pois tragava o cigarro e roía as unhas com displicência. Téo sentiu a dor da traição por tudo o que havia feito por ela e que não recebia em troca. Revirou os olhos e, só então, percebeu que a valise não estava mais sobre a cômoda. Aquilo o perturbou de forma inesperada. O gosto de menta no ar esfumaçado transformou a impaciência em fúria e ele desejou machucar Clarice também.

"Não seja insolente, sua piranha dos infernos!"

Ela sorriu, sarcástica e babaca. Tragou o cigarro com força:

"Caralho, como eu senti falta disso aqui!"

"Me solta!"

"Para de me irritar ou terei que usar os separadores em você, ratinho."

Ele engoliu em seco. Imaginar-se naquela cruz o desamparava.

"Me desculpa..."

"Quer um trago?"

"Você sabe que eu não fumo."

"Só um cigarro!"

"Vai realmente continuar com essas merdinhas provocativas?"

O rosto dela escureceu como o céu antes da tempestade e, então, desanuviou-se:

"Merdinhas provocativas? Você é ótimo, Téo. Merdinhas provocativas!"

Clarice amassou o cigarro nas mãos, o fumo escapou pelos dedos. Seus olhos vermelhos expulsavam lágrimas, enquanto o corpo magro tremia num riso convulsivo. Tentou se conter, engoliu as risadas e fixou os olhos vazios nele:

"A piranha dos infernos vai fazer merdinhas provocativas até você chorar de desespero...", ela disse, com uma expressão indefinida. Encostou a ponta do cigarro no mamilo dele e deixou que a carne queimasse. Ele urrava. "Sua sorte é que o celular não pega aqui. Quando a velha chegar, vou te entregar pra polícia e todo mundo na cadeia vai fazer com você o que fazem com filhos da puta estupradores!"

Clarice pegou a mordaça com arreio na cabeceira e fechou a boca dele. Téo encarava a situação num misto de indignação e ódio. Estuprador? Se pudesse, ele mataria Clarice naquele segundo. Mataria e jogaria seus membros no mar sem qualquer remorso. Teria até algum prazer nisso.

Durante toda a tarde, ela não voltou ao quarto. Ele a via passar de um lado para outro, vassoura e balde em mãos. A imagem de Clarice dona de casa tinha algo de reconfortante, mas o fato de ele estar preso à cama, com o rosto desfigurado, o peito em carne viva e os arreios contra suas bochechas, conferia certa sordidez à situação.

Clarice não dava trégua. Após a troca de ofensas, ele havia pedido desculpas e implorado para que ela baixasse seus braços: já não conseguia sentir os cotovelos, muito menos os dedos. Precisava que o sangue circulasse para evitar a atrofia dos membros.

Conservava em si o rancor, porque isso fazia com que se sentisse vivo. Revirava a mente em busca de argumentos que pudessem dobrar Clarice, mas, em algum recanto de si mesmo, acreditava que ela se convenceria sozinha e entraria no quarto para livrá-lo das algemas. Pediria desculpas, diria que não sabia onde estava com a cabeça. Daria um beijo em sua boca e soltaria algum palavrão engraçado para acalmar os ânimos.

Téo concluiu que ela o desprezava porque a intimidade gera desprezo. Não fazia por maldade, mas para descontar uma raiva acumulada. A raiva é o pior sentimento em uma relação. Era preciso deixar que ela extravasasse.

Imaginou como se chamariam seus filhos (Dante, menino; Cora, menina), imaginou a alegria de Patrícia ao ver os netos e qual carreira as crianças seguiriam (teriam a veia artística da mãe ou a metódica do pai?).

Era estranho pensar nessas coisas e, ao mesmo tempo, guardar mágoa de Clarice, mas ele conseguia separar bem os sentimentos. Ela era como todas as mulheres; sorria num minuto para se debulhar em lágrimas no instante seguinte. Ele precisava ser compreensivo. Com Gertrudes, não havia atritos, mas também não havia amor. Apenas Clarice tinha sido capaz de tirá-lo da rotina faculdade-casa-laboratório. E ele não queria voltar. Se pudesse, viajaria para sempre. Não precisava que Clarice o amasse de volta. Melhor amar sem ser correspondido do que não amar.

Ao fim da tarde, ele ouviu o barulhinho vigoroso das teclas do notebook. Talvez o roteiro e toda a ajuda dele no processo criativo conduzissem Clarice à percepção de que aquela era uma vingança injusta. Ele ficou satisfeito que ela tivesse voltado a escrever, pois sabia que toda a fúria seria canalizada na criatividade.

Já era noite quando o apito da bateria indicou que o computador desligaria. Não havia como recarregá-lo. Téo acompanhou os sons: o notebook sendo fechado, passos até o quarto ao lado, a torneira da pia sendo aberta e então fechada. Depois, o silêncio. Quando Clarice apareceu na porta, ele gemeu, implorando que ela tirasse a mordaça.

"Espero que se comporte", ela disse. Desafivelou a mordaça. "Incomoda, né?"

"Preciso ir ao banheiro."

Ela usava um vestido azul que lhe caía bem no corpo. Seu corpo era lindo, de mulher-feita. Ele notou que nunca havia dito isso a ela. Mulheres gostam de ser elogiadas, ainda que ela talvez não gostasse de receber elogios naquelas circunstâncias.

"Por favor, preciso ir ao banheiro", acabou repetindo.

Ela esboçou um gesto de desalento e se virou para ele.

"Não posso te tirar daí até que a velha chegue. Me desculpa."

"Olha, acho que começamos com o pé esquerdo... A gente estava se dando tão bem. Entendo que você queira se vingar..."

"Não é vingança, já disse."

"Tudo bem, não é vingança. Eu entendo que você faça o que está fazendo. Mas preciso que pense um pouco. E que me escute. Não posso continuar sendo tratado assim. Sou humano. Tenho necessidades."

Uma expressão severa tomou conta do rosto de Clarice. Seu lábio inferior tremia espasmodicamente:

"Você fala como se eu te mantivesse preso."

"Eu estou preso!"

"Depois da nossa conversa, concluí que talvez você tenha alguma razão", ela sorriu, e o sorriso a fez parecer mais perigosa. "Eu deveria te matar."

194

O pomo de adão de Téo subiu e desceu.

"Essa ideia me atormentou a tarde inteira. Cheguei a fazer uma lista. Aqui tem muitos lugares bons pra desovar um presunto, se é que me entende."

Pegou um papel e uma caneta transparente na gaveta da cômoda.

"Veja se esqueci alguma coisa", disse, batendo a caneta no papel. "Número um: matar Téo. Acho que você merece uma morte lenta. Descartei faca na garganta. Descartei arma também, porque não temos munição. O que acha de afogamento?"

"Não seja idiota."

"Acha ruim? O.k." Ela riscou o papel. "Enterrado vivo então. Parece legal. Terei um trabalhinho pra cavar um buraco bem fundo. E estou indisposta pra fazer isso hoje. Quem sabe amanhã?"

"Vai mesmo me matar?"

"Número dois: dar explicações à velha", ela leu. "Como é essa velha? Do tipo burra? Ou terei que pensar numa boa desculpa?"

"Para com isso."

"Pensei em contar a verdade, mas acho que ela não entenderia. A mesma coisa pros números três e quatro: dar explicações à minha mãe e à polícia. Será que alguém vai te procurar, Téo? Ou sua mãe vai ficar aliviada em se livrar do filho doente?"

"Vá à merda, Clarice."

Ela levantou os olhos.

"Sério, você não se acha nem um pouco doente? Aquele álbum de nós dois é coisa de pirado."

Esperou que ele respondesse e sacudiu a cabeça.

"Chegamos ao número cinco: atividades com Téo. Esta foi uma grande sacada minha." Ela sorriu, passeando a língua pelos dentes protuberantes. "Vamos fazer algumas coisinhas para você enxergar que é um *freak* total."

"Não vou fazer nada com você."

O sorriso foi substituído por uma expressão de desagrado. Ela voltou ao quarto carregando o álbum e uma pesada panela de barro. Deixou a panela sobre a cômoda e retirou as fotos do álbum, esfregando-as na cara de Téo de um jeito violento.

"Tudo aqui é mentira. O fantástico mundo de um filho da puta. O que acha que devemos fazer com isso?"

Nauseado de angústia, ele encarava os sorrisos de Clarice, a delicadeza de seu olhar e do toque de seus corpos. Como um sentimento bonito tinha se tornado tão rude e diabólico? Quis chorar, mas se sentia seco. Assistiu a tudo em silêncio: Clarice selecionou apenas fotos deles dois e jogou na panela de barro. Tirou o isqueiro do bolso.

A chama encontrou o papel fotográfico, que se contorceu, encolheu e ficou escuro em poucos segundos. As imagens sumiram na fumaça tóxica e oleosa que saía da panela. Clarice assistiu à pirotecnia batendo palminhas de alegria, bela transformada em fera. Jogou as demais fotos na panela, atiçando e avivando as chamas. Assoprava faíscas como se fossem bolas de sabão, imitava com a boca o som crepitante. *Pop, pop, pop*. O quarto todo cheirava a papel queimado; uma mancha negra havia grudado no lençol.

Ela se levantou com a panela nos braços, encarando a brasa ainda brilhante. Estagnou na porta, virando-se para ele:

"Feliz Ano-Novo, Téo!"

A informação chegou como um soco. Significava que ele estava preso havia sete noites. Tinha ficado a maior parte do tempo sedado, de modo que contara três ou quatro noites, no máximo. Significava também que dali a uma semana a velha estaria de volta para buscá-los. Sete dias. Tempo suficiente para tentar escapar de Clarice. Se ela não o matasse antes.

# 22.

O CHEIRO INIBIU A DOR. Era forte e quente. Ele podia sentir a massa pastosa sob suas nádegas, como um colchão macio e lubrificado. Envergonhou-se. E foi dominado pela raiva. Através da porta fechada, ouvia os movimentos de Clarice na cozinha. Ela parecia preparar alguma coisa, mas não tinha aparecido desde a noite anterior. Téo havia acordado na madrugada e implorado para ir ao banheiro. Gritara durante horas, mas agora estava feito. E era uma sensação horrível.

Clarice abriu a porta desejando bom-dia. Vestia apenas biquíni e trazia na mão direita uma pá suja de terra. Estava suada.

"Que tal o ânimo no primeiro dia do ano?", perguntou.

Deixou a pá de lado e deu um beijo leve na testa dele. Téo fechou os olhos. Um cheiro de morte havia invadido suas narinas.

"Preparei o almoço para você. Deve estar com fome, já que liberou o estômago", ela disse.

Trouxe um prato para o quarto. Juntou a cadeira à cama e sentou com o tronco reto, como uma criança vigiada pela professora. Enrolou fios de macarrão no garfo e serviu-lhe com cuidado, raspando o molho que escapava pelos cantos da boca. Ele cuspiu a comida.

"Come, Téo."

"Prefiro não comer."

"Você não está em condição de fazer drama."

"Se vou morrer, não quero."

Ela franziu ligeiramente a testa e um sorriso tímido surgiu em seus lábios:

"Não vou te matar, bobinho. Você não merece tanta tranquilidade."

"Está falando sério?"

"Claro que sim. Agora, come."

Téo aceitou a comida. Não sabia se podia acreditar em Clarice, mas aquela mudança parecia ventar a seu favor. A hostilidade lentamente foi embora e ele sentiu compaixão, uma espécie de afinidade por Clarice. Ela não era humilde para pedir desculpas, mas desistir de matá-lo e servir macarrão em sua boca era *uma maneira* de se desculpar, não?

"Fico feliz que tenha pensado melhor", disse, e a felicidade era tanta que quis perguntar *Você já se apaixonou por alguém e teve a certeza de que faria tudo por essa pessoa?*

Clarice espetou dois nacos de mignon do fundo do prato e ofereceu a Téo.

"Não como carne."

"É pro seu bem. Você vai comer e vai se acostumar."

Ele fechou os lábios.

"Se não provar, ficarei ofendida", ela disse, com ligeiro tom de censura. "Fiz com carinho."

"Não quero."

Ela devolveu a carne ao prato e espetou o mamilo dele até sangrar.

"Quero que coma. Não me obrigue a ser pouco gentil."

"A carne deve estar podre. Está sem refrigeração faz dias!"

"Come!"

Ele mastigou a contragosto. Tinha um gosto azedo e enjoativo. A generosidade que o tinha levado a comprar o mignon para Clarice agora soava patética.

"Está delicioso, não?"

"Sim."

"Sabia que ia gostar."

Serviu-lhe a comida na boca até raspar o prato.

"Por favor, prenda meus braços para baixo, no estrado da cama", ele pediu finalmente. "Não aguento mais desse jeito. Mal consigo sentir meus dedos."

Ela fez um gesto apreciativo com a cabeça e parou um instante no limiar da porta, como se refletisse. Então, saiu.


Clarice só apareceu no final da tarde. Uma brisa fria entrava pela janela e Téo havia se enroscado no lençol imundo. A sujeira em sua cueca estava sólida. O quarto fedia insuportavelmente, de modo que a vontade de vomitar tinha crescido. Vomitar só pioraria a situação. Com esforço, ele sufocava as golfadas.

"Toma isso", ela disse, enfiando um comprimido em sua goela.

Ele retesou os lábios: a língua seca tinha o ranço desagradável de quem não escova os dentes há dias.

"É pro seu enjoo. Precisamos conversar."

"Conversar?"

"Cem por cento de sinceridade. O que acha?"

"Sempre fui sincero com você, Clarice."

Ela riu e acendeu o Vogue de menta. Usava um vestido curto demais para o clima e brilhante demais para a ocasião. No pescoço, trazia o colar de pedras que ele havia comprado no centro, mas que não tivera oportunidade de dar para ela. Clarice havia encontrado o embrulho, o que o deixou orgulhoso e amargurado ao mesmo tempo. Ela cruzou as pernas de modo confortável.

"Sabe aquele filme do Woody Allen? *Tudo o que você sempre quis saber sobre sexo e tinha medo de perguntar?* Vamos fazer uma versão nossa: *Tudo o que você sempre quis saber sobre mim e tinha medo de perguntar.*"

"Como?"

"Um pra um. Você me pergunta, eu te pergunto. *Quid pro quo*, Téo."

"Não tenho nenhuma pergunta."

"Eu disse cem por cento de sinceridade."

"Você está errada."

"Laura e os beijos que você viu", ela disse. "Nunca falamos disso."

"É passado. Prefiro não saber."

"Você fala como minha mãe, às vezes. Ela também prefere fingir que certas coisas não aconteceram."

"Certas coisas são muito dolorosas."

"Tipo ter me visto beijando uma mulher?"

Ela soprou a fumaça nele. Téo não suportava Laura, mal conseguia pensar nela e o enjoo aumentava.

"Ela não tem culpa", Clarice disse. "Gosto de mulheres."

A frase corroeu a alma de Téo. Clarice era talentosamente capaz de feri-lo quando queria.

"E o que sua mãe acha disso?"

"Acha uma merda." Agora havia dor na voz dela. "Não sei se quero falar sobre isso."

Mergulharam num silêncio melancólico. Téo também não sabia se queria falar sobre aquilo.

"Ter a filhinha gostando de alguém do mesmo sexo foi só mais uma decepção. A pior delas", ela disse finalmente. "Mas não sei esconder quem eu sou."

A liberdade irresponsável de Clarice havia fascinado Téo no primeiro instante. Era algo impensado para alguém como ele, que calculava movimentos e frases antes de efetivá-los. Ela não se envergonhava de ser como era. Ele queria ser assim também.

"Sua mãe te flagrou?"

"Com uma menina do colégio. A gente tinha bebido e foi lá pra casa dar uns amassos, entende? Ela encontrou a menina escondida debaixo da minha cama."

"Isso é horrível."

"Horrível é o que vem depois." Ela franzia o cenho como se a situação a amargasse. "Fui colocada num psicólogo. Dá pra acreditar? Em pleno século XXI, a ideia era me *curar*."

"Espero que não seja lésbica, Clarice. Tenho esperanças de que goste de mim."

Ela prendeu os cabelos. Pela primeira vez, ele viu rugas no rosto dela. Pequenos traços de velhice.

"Você realmente achou que conseguiria me conquistar desse jeito", ela disse. O tom era afirmativo, talvez contemplativo. Ele percebia que tudo ainda era muito novo para ela.

"Não tinha outro jeito."

"Acreditar em mim foi burrice."

"Eu precisava tentar. Não podia te prender pra sempre. Pouco a pouco, você tinha que ser livre outra vez. Viemos pra essa ilha e eu precisava ver como você reagiria."

"Acho que não reagi muito bem."

A fumaça do cigarro criava uma sutil neblina entre os dois. Ela se levantou para fechar a janela. Depois, pegou na cozinha a chave das algemas. Girou a tranca da fechadura direita, e aquele barulhinho metálico soou libertador.

"Não tente nada", ela mandou.

Desceu lentamente os braços de Téo, prendendo os punhos ao estrado da cama. Ele não tinha condições de revidar.

Os músculos distendidos vibraram, uma câimbra se espalhava rapidamente.

"Desculpa não gostar de você como você gosta de mim", ela disse, e deixou a chave na mesa de cabeceira.

Téo não sabia o que responder. Dizer que a amava soaria repetitivo até para ele. Queria algo inédito e estarrecedor, mas não encontrou nada. Clarice saiu do quarto por um instante. Quando voltou, trazia a valise nas mãos.

"É minha vez de perguntar. Qual é a senha disso aqui?"

Téo petrificou-se. Pensava em Breno e nos malditos óculos que havia guardado ali dentro.

"Por favor, vamos fazer isso do jeito mais fácil", ela disse.

"Clarice, eu…"

"Fui legal em colocar seus braços pra baixo. Me conta qual é a senha."

Era desconcertante não saber o que dizer. Ela insistia de uma forma que ele não tinha forças para contra-argumentar.

"Já tentei todas as combinações e não encontro."

Sacudiu a valise próxima à orelha, tentando adivinhar seu conteúdo.

"Tem coisas que são muito dolorosas, Clarice."

Ela deixou a valise na cama e se curvou sobre ele. Colocou as mãos em seus punhos, apertando-os firmemente. Ela tinha um hálito muito bom naquele momento, ainda que houvesse resquícios do cigarro.

"Quero que me diga. E quero agora. Ou coloco seus braços pra cima outra vez."

Téo fechou os olhos e se viu como num sonho. Construía pacientemente um castelo de cartas vermelhas e largas. Havia árvores ao redor e a luz do sol batia forte. Então, ele destruía o castelo de cartas num único sopro.

"A senha é zero-sete-zero-seis", disse, os olhos bem abertos. "Por favor, não faça nada."

202

# 23.

AO GIRAR OS DÍGITOS, ABRIR A VALISE E IÇAR DE LÁ os óculos de Breno, Clarice sorriu. Téo jamais se esqueceria daquela imagem: os olhos dela giraram desnorteados e sua boca se abriu, marcada por vincos sutis. Os dedos longos e finos apalparam os óculos, como se pudessem transformá-los em outro objeto após o movimento.

De súbito, ela pareceu transtornada ou ferida. O rosto empalideceu, as cordas vocais se retesaram e uma veia inconveniente saltou na testa. Ela cerrou os punhos, quase esmagando os óculos, e socou o ar. O desapontamento profundo que substituiu o tom de superioridade fez Téo se sentir muito sagaz.

"Explica."

Ela implorava.

O silêncio era absoluto, e ele deixou que aqueles minutos de paz ganhassem espaço. Não tinha vontade de esclarecer. E agora, com os braços emparelhados ao corpo, não sentia obrigação de ser gentil.

"O que esses óculos estão fazendo aqui, Téo?"

"Breno está morto", ele disse, e a frase soou tão banal que parecia retirada de um livro de ficção.

Clarice piscou, como se evitasse alguma coisa, e começou a chorar. Ele não entendia como ela ainda era capaz de pensar em Breno depois de tudo o que tinham vivido. Aquela reação rasgava algo de especial no relacionamento deles. Quis dizer qualquer frase que a fizesse parar de sofrer, mas pensou que há momentos na vida em que o sofrimento é necessário.

Além do mais, ele tinha certeza de que ela já sabia. Clarice chorava apenas por uma necessidade de parecer ressentida. Era como se estivessem num teatro: palco, holofotes acesos, a plateia esperando atuações dramáticas.

"Nós matamos o Breno", ele disse.

Ela não pareceu tão surpreendida quanto ele achava que ficaria.

"Matamos?"

"Sim. Você não lembra?"

"É mentira!"

"Nós fizemos isso juntos, Clarice. Ele queria matar nós dois."

Ele estava achando tudo muito divertido, principalmente o descontrole dela. Clarice largou os óculos e deixou-se cair no chão, encolhida como um bebê. Levou as mãos ao rosto enquanto liberava um grito estilhaçante.

"Não lembro... Eu não..."

Pressionava as têmporas assustadoramente. Estava muito vermelha e parecia prestes a desmontar diante dele. Téo quis se livrar das algemas para poder abraçá-la, mas supôs que Clarice o impediria se ele tentasse alcançar a chave deixada na mesa de cabeceira.

"Foi uma infelicidade, eu sei. Mas ninguém está sabendo."

"Mentiroso! Psicopata!"

Clarice gritava ofensas sem qualquer lógica. Retraía os lábios, chacoalhava o corpo, soluçava bobamente como uma criança chata.

"Engole o choro", ele disse muito calmo. Alguém precisava se manter equilibrado ali.

"Eu amo o Breno!", ela gritou, e Téo riu.

"Ele tentou te estuprar."

Sentiu-se um tanto perverso com aquela mentira, mas não mentia por completo. Afinal, Breno havia chegado a Teresópolis sem ser convidado e estava fora de si. Era provável que machucasse Clarice se não tivesse sido impedido.

"Você me ajudou a enterrar o corpo dele", Téo disse, por fim. Mantinha no rosto um sorriso mesquinho, cenográfico. As luzes se apagariam e a plateia aplaudiria de pé. Tentou bater palmas, mas as correntes das algemas não permitiam: seus dedos chegavam a se tocar, porém não o suficiente.

Clarice buscou forças para se levantar — os bracinhos pareciam gravetos — e cambaleou na direção dele. Agora Téo podia abraçá-la e dizer que tudo ficaria bem. Estendeu suas mãos. Queria sentir a pele dela, que devia estar muito quente naquela efervescência toda.

Não esperava o tapa forte que levou no rosto. Ficou zonzo. O estalo se repetiu feito madeira fora do lugar. Era muito egoísta da parte dela esmurrá-lo como se pudesse transferir sua dose de culpa para ele. Téo estava tão horrorizado com a atitude dela que não opôs resistência.

Apanhou em silêncio, ainda que a dor fosse muito grande. A pele rasgava, os ferimentos cicatrizados em seu rosto se escancaravam outra vez, e ele teve que fechar o olho esquerdo quando uma gota de sangue caiu em sua vista. Tanto transtorno por causa de um *merdinha* que tocava violino e havia se intrometido de forma mal-educada em sua vida.

Clarice não lamentava de verdade a morte de Breno, devia estar aliviada até. Precisava botar sentimentos inexplicáveis para fora, como quando morre aquela tia para quem nunca ligamos e ficamos estranhamente tocados ao receber a notícia. Era preciso descontar em alguém, e ela descontava nele.

Clarice pegou o revólver na gaveta da cômoda. Segurava-o desajeitadamente, as mãos nervosas envolviam o cabo. O cano estava voltado diretamente para Téo. Ela puxou o cão, armando a estrutura metálica. Nem lembrava que o revólver estava sem munição. A Clarice que estava ali não era a mesma que ele havia conhecido no churrasco. Também não era a Clarice com quem ele havia passado dias felizes em Teresópolis e dividido uma noite inusitada no motel. Tampouco era a Clarice que se vingava queimando fotos e soprando fumaça em sua cara. Era outra pessoa, agitada de um jeito perturbador, com olhos molhados e pétreos. Uma Clarice sem alma.

Ela apontou o revólver contra a própria cabeça, encostada à parede para manter-se de pé. Tremia muito. A arma parecia pesar em sua mão, como se desconhecesse sua força física. Clarice lançou a Téo um olhar demoníaco e ele devolveu uma expressão de incompreensão e lamento. Ela não hesitou ao pressionar o gatilho. O clique seco pareceu frustrá-la. Jogou a arma no chão, pisando nela irracionalmente. Gritava "Te amo, Breno" como se o espírito do infeliz pudesse escutar seu berro histérico. As costelas se sacudiam e o corpo parecia prestes a explodir. Ele lamentava muito que Clarice tivesse enlouquecido.

Ela esbarrou na mesa da cozinha e escancarou a porta de saída. Téo ouviu o choro acompanhado de passos tortos pela areia. Aonde estava indo? A curiosidade não foi suficiente para vencer o estresse. Um alívio percorria seu corpo e ele quis prolongar aquele momento. Fechou os olhos. Deixou a cabeça descansar no travesseiro. Evitava pensar em qualquer coisa. Clarice ignorava a existência dele, o que era muito triste. Tentar suicídio havia sido especialmente ofensivo. Ele nunca se esqueceria daquilo.

O quarto parecia mais leve e alegre sem a presença dela. Quando ele abriu os olhos, estava melhor. De relance, notou um movimento pela janela. Clarice havia entrado no mar e nadava na direção do horizonte, como se fugisse dele. O corpinho miúdo se debatia em braçadas inúteis. Uma enorme onda avançou e ela foi engolida pelas águas. Não voltou mais à superfície.

# 24.

COM TERROR ABSOLUTO, TÉO SE AGITAVA NO COLCHÃO. Via e revia o corpo de Clarice desaparecer no mar; a água explodia em espuma branca e sugava a mulher de sua vida. *A mulher da minha vida*. Tentou alcançar a chave na mesa de cabeceira. Girou o corpo, pois nem a mão esquerda nem a direita chegavam tão perto. De lado na cama, aproximou-se da lateral, esticando o braço o máximo que podia. Os dedos tocaram a cabeceira, mas não alcançaram a chave, que havia escorregado pelo tampo. Esforçou-se ainda mais, deixando que as argolas espremessem seus punhos.

Finalmente conseguiu. Livrou-se das algemas e correu para fora da casa. Tirou as roupas, entrando no mar. A água salgada fritou suas feridas. Girou a cabeça buscando a área em que Clarice havia sumido. Sentiu-se impotente e um tanto idiota porque era tudo muito parecido e ele não tinha nenhum referencial. A maré estava alta. Quando teve a impressão de que estava próximo do local certo, notou que não dava pé. Fincou os dedos numa rocha repleta de musgos e escorregou quando um ouriço espetou a ponta do seu polegar. Voltou a subir na rocha. Gritou por Clarice.

Pensou ter visto uma sombra humana no azul-esverdeado das águas, mas quando nadou não encontrou nada. Quanto tempo tinha passado? Mais de três minutos, sem dúvida. Talvez cinco, até. O medo maior era que Clarice tivesse sido arrastada para o fundo. Não considerava a possibilidade de que ela tivesse se afogado. O mundo não perderia alguém tão especial sem nenhuma cerimônia. Seria injusto, criminoso.

O mar ganhava um forte tom vermelho — o sol se espreguiçava no horizonte e o céu havia se fundido no conjunto escarlate. Téo continuava a boiar, com maior dificuldade agora, pois as águas pareciam determinadas a engoli-lo. Mergulhou de olhos abertos. A imponência da natureza o deixou sem fôlego. Teve que nadar de volta à terra. Seus ossos rangiam com o vento frio. Era uma sensação estranha: seu cérebro permanecia lógico embora seu corpo se rendesse a reações involuntárias.

Sentiu-se mal, pois só conseguia pensar em tragédias. Viu o corpo de Clarice na mesma hora. Estava próximo à encosta, preso entre duas rochas numa posição improvável. O rosto dela estava coberto pelos cabelos, mas parecia acima do nível da água. Os braços caíam ao lado do corpo, balançando grotescamente ao sabor das ondas. De resto, Clarice não se mexia.

Téo não pensou em mais nada. Entrou na água. Seu peito e seu braço direito sofriam pontadas dilacerantes. Impulsionou as pernas, desenhando braçadas no ar, pois queria que Clarice guardasse a imagem daquele salvamento como algo heroico. Quando chegou à rocha, foi difícil se apoiar. Sua vista estava turva pelo frio ou pelo cansaço. Teve que segurar nos braços de Clarice e escalar seu corpo. O vestido estava encharcado e rasgado. Quando montou sobre ela, viu sangue.

As escoriações apareciam em toda parte inferior do corpo,

com foco principal na região lombar. Clarice estava consciente, mas desorientada. Arfava e parecia ter engolido muita água. Seus batimentos cardíacos também estavam acelerados.

"Fica calma, estou aqui", ele disse.

Rasgou o vestido dela — não havia nada por baixo — e tentou virá-la de costas. A água batia forte, jogando-os contra as pedras. O sangue jorrava de um corte profundo que havia transformado a nádega esquerda em um pedaço de carne disforme. Ela tremia e tossia em balbucios incompreensíveis. Ele pensou tê-la ouvido chamar por Breno, mas evitou tomar aquilo como algo pessoal.

Precisava desconstruir a imagem de Clarice — *sua Clarice* — e todo o remorso que guardava dela. Tinha conhecimentos suficientes para salvá-la e teve orgulho dessa certeza. Num breve movimento, ergueu a bacia dela e amarrou o vestido na altura das nádegas. O procedimento ajudou a estancar o sangue e ele pôde removê-la. Puxou Clarice pelas axilas, mas ela parecia mais pesada do que nunca. O esforço era desumano. Precisou arranjar outra posição. Colocou-a sobre seus ombros e nadou, embora o peso em sua nuca e suas costas fosse enorme e ele afundasse com frequência, engolindo água salgada e perdendo os sentidos por um centésimo de segundo.

Clarice escorregava e ele já não tinha controle da situação. Mal conseguia manter-se boiando. Naquele instante, enquanto seus pés buscavam alcançar a areia e constatavam que ainda estava muito fundo, pareceu-lhe interessante que os dois morressem ali, embalados pelos braços sedutores do oceano Atlântico. Pensou nessa expressão — *braços sedutores do oceano Atlântico* — e teve certeza de que algum escritor já a tinha usado em um romance. Soltou um pouco os braços dela, disposto a deixá-la ir primeiro, mas então seus pés tocaram o banco de areia e ele se sentiu muito vivo, seguro e cheio de si outra vez.

Estendeu Clarice acima do nível da água e fincou os pés na areia, vencendo a correnteza e, depois, a zona de rebentação. Clarice estava empalidecendo e ainda tossia. Seus cabelos longos grudavam no peito de Téo, de modo que ele se sentiu como um príncipe encantado, que resgata a vida da amada. Quando entrou na casa, já estava bastante emocionado e havia desistido de encarar a situação com distanciamento profissional.

O sol poente atingia as paredes brancas num desenho bonito. Ele deitou Clarice na cama em que ela havia dormido, pois a do outro quarto estava imunda. Ajeitou os travesseiros ao lado do corpo. Após breves verificações, ficou aliviado. Seu estado não era tão grave quanto havia parecido em alto-mar. Clarice não tinha sofrido ferimentos na parte superior do tronco ou na cabeça. Ainda assim, parecia muito pequena e machucada, como uma sereia sangrante. As costas e a batata da perna apresentavam lesões profundas, mas a região glútea era a mais crítica: as linhas das nádegas serpenteavam até uma parte que expunha a carne saliente, levemente inclinada para fora.

Téo se aproximou do rosto dela. Por um instante, desejou que Clarice não estivesse respirando para que pudesse tocar seus lábios sob a desculpa de uma respiração boca a boca. Estavam muito próximos um do outro e ele olhava para os olhos semiabertos dela. Dizem que se pode ver a alma através dos olhos. Nos de Clarice, ele viu serenidade e afeição; uma declaração de amor muito verdadeira que preencheu seu coração. Cobriu o rosto com as mãos, chorando. Pela primeira vez, não forçava nem tinha interesses naquela emoção: as lágrimas apenas saíam.

Sabia que era uma revelação que poucos experimentavam: amor em estado bruto; a essência da vida. Tudo se reordenava e ganhava sentido. Ele havia agido por impulso, havia tentado controlar Clarice, mas agora percebia quanto seu domínio era insignificante. Como um quebra-cabeça de encaixe perfeito, precisaram chegar àquele extremo para entender que se ama-vam. Abraçou Clarice com força, pois ela também devia estar emocionada. Aquele era o momento mais importante da sua vida, ele tinha certeza. Abraçou-a e chorou no ombro dela. Cla-rice continuava a tossir e respirar secamente, mas ele pôde ou-vi-la dizer com nitidez: "Te amo".

"Também te amo, Clarice. Você é minha princesa."

Beijou-a por muito tempo — beijos estalados e, então, um longo beijo final que fez com que a tosse dela acabasse.

"Vou ter que te sedar. Não vai doer. Sei o que estou fazen-do e você vai ficar bem."

Vestiu luvas cirúrgicas e buscou gazes na maleta. Olhou para Clarice com muita seriedade, tentando passar confiança, e injetou o Thiolax. Os olhos dela tremeram antes de se fechar. Téo buscou uma faca de cozinha e a deixou sobre a lamparina, com a lâmina queimando na chama. Clarice teria se desespera-do com aquela atitude; por isso ele preferiu tranquilizá-la, caso ela ainda o escutasse:

"Não se preocupe."

Desamarrou o vestido que prendia a ferida principal. O san-gramento intensificou e ele teve que pressionar gaze contra o pe-queno vaso acometido. Limpou Clarice, atento para não feri-la com nenhum descuido. Ela tinha pouco quadril, o que agrada-va Téo. O corte na nádega esquerda era tão extenso que havia ul-trapassado o subcutâneo e revelava as fibras do glúteo máximo, responsável pela curva sutilmente perfeita dela. O músculo esta-va estraçalhado e a pele, dilacerada. Ele esperava que nenhum osso tivesse se quebrado. Suturou o músculo e depois a pele. En-quanto fazia pontos simples nas lesões dos pés e das coxas, sen-tiu crescer uma raiva abstrata pela irresponsabilidade de Clarice.

Ao ganhar o domínio da situação, ela havia se desligado da realidade. Era algo que Téo vinha considerando havia semanas.

O uso de algemas já soava ofensivo até mesmo para ele. Jogar-se destemidamente no mar havia sido o estopim da loucura, e era tudo tão absurdo que ele não podia mais ignorar. A decisão tampouco exigiu reflexões: ele havia pensado tempo suficiente para saber que era a coisa certa a se fazer. Estava confiante e apenas levemente irritado agora. Colocou Clarice de lado e deu-lhe um beijinho na testa. Encolheu o corpo dela sem pressa, dobrando as pernas e os ombros, até flexionar a coluna ao máximo. Passeou os dedos pelas costas muito brancas e arranhadas, que desvendavam a espinha dorsal sob a pele.

Ergueu a faca com a lâmina quente e a enterrou nas costas de Clarice, entre as vértebras L1 e L2. A resistência fez com que ele tivesse que mudar de posição para aumentar a pressão. O movimento abriu ainda mais a incisão, como uma boca escancarada e sorridente. A lâmina desceu no disco intervertebral deixando um cheiro de carne queimada. Havia um contraste vibrante: o sangue que saía das costas de Clarice e o sono inabalável dela. Ele estava muito alerta, pois não queria que ela corresse risco de vida. Tirou as mãos do cabo, esgotado pelo esforço. A faca tremeu dentro da carne e ele teve a impressão de que o corpo dela relaxou. Ajoelhou-se diante da cama, buscando outra vez a melhor posição. E terminou de fatiar a coluna de Clarice.

# 25.

A NOITE FOI RELATIVAMENTE TRANQUILA. Pouco antes das cinco, Clarice acordou ofegante e com muita febre. Téo controlou a situação com antipiréticos, antibiótico e Thiolax. A manobra havia sido um sucesso, ele sabia, mas estava tão ansioso para que Clarice acordasse que não conseguiu dormir. Trocou a roupa de cama suja de sangue e limpou também a imundície no outro quarto. Devolveu os óculos de Breno à valise antes de tomar um banho rápido para se livrar do cheiro horrível que havia impregnado nele. Na bancada da cozinha, encontrou a panela de barro com as cinzas das fotos e preferiu jogar tudo fora.

Acabou cochilando na poltrona e sonhou que conversava com Sobotta sobre o que havia feito em Clarice. Estavam num lugar montanhoso, o olhar de Sobotta era ríspido e Téo ficou nervoso, mas quando acordou achou tudo muito engraçado. Eram sete da manhã e ela ainda dormia. Ele testou seus sinais vitais: a febre havia diminuído.

Decidiu vesti-la, mas o vestido preto que escolheu — o mesmo que ela havia usado com Breno na noite do concerto — era

214

muito justo e poderia machucá-la. Ficou em dúvida entre outros dois, mais largos, e optou por um de flores silvestres. Era muito bom estar no controle outra vez.

Quis preparar o café da manhã, mas estava limitado pelos ingredientes disponíveis. Colocou água para ferver e lamentou que não pudesse fazer mingau. Patrícia gostava do mingau que ele fazia — com um toque de canela e cardamomo —, e ele sabia que Clarice iria adorar também.

Quando escolhia entre biscoitos de maisena ou torradas para acompanhar o café, um baque estrondoso veio do quarto. Téo correu para a porta e viu Clarice caída no chão, enrolada nos lençóis e muito assustada. Sem dizer nada, ele foi até ela, pegou-a pelas axilas e tentou colocá-la de volta na cama. O movimento era difícil, pois ela urrava e se contorcia.

"Fica calma", ele pediu. Tomou impulso e conseguiu erguê-la finalmente.

Buscou analgésicos na gaveta. A dor de Clarice devia ser tão intensa que ele preferia não pensar muito naquilo. Sentou na beira da cama e esperou alguma reação. Clarice havia acordado em silêncio e, em vez de chamar por ele, tentara se levantar sozinha. Estava pálida como um defunto, parecia abalada por algum segredo muito pessoal. Os olhos encaravam a cortina que ele havia fechado mais cedo para protegê-la do sol.

"O que está acontecendo?", Téo perguntou.

Ela tremeu e começou a chorar, mas não de modo bobo como das outras vezes. Era um choro convulsivo e intenso. Quando ergueu a cabeça, havia uma fenda escura em seu olhar e ele soube que algo de primordial havia morrido nela.

"Não consigo sentir minhas pernas, Téo."

Ele expressou a surpresa que tanto havia ensaiado diante do espelho.

"Como assim?"

Ela levantou o tórax com o auxílio dos braços. Queria ficar sentada na cama, mas não conseguia sozinha.

"Tento mexer as pernas, fixo o pensamento nisso, mas… Elas não me *obedecem*", disse.

Era horrível que não parasse de chorar. Ele se levantou de forma solene, caminhou até a ponta da cama e tocou os pés dela. Envolveu-os com as mãos, fazendo massagem. Estavam flácidos e muito quentes.

"Sente alguma coisa?"

Ela demorou a responder, talvez por ainda estar meio grogue. Quando agitou a cabeça em negativa, Téo enxergou o desespero em estado cru. Clarice não conseguia sentir nada abaixo da bacia e ele sabia disso. Por um instante, viu-se de novo num palco, ensaiando posições e decorando falas. Vestiu a expressão compenetrada que fazia tão bem — rosto fechado, sobrancelhas arqueadas — e disse:

"Vou fazer alguns testes."

Dobrou as pernas dela lentamente, fez círculos com os pés, pressionou as coxas e os calcanhares, pediu que Clarice movimentasse o olhar e tentasse girar o corpo sozinha. Ela fazia tudo com muito esforço, engolindo o choro. O melodrama lhe parecia exagerado, mas Clarice estava tão transtornada que ele não podia sorrir.

"Acho que você perdeu mesmo o movimento das pernas", ele disse. Sabia que o compasso e o timbre da voz eram essenciais para soar convincente. "Sinto muito."

Clarice massageava as pernas inúteis com entorpecimento. Sem qualquer novidade, voltou a chorar. Era tudo tão chato e repetitivo que ele quis acelerar o tempo e chegar logo ao momento em que ela aceitaria a condição com naturalidade e viveria feliz sob os cuidados dele. Mas não havia como acelerar nada. Aquela semana se estenderia mais do que ele poderia suportar.

"Para de chorar", disse. "Desculpa, não quis ser grosso. Estou pensando no que fazer…"

"Me ajuda, Téo. Por favor, me ajuda!" Ela segurava seus braços de um jeito invasivo, grudava-se nele. "Não quero ser aleijada."

"Não fala assim."

"Dá um jeito! Te imploro! Fico com você pra sempre! Faço o que você quiser… Por favor, me cura!"

"Você se jogou no mar. É um milagre que esteja viva."

Ele estava nervoso e preferia não conversar com ela naquele estado. Quis sedá-la, mas não tinha uma desculpa para isso.

"Não consigo mais andar!"

"Eu cuido de uma mãe assim, você sabe. Talvez você consiga se recuperar com fisioterapia", ele disse, ainda que soubesse que fisioterapia não prestaria para nada.

"Quero andar agora!"

Clarice abria muito os olhos e encarava as pernas, como se pudesse obrigá-las a alguma coisa. No instante seguinte, seu tronco caiu para a frente, a cabeça se inclinou levemente e ela vomitou. Colocou as mãos sobre a barriga, gritando alto.

Téo se levantou para buscar roupa e lençol novos. Era um alívio sair do quarto, e ele demorou propositadamente no varal, como se escolhesse o lençol mais seco — o que era absurdo, pois agora só havia um. Os gritos dela não chegavam à parte externa, o que também diminuía a sensação de claustrofobia. Antes de voltar ao quarto, ele colocou a cadeira da cozinha debaixo do chuveiro.

"Você precisa de um banho frio", disse a Clarice.

Ela estava coberta de suor e tinha vomitado os analgésicos. Movia o corpo debilmente, pressionando a lombar. Téo afastou o lençol e tentou erguê-la da melhor forma possível, ainda que não houvesse muitas possibilidades, pois ela estava mole como uma boneca de pano. Carregou-a até o chuveiro, sentando-a de modo a não comprimir o curativo na nádega esquerda. Ligou a água fria e enxaguou a testa dela.

Ajudou Clarice a tirar o vestido. Pela primeira vez, o fato de ela estar nua não despertou nada nele. Sentiu-se medíocre. Ele gostava dela — amava — e precisava sentir isso em todos os momentos, mesmo que ela estivesse doente, imunda ou o que quer que fosse. Detestava esse estranhamento — o mesmo da noite de Natal.

Clarice tremia muito e pedia para que ele parasse de jogar água nela. Téo fez com que ela escovasse os dentes, mas ela vomitou mais um pouco e precisou escová-los outra vez. Secou-a com cuidado e, em determinado momento, ela parecia prestes a desfalecer, de modo que ele disse coisas bobas, tentando mantê-la acordada. Clarice estava no ponto mais crítico de sua fraqueza, mas ele sabia que ela era uma mulher resistente e de muita sorte; logo estaria melhor.

Compraria para ela a melhor cadeira de rodas possível, motorizada e importada. Já havia pesquisado na internet modelos para Patrícia e sabia que a melhor custava cerca de onze mil reais. Era uma espécie de quadriciclo colorido e combinaria perfeitamente com o espírito jovial de Clarice.

Ela vomitou pela terceira vez e ele supôs que não sairia mais do banheiro. Dava-lhe certo alívio saber que não deveria restar muita coisa dentro daquele corpinho. Enquanto a enxaguava, Téo aproveitou para pensar no cardápio do almoço. Quando Clarice estava finalmente lavada, continuava a parecer exausta. Ele a deixou no banheiro e trocou mais uma vez o lençol. Borrifou perfume para disfarçar o cheiro.

"Você está bem?", perguntou após devolvê-la à cama.

Clarice tinha uma expressão ausente nos olhos molhados.

"Preciso ficar sozinha."

Ele deu de ombros e se levantou. Não queria sair de perto dela. Ainda assim, caminhou para a porta. Clarice fez um gesto em direção a ele, um gesto vago que o chamava de volta.

"Por favor, me diz que isso tem cura."

Ela estava desesperada.

"Não sei. Não vou mentir pra você."

"O que exatamente aconteceu?"

"Você se afogou e as ondas devem ter te empurrado na direção das pedras", ele disse. "Tem um corte profundo nas suas costas e outro na sua nádega. O fato de você não sentir as pernas desde a altura da lombar significa que lesionou a coluna. O ferimento nas costas confirma isso, mas não consegui ver nada. Você estava sangrando muito e tudo o que fiz foi suturar."

Clarice balançava a cabeça de modo tolerante, como se tentasse visualizar a cena.

"Acho que a pedra era bem pontiaguda", ele acrescentou.

"Como você tirou as algemas?"

"Você tinha baixado minhas mãos e as chaves estavam na mesa de cabeceira. Você teve muita sorte, Clarice. Salvei sua vida."

"Salvou?" Ela tinha um olhar perturbadoramente inexpressivo. Não chorava uma lágrima sequer. "Eu quero morrer. E você não vai conseguir me impedir pra sempre."

Téo se levantou transtornado e bateu a porta do quarto com força. Entrou no chuveiro, ligando o jato d'água contra seu rosto. A admiração que sentia por Clarice virava preocupação. Estava com muita raiva dela e sabia que se voltasse ao quarto naquela hora acabaria por machucá-la. Sua raiva era apenas indignação, ele concluiu, indignação em todos os sentidos. Pensava nas coisas que dissera a ela e nas coisas que ela dissera a ele. Clarice insistia em gostar do *infeliz* que tinha morrido, mas continuava muito vivo em sua mente. O modo como ela havia agido confirmava o desequilíbrio mental: servir carne estragada, queimar fotos, efetivamente praticar torturas. Clarice precisava ser protegida de si mesma. Téo entendia que ela estivesse sofrendo, mas não estava nem um pouco arrependido do que tinha feito. No fim das contas, fora para o bem dela.

# 26.

TÉO ENTROU NO QUARTO COM UM SANDUÍCHE. Clarice dormia, mas ele teve a impressão de que ela havia fechado os olhos pouco antes. Preferiu não forçar nada. O mundo parecia muito escuro para além da janela. Não havia lua.

Achou desnecessário trancar a porta do quarto. Comeu o sanduíche mesmo sem fome. Deitou no outro cômodo e leu um pouco. Quando fechou os olhos, pensou que merecia acordar tarde — depois das nove até. Sonhou com sequências bizarras, figuras psicodélicas que castravam animais e dialogavam com objetos inanimados. Havia muito sangue, além das cores branca e dourada. Ao acordar, teve a sensação forte de que Clarice estava morta. Ele a vislumbrava enforcada sobre a cama, o pescoço envolvido no lençol que ele havia buscado no varal.

Quis correr para o outro quarto, mas se conteve. Acreditar em sonhos era absurdo e, se continuasse assim, também acabaria enlouquecendo. Calçou os chinelos e resolveu escovar os dentes. Diante do espelho, notou que seu rosto tinha um aspecto bem melhor; os ferimentos cicatrizavam e possivelmente sumiriam até o dia em que a velha voltasse.

Recolheu a lâmina de barbear que ele não sabia onde Clarice tinha arranjado — possivelmente na própria casa — e o cortador de unhas. Arrumou novo esconderijo para as facas e outros objetos cortantes: havia um cano largo na cozinha que terminava na parede atrás de um jarro grande. Ele afastou o jarro e colocou dentro do cano tudo o que parecia ameaçador.

No quarto, Clarice dormia bem. O sol estava forte, ainda que fossem apenas sete da manhã. Téo fechou as cortinas e teve certeza de que ela havia fingido dormir na noite anterior porque não queria falar com ele. Tamanha grosseria, além da imagem do enforcamento com o lençol, o deixou insatisfeito. Passou o café e, sem vontade de preparar nada, voltou ao quarto. Afastou o lençol que cobria Clarice e entornou nele uma xícara inteira de café. Os outros três lençóis da casa ainda estavam para lavar; um sujo de vômito e os outros dois de sangue. Não havia mais nada com que ela pudesse se enforcar.

Como havia acordado mais cedo, Téo decidiu dar um mergulho. A temperatura estava agradável e ele ficou muito tempo debaixo d'água. O sol fazia seu corpo pulsar. Afastou-se da casa numa caminhada pela faixa de terra. As ondas quebravam contra seus calcanhares, o que era gostoso. Ao chegar ao meio do caminho, voltou.

Seus pensamentos foram perdendo vigor, desencorajados pelo esforço de antever consequências. Quando se deu conta, cantarolava uma música triste de que não gostava nem um pouco.

Seu humor andava oscilante: pensava em guerras, chacinas, engarrafamentos, corrupção, balas perdidas e se sentia abençoado por estar naquele paraíso, livre de maiores tragédias que as do coração. Então, pensava em Breno, em seu jeitinho de artista — um violino a tiracolo e nenhum dinheiro no bolso — e vinha um profundo desânimo. Breno, assim como ele, não tinha um rosto amistoso. Mas usava aqueles óculos quadrados que o tornavam mais velho. Na verdade, Téo não entendia muito bem o que Clarice via fisicamente em Breno.

Naquele instante, ele soube que havia sido um erro guardar os óculos consigo. Era tão óbvio que ficou espantado por não ter percebido antes, quando chegaram a Ilha Grande. Os óculos tinham sido vistos pelo policial e, por causa deles, Clarice tinha tentado se matar. Ele correu para a casa e tirou os óculos da valise. Toda a sua desgraça se concentrava naquele objeto e bastava se livrar dele para que as coisas voltassem aos eixos. Quebrou a armação ao meio, pisou nas lentes até que elas rachassem — eram muito grossas, Breno era praticamente cego — e já no mesmo segundo sentiu um peso abandonar seu corpo. Era como flutuar no espaço sideral. Voltou para beira-mar e jogou os óculos o mais longe que pôde. Deixou-se cair na areia, rindo de coisa alguma. Nadou mais um pouco antes de entrar na casa.

Clarice estava acordada. Ao passar pela porta entreaberta, ele olhou para ela, balançou a cabeça e continuou andando, sem diminuir o passo. Tomou banho e vestiu-se. Clarice estava com cara de poucos amigos e ele também não se sentia muito receptivo depois do que ela havia dito.

Fez sopa de batata para o almoço. Quando entrou no quarto, ela baixou o rosto, evitando-o descaradamente. Ele deixou o prato com uma colher na mesa de cabeceira e saiu. Passou a tarde na sala, estudando *Segurança do paciente cirúrgico*. Sentir-se produtivo e inteligente era algo de que gostava muito, mas que havia deixado de lado desde que viajara com Clarice. Notou que ela também havia cerceado alguns hábitos dele e soube que isso tinha algum significado.

À noite, Téo serviu o resto da sopa de batata no prato de Clarice. Entrou no quarto de modo relaxado, sem nenhuma vontade de conversar com ela. O desconforto queimava por dentro.

"Não consigo me lembrar do dia em que matamos o Breno", ela disse como quem não quer nada, mas quer muita coisa.

Ele deu de ombros:

"Sei que você não lembra."

"Como posso não lembrar?"

"O Breno te atacou e você sofreu um choque. É comum a perda de memória depois de um episódio traumático."

"É perturbador. Como se tivesse um rombo na minha mente, algo em branco…"

"Aconteceu aqui mesmo, em Ilha Grande. Na primeira noite."

"Como ele encontrou a gente?"

"Eu liguei pra sua mãe e contei que estávamos na Praia do Nunca. Ela comentou que o Breno ligava insistentemente pra sua casa. Passava trotes, fazia ameaças."

"Ele não era assim."

"Um homem cego de amor é capaz de muitas coisas. O Breno nunca foi um bom namorado pra você. Ele surtou quando viu que estava te perdendo. Sua mãe concorda comigo."

"Minha mãe não gostava dele."

"O Breno sugava seu talento. Nunca reparou? Um sujeito mesquinho, sem muitas perspectivas."

Téo sentou na cama, bem próximo dela.

"Você vai querer saber como aconteceu, é claro. Então vou dizer logo pra acabar com esse assunto. Era madrugada quando ele chegou num barco vagabundo que deve ter alugado em algum lugar. Estávamos na mesa da cozinha, conversando depois do jantar. Eu tinha feito panquecas, você lembra?"

"Me lembro das panquecas."

"Era uma noite agradável. Eu estava feliz, e você parecia feliz também. Tinha gostado das panquecas e do molho que eu fiz pra salada."

224

"Molho tailandês."

"O Breno chegou pela porta da frente e já estava muito irritado." Ele colocou pesar na voz: "Você caiu da cadeira, inclusive. Ele tinha uma faca. Disse que ia me matar e que te daria uma lição. Acho que ele pensava em te estuprar, Clarice".

Refletiu sobre a história que tinha inventado e achou-a vulgarmente dramática.

"Nós lutamos. Você me ajudou a derrubá-lo. Não fizemos de propósito. Quando vimos, ele estava morto. Você ficou assustada. Chorou bastante, mas conseguiu me ajudar a enterrar o corpo. Fizemos a cova no meio da floresta, nem lembro direito onde. Eu também estava nervoso."

"Quero encontrar onde enterramos o Breno."

Ele meneou a cabeça para as pernas de Clarice e ela entendeu o recado.

"Esquece isso, por favor."

"E o barco dele?"

"Coloquei pedras no barco e afundei. Fiz tudo sozinho porque você tinha desmaiado. Achei que lembraria na manhã seguinte, mas você não comentou nada quando acordou. Preferi deixar o assunto quieto. Só depois reparei que você tinha se esquecido de tudo, apagado aquela noite da memória."

"Eu me lembro de ter vestido o pijama na primeira noite. E de ter dormido depois."

"Você deve estar imaginando… Ou talvez confundindo. Depois do desmaio, resolvi te sedar. Você estava muito abalada e eu precisava fazer isso. Te dei banho e eu mesmo coloquei o pijama em você."

"Eu nunca mataria o Breno", ela disse, mas parecia dizer para si mesma, como se precisasse acreditar naquilo.

"Dias depois, estávamos na areia olhando o céu e você comentou 'Sinto que Breno está morto'. Lembra?"

Ele viu os olhos de Clarice hesitarem. Ela realmente havia

dito aquilo e agora pensava de onde tinha tirado aquela sensação. Era como se estivesse dividida em duas mentes desconectadas: o que ela acreditava saber e o que sabia de verdade.

"Achei que você tivesse se lembrado da morte do Breno e fiquei nervoso."

"Falei só por falar."

"Entendo que tenha esquecido. Mas seu inconsciente sabe o que aconteceu, mesmo que você não consiga acessar a informação. Sem lembrar os fatos, você sentia que o Breno tinha morrido. Não era à toa."

Téo não resistiu e riu em silêncio.

"Nós matamos o Breno, mas... ele estava armado e era perigoso. Agimos em legítima defesa. Queria sinceramente que você lembrasse."

Ele quis continuar a falar, porém notou que Clarice não prestava mais atenção. Tocou suas mãos, mas ela o afastou como um inseto. Téo não considerou o gesto ofensivo, pois estava determinado a fazê-la acreditar nele.

"Tentei conversar com você. Falamos de morte, enterro e, bem, eu esperava que você se recordasse em algum momento. É natural que as informações voltem aos poucos. Eu não pretendia esconder nada. Guardei os óculos do Breno justamente por isso, para ter uma prova material. É um segredo só nosso, Clarice. Preciso que confie em mim como eu confio em você."

Ela encolheu os ombros, mas não foi um gesto de indiferença. Seu corpo magro parecia um fio tenso e muito esticado. Ergueu a cabeça, mas, em vez de desviar o olhar, fixou os olhos nele, profundos como um abismo:

"Tem uma coisa estranha acontecendo, Téo. Sobre anteontem..."

"Como assim?"

Ele não gostou que ela tivesse mudado de assunto.

"Quando você me tirou do mar, eu... eu estava muito mal."

"Você nem conseguia abrir os olhos direito."

"Sim, mas eu não tinha desmaiado. Estava acordada e me lembro de você me carregando no colo ao sair da água. Eu me lembro de ter *sentido* minhas pernas."

"Foi impressão."

"Me lembro de ter *sentido* calafrios nos pés porque eu estava muito molhada e tremia. Entende o que quero dizer? Eu sentia, Téo. Sentia meus pés."

Clarice chorava sem tirar os olhos dele, e o fato de ela estar inquieta o inquietava também.

"Apenas suturei suas lesões", ele disse. "Está insinuando que eu errei ao fazer os pontos?"

Clarice agitou a cabeça e, nesse frêmito de segundo, sua expressão se tornou perigosamente cruel:

"Estou dizendo que você fez isso comigo, Téo. De propósito."

"Não acredito que pense isso de mim."

Quando ele se levantou, suas pernas fraquejaram sutilmente. Andava de um lado para outro. De modo muito ardiloso, ela havia conseguido provocá-lo e ele quis terminar a conversa naquele instante.

"Você só me conta mentiras", ela disse. "Sei que não matei o Breno. E sei do que você é capaz. Você é um *monstro*!"

Sem resistir, ele deu um soco nela. Um soco que — soube logo depois — era a pior coisa que poderia ter feito, pois concedia a Clarice alguma dose de razão. Desculpou-se, invadido por uma onda de ressentimento. Ele havia salvado a vida dela. Se Breno estivesse lá, o que faria? Tocaria a *Sinfonia nº 9* de Antonín Dvořák para suturar as lesões?

Téo estava indignado, como se estivessem roubando algo dele. Segurou os braços dela, sacudiu-a com força. Negou que tivesse feito qualquer coisa a Breno ou a ela. Negou mais uma vez. Clarice não podia tê-lo chamado de monstro. Não tinha esse *direito*. Ele não era um monstro. E *precisava* desesperadamente que ela acreditasse nisso.

# 27.

DOIS DIAS PASSARAM SEM QUE ELES TROCASSEM UMA PALAVRA. O calor havia aumentado e Téo imaginou o que os jornais falariam: o dia mais quente do ano, o verão mais rígido da década e coisas assim. Colocariam a culpa no desmatamento e na destruição da camada de ozônio. Graças ao calor, ele estava comendo menos e havia perdido algum peso. Seu rosto afinava bastante quando emagrecia. Patrícia notaria a diferença. Talvez Clarice também. Mas Téo fazia questão de agir de modo desatencioso com ela, como se não percebesse que estava estranha.

A acusação de *monstro* ainda o atormentava e, pela primeira vez, parecia evidente que eles nunca ficariam juntos. Clarice era burra, incapaz de enxergar um palmo diante de si e desconfiava de seu caráter. Após a discussão, Téo havia deixado alguns livros na mesa de cabeceira dela, além de biscoitos e uma garrafa plástica cheia de água. De modo seco, havia dito para chamá-lo caso precisasse de alguma coisa.

Téo aproveitou o período de isolamento para estudar. Passava a maior parte do tempo na cozinha ou do lado de fora da casa. Dormia no outro cômodo e evitava contato com Clarice. Ela não havia chamado por ele uma só vez. Naquela manhã de sexta — se não estava enganado já era sexta-feira —, Téo estava na cozinha quando ouviu o choro dela através da porta fechada. Normalmente, ele a deixaria chorar (era só o que ela sabia fazer), mas algo gutural e muito específico naquele choro fez com que ele decidisse conversar. Clarice estava curvada, envolvida pelos braços nus. O mau cheiro era forte.

"Puxa, eu disse para me chamar se quisesse ir ao banheiro."

Ela parecia um animal medroso e intocado.

"Não consigo sentir nada…"

Ele a encarou sem entender. Havia melancolia na voz.

Quando Clarice passeou os olhos pelo colchão urinado, ele entendeu, mas se sentiu muito constrangido para dizer alguma coisa. A lesão na coluna impedia que ela controlasse a vontade de ir ao banheiro. Téo se condenou por ter se esquecido deste detalhe: Clarice precisaria usar fraldas.


Esquentou duas panelas cheias de água, pois não queria molhar a cabeça de Clarice no jato frio do chuveiro. Enxaguou os cabelos dela e fez massagem nas têmporas. Desceu os dedos pelo pescoço, relaxando nós de tensão nos ombros, e chegou aos tornozelos. Enquanto a tocava, deu-se conta do quanto gostava dela. A guerra de silêncios era enlouquecedora. Quis dizer qualquer coisa para sufocar a mágoa que se acumulava nele.

"Faltam dois dias pra velha chegar."

Ele não queria mencionar a partida, mas achou que Clarice se interessaria por números. Ela continuou muda, deixando que ele a massageasse. Sua respiração era discreta — quase inexistente — e Téo pensou que, como um aparelho eletrônico,

Clarice se desligava pouco a pouco, até a hora em que pifaria de vez. Obsolescência programada.

Perguntou se ela queria tomar banho de sol. O tempo estava agradável, havia uma brisa para refrescar o calor. Ela negou e disse que queria voltar para a cama. Téo não acreditava que ela preferisse realmente a cama — havia uma carga pesada e negativa em todo o quarto —, mas havia desistido de entender as vontades de Clarice. Inverteu o lado do colchão e deitou-a na cama. Se saísse do quarto naquele instante, perderia a única chance de fazer as pazes:

"Não quero ficar brigado com você."

"Me deixa."

"Por favor… Não suporto que você me culpe por tudo o que aconteceu. Quero dizer, eu não fui atrás do Breno. Foi ele que…"

"Vá se foder, Téo. Não quero ouvir."

Ele puxou uma cadeira, pois não queria se sentar tão perto dela:

"Não sou um sujeito mau, Clarice. Me arrependi de ter te algemado… Em alguns momentos, senti que você gostava de mim. Quero voltar pra casa, mas não posso perder você. Falei de nós dois pra minha mãe e ela está ansiosa pra nos receber num jantar. Sinto que sua mãe também gosta de mim. É tudo muito perfeito. Mas preciso que você me queira, entende? E eu não sei como fazer isso. Estou sem rumo. Você insiste em ver defeito em tudo o que faço. Não importa quanto eu me esforce."

"A culpa é sua! Você entrou na minha vida à força!"

"Já pedi desculpas."

"Não me interessa o que você faz por mim. Fui amarrada contra minha vontade, fui sedada com aquela merda…" Ela tinha voltado a chorar. "Pode me bater, me amarrar, me matar. Sou aleijada e estou pouco me fodendo pro que vai acontecer comigo agora."

"Eu salvei sua vida. Vamos lá, você precisa concordar comigo."

Ela o encarou muito séria. Téo teve a impressão de que ela queria devorá-lo, como uma onça esfomeada.

"Você está fora de si e transfere para mim uma culpa que é sua!", ele continuou. "Sei que é horrível, mas... Eu não queria que você se machucasse. E não tenho culpa se o Breno veio atrás de nós dois com uma faca. *Ele* causou isso tudo."

Clarice se curvava para a frente e dava tapinhas nas pernas. O que sobrava dela estava bem ali e, ainda que as possibilidades fossem remotas, ele desejou sinceramente que ela se recuperasse.

"Eu me sinto autodestrutiva. Por sua causa, chego a ter medo de mim. Hoje, sou uma pessoa pior."

"Por minha causa?" Ele quis despejar tudo em cima dela. "Você esquece que te encontrei bêbada, caída na Lapa, depois de ter beijado uma lésbica imunda? Você estava jogando seu futuro pelo ralo... Eu te tirei desse poço!"

"Você nem me perguntou se eu *queria* sair desse poço."

"Você vivia uma fantasia, Clarice. O Breno era um homem ciumento e ignorante. Um violinista sem grau superior! Sua mãe tinha bons motivos pra não gostar dele."

"Eu amava o Breno."

"Ah, vamos, para! Você me ajudou a acabar com ele! E por mais que tente jogar essa culpa pra mim, você sabe — no íntimo você sabe — que me ajudou! Estamos juntos nisso, Clarice." Suas conversas tinham certa intensidade que não variava nunca. "Você me chama de monstro, mas ignora tudo o que fiz. A primeira versão de *Dias perfeitos* era uma merda. Graças às nossas discussões, seu roteiro melhorou e agora merece alguma atenção."

"Eu não estou falando de roteiros."

"Mas eu estou. Sempre incentivei seu lado artístico. Sempre me preocupei com sua saúde também. Talvez tenha exagerado em proibir o cigarro, mas não fiz por mal. Eu nunca te fiz mal *de verdade*, Clarice. Não trouxe munição para o revólver porque seria incapaz de te machucar."

"Você me deixou paralítica!"

"A verdade é que você se julga muito superior a todo mundo. Pensa que é inatingível, capaz de tudo... Talvez agora você se coloque no seu lugar."

"Não acredito que..."

"Tenho uma mãe deficiente e sei que é uma mudança drástica", Téo disse. "Cuidar dela significa anular um pouco de mim; da minha vida. Não é pra qualquer um."

Encostou no braço de Clarice. Sua pele estava fria como a de um cadáver.

"Eu me esforço pra ser o melhor homem que posso. Não me interessa que você fume ou que não possa andar... Quero cuidar de você. Quero que escreva seus roteiros e que possamos assistir juntos às estreias dos seus filmes. Acho que você tem talento e que essa nova condição pode ser um diferencial, pode dar uma voz inédita aos seus textos."

"Téo, eu..."

"Não quero que diga nada. Daqui a dois dias vamos a Paraty. Se você quiser, estará livre pra viver sua vida e encontrar outra pessoa, alguém que esteja disposto a suportar sua *situação*", ele disse, e sentiu-se maldoso. "É uma rotina cansativa, muito cansativa. Pouca gente aguenta um fardo desses."

Téo se levantou, certo de que dissera tudo o que precisava ser dito. Quando saiu do quarto, não se lembrava da expressão de Clarice, mas teve a sensação de que ela havia ficado bem impressionada. Era óbvio que optaria pela solidez de um relacionamento estável. Não tinha muito talento e estava acabada. Precisava de alguém para estimulá-la, não de pessoas que a puxassem para baixo, como Breno e Laura.

Naquela tarde, enquanto arrumava a casa e varria a areia acumulada na cozinha, Téo se lembrou dos poucos namoricos da mãe desde o acidente — homens fracassados de meia-idade — e concluiu que Clarice não conseguiria coisa muito melhor se desistisse dele.

Como não sabia a que horas a velha ia chegar, Téo sedou Clarice pela manhã. Aproveitou para retirar os pontos dos ferimentos que já haviam cicatrizado. Dobrou os lençóis secos e rearranjou itens na maleta e na valise com senha. A ampola de Thiolax estava quase no fim e era a última, mas ele não se preocupou com isso. Quando chegasse a Paraty, daria um jeito. Os dias tinham sido lentos, mas ele havia se animado mentalmente no dia anterior. Trocara a vida na sala de anatomia por uma rotina traiçoeira ao lado de Clarice, e a sensação geral era de que estava na vantagem. Viu seu rosto refletido no espelho do banheiro. Estava bronzeado e mais bonito. Tinha um gosto de sal nos lábios. Seu cabelo havia crescido muito, os fios se enrolavam em cachos que o deixavam com a aparência afável.

A velha chegou pouco depois do meio-dia. Clarice e as roupas já estavam nas malas. Após uma checagem rápida, a casa foi fechada e o barco partiu. Téo perguntou à velha se podia ficar no continente, mas ela murmurou uma explicação ininteligível e disse que iria para a praia do Abraão. A velha tinha um aspecto severo, um tanto emburrado, e ele considerou que sua foto podia ter aparecido no jornal. Por mais que estivesse certo, sabia que a sociedade não entenderia o que acontecera com Breno. Todos eram muito ligados a códigos e regras, e ele ficaria sem defesas, mesmo que tentasse argumentar.

Conforme se aproximavam da costa, a sensação de que a polícia o esperava no porto cresceu tanto que ele sentiu um embrulho no estômago e vomitou na água. Ao desembarcar, teve vergonha do próprio exagero. Comprou passagem para uma barca que saiu depois de oito minutos. Vencido pela curiosidade, tentou ligar o celular de Clarice. Estava sem bateria. Ligou o próprio celular sabendo que havia recebido muitas ligações de Patrícia e de Helena. Fez uma aposta consigo mesmo: mais de trinta, menos de quarenta. Como não havia sinal em alto-mar, o resultado da aposta foi adiado.

Quando aportaram, o celular apitou: oitenta e sete ligações, muitas mensagens — ele não se deu ao trabalho de ver o número. Estava tão desnorteado que não solicitou os serviços do menino carregador e levou as malas sozinho até o carro. Era uma situação constrangedora. Concluiu que a falta do que fazer era o maior problema das mães brasileiras de classe média. Como podiam ser tão invasivas?

Deitou a Samsonite no banco traseiro e, com algum esforço, colocou Clarice no banco do carona. Ela estava no auge da sedação, o corpo tombava sobre o porta-luvas. Téo apertou o cinto de segurança e pagou a diferença do estacionamento.

Dirigiu em silêncio, ouvindo apenas a respiração pesada de Clarice. Ela agitava a cabeça de modo lento, os olhos bem fechados. Então, numa imobilidade suicida, trazia uma expressão azeda no rosto e logo voltava a se mexer. Téo deduziu que ela estava tendo um pesadelo e quis parar o Vectra, mas não havia acostamento naquela parte da via. Olhou pelo retrovisor e reduziu um pouco, mas um carro que vinha atrás buzinou, em vez de ultrapassá-lo. Pensou em gritar algum xingamento, mas sabia que o sujeito buzinando na traseira não era um grande problema — não chegava nem a ser um problema. O sono de Clarice ficou mais agitado e ele tentou acordá-la. Cutucou o braço dela, sem êxito.

Aconteceu muito rápido. Num instante, Clarice se encolhia no banco do carona; no outro, ela o abraçava com força, impedindo que suas mãos segurassem o volante. A estrada fez a curva, mas o carro seguiu reto. Téo sentiu o impacto da mureta, seu corpo jogado para a frente e toneladas de metal girando no ar com ele. Depois, não sentiu mais nada.

# 28.

ELE NÃO SABIA SE ERA TARDE, MAS TUDO ESTAVA ESCURO. Um bipe vindo de algum lugar soou mais depressa, no ritmo do coração. Entrava pelo ouvido direito e rasgava o cérebro. Quis parar aquele som, não conseguiu. Fechou as mãos em torno de algo macio. A tontura era forte, um fio de luz se infiltrava pelo vão da porta. O cheiro de álcool hospitalar fazia seus olhos pesarem. Podia ouvir passos errantes e vozes estranguladas pela porta fechada. Do outro lado da cama, o bipe insistia. Um travesseiro grosso erguia sua cabeça e uma camada de cobertores mantinha as pernas aquecidas. Tentativas frustradas de conforto.

Quando a visão se adaptou à penumbra, ele passeou os olhos pelo corpo. Eletrodos no tórax, termômetro na axila esquerda, saturação de oxigênio, esfigmo, cateter intravenoso pela jugular. Sentiu-se mais tranquilo, ainda que estranhasse ocupar a posição de paciente. A sonda vesical pela uretra ardia bastante. Sentia também a ponta dos dedos e a planta dos pés dormentes. O bipe soou mais alto. Alguém abriu a porta, atraindo luz e barulho para dentro do quarto.

"Consegue me ver?"

Ele fez que não com a cabeça no mesmo instante em que enxergou o médico.

"Consigo agora."

Era velho e grisalho. Avaliava os sinais da máquina de monitoramento e mal se importava com ele.

"Qual é o seu nome?"

Demorou alguns segundos para responder:

"Teodoro."

"Lembra o que aconteceu?"

Estava imerso num caldo de sensações confusas.

"Um acidente de carro", o médico disse, sem lhe dar tempo. "Você perdeu muito sangue."

As imagens vieram dolorosamente. Lembrou-se da estrada e de alguns pensamentos enquanto dirigia. Morte, gritos, agulha, ferro, carne viva. Lembrou-se de Clarice. Girou os olhos pelo quarto: não havia flores nem cartões nem bexigas coloridas. Também não havia policiais.

"Há quanto tempo estou aqui?"

"Dois dias. Não sei onde está sua acompanhante."

O médico meneou a cabeça para um banco comprido próximo ao leito sobre o qual havia um cobertor fino. Alguém o tinha visitado.

"E a Clarice?"

"Quem?"

"A mulher que estava comigo no carro."

"Não sei. Você foi transferido pra cá. Espere sua acompanhante voltar." Ele fez anotações no prontuário. "Você bateu a cabeça, mas não terá maiores sequelas. Se precisar de algo, aperte aqui."

Havia um botão próximo ao braço livre de Téo, mas ele não olhou para o lado, pois se sentia muito mal. Naquele instante, entendeu que Clarice estava morta. O ambiente estéril, a objetividade do médico e a ausência da polícia, tudo confirmava. Clarice era frágil e não havia resistido. Ele relembrou o impacto no momento da batida, a lataria contra seu peito. Doía como se estivesse acontecendo naquele momento. Ele estava internado havia dois dias e Clarice já devia ter sido enterrada. Esse pensamento o esvaziou.

Estava distraído quando abriram a porta outra vez.

"Você acordou!"

Patrícia girou as rodas da cadeira e segurou a mão dele, apertando-a firme. Tinha começado a chorar.

"Eu estava desesperada. Você não sabe quanto rezei…"

"Quero saber da Clarice, mãe."

Os olhos dela ficaram vermelhos e, quando Téo notou isso, ele sentiu mais forte o gosto amargo de remédio em sua língua.

"A Clarice está na UTI", Patrícia disse, quase sem voz.

Téo não soube exatamente como reagir e não reagiu.

"Sinto muito, meu filho."

"Preciso ver a Clarice."

"Ela foi transferida pra outro hospital. E você precisa descansar. Talvez amanhã."

Depois de tanto tempo, Téo notou que não tinha muito a dizer para a mãe. Patrícia usava um vestido amarrotado e velho como ela própria. A felicidade pela recuperação dele não tinha sido suficiente para apagar o desgaste. Ela tentou sorrir, mas era um sorriso triste.

"Passei o dia aqui e, caramba, foi só ir ao banheiro pra você acordar! A Marli veio te visitar. Ela gosta muito de você."

Ele teve preguiça de pensar em Marli e na carga negativa que ela trazia. Lembrou-se de seu quarto fechado, o cheiro de mofo e o aspecto abandonado. Não sentia falta da cama, dos móveis ou dos livros de medicina. Não queria estar de volta àquela vida e, de repente, ali estava ele.

"Que bom, meu filho. Rezei tanto a Deus. Fui à…" Patrícia continuou a falar por muitos minutos. Tirou da bolsa uns colares de contas e mostrou para ele, dizendo que Marli a tinha ensinado a fazer. Já havia vendido três deles na igreja por um preço simbólico. Emendou à ladainha novidades sobre a paróquia e sobre as exposições de Marli no centro do Rio e em Niterói. Téo ficou grato que a mãe não parasse de falar, pois aquelas banalidades o confortavam.

"Agora fale você", ela disse, por fim. "Me conte do acidente."

Téo vasculhava a memória, cavoucava bem fundo, mas as imagens eram difusas. Tentava recuperar odores, desejos, impressões. Lembrava-se de seu estado de espírito — não era muito diferente do daquele momento. A quantidade de ligações no celular o tinha alarmado e a verdade era que ele não dirigia muito atento. Havia ainda o abraço de Clarice — disso ele também se lembrava. Mas não conseguia desvendar a *intenção* do abraço. Clarice teria acordado e partido para cima dele, desviando o carro propositadamente? Ou o abraço tinha sido reação ao pesadelo e às cutucadas que ele lhe dera? Ele a via com os dentes trincados, os olhos muito abertos de um jeito cruel, enquanto segurava suas mãos para que perdesse o controle do Vectra. No entanto, sabia que era apenas imaginação.

"Uma fatalidade", Téo disse. "A Clarice dormia e teve um pesadelo. Ela me segurou com medo. Não viu o que estava fazendo."

"Meu Deus!" Patrícia guardou os colares de volta na bolsa e Téo notou que não fizera nenhum elogio. Na verdade, tinha achado os colares bem feios. "Espero que ela se recupere logo. Vocês estavam felizes?"

"Muito."

O olhar aquoso de Patrícia se fixou em um ponto acima da cabeça dele e, quando Téo ergueu os olhos, viu que havia um relógio de ponteiro na parede. Faltavam poucos minutos para três da manhã.

"O amor só é lindo quando encontramos alguém que nos transforme no melhor que podemos ser", Patrícia disse. "É do Mário Quintana."

Téo não ligava para poesia, mas gostou de ouvir aquilo.

"Acha que essa menina te transformou em alguém melhor?"

Com Clarice, ele havia sentido coisas em que não acreditava. Compaixão. Receio. Culpa. Arrependimento. Amor. Ela o tinha tornado humano.

"Amo a Clarice, mãe."

"Não acho que ela seja a pessoa certa pra você. Mas não vou mais falar nada."

Patrícia deu de ombros. Girou a cadeira de rodas e ficou de costas para ele. Parecia uma barata manca e apreensiva pelo quarto.

"Não tenho nada contra ela. Mas lembra o sonho que te falei? Sonhei que algo de ruim acontecia. O Sansão morreu. Vocês sofreram esse acidente. E parece que o ex-namorado da Clarice sumiu também."

"Eu soube."

Aquele assunto não o interessava. Ele estava muito certo do que tinha para dizer, o que era quase nada.

"O delegado responsável veio aqui ontem de manhã. Queria falar com você."

"Comigo?"

"Sim."

Téo irritou-se em ter que falar sobre Breno. Era como se um elo invisível conectasse suas vidas numa trama de mau gosto.

"Não sei como posso ajudar."

"Tudo tem origem nessa menina, meu filho. Você não vê?"

"Não."

"Ainda não engoli aquela história do Sansão. E vocês estão noivos agora. Isso me preocupa."

Téo olhou para sua mão e lá estava a aliança que ele havia comprado. Talvez tivesse sido um exagero, mas ele não disse nada. Queria que a mãe desaparecesse naquele instante. Era muito intransigente da parte dela interrogá-lo num leito de hospital. Que importância tinha a morte de Sansão naquele momento?

Patrícia se afastou.

"Vou comprar um suco. Quer alguma coisa?"

Téo percebeu que a conversa havia se tornado insuportável para os dois.

"Não quero nada."

"Então descanse", ela disse, muito seca. "Amanhã o dia vai ser longo."


Não dormiu de imediato. Quis ficar de pé, fugir, mas estar preso ao quartinho tinha suas vantagens. Não fosse a perturbação de Patrícia, o isolamento era melhor que o contrário. Imaginar a expressão apalermada de Helena e as infinitas perguntas que ela faria deixou-o exausto. Os pensamentos fluíram, oscilando propositadamente entre o real e o intocável — ele chegou a cogitar: *E se Breno nunca tivesse nascido?* Deleitou-se com essa ideia.

A janela aberta revelava um mundo indiferente aos seus fantasmas. Téo concluiu que Clarice não havia gritado com ele e que, por isso, o que ocorrera tinha sido mesmo uma fatalidade. Ela havia sonhado — talvez com Breno — e buscado conforto no abraço dele. Agora, Clarice estava em coma em algum lugar, precisando de ajuda, e ele sentiu que podia salvá-la. Ficou vagamente satisfeito e foi embalado por um sono gostoso, como se deitasse em nuvens. Quando abriu os olhos, era dia. O quarto estava claro e uma paisagem de prédios malconservados aparecia na janela. Reconheceu a voz da mãe. Ela conversava com um homem.

"O delegado quer falar com você", Patrícia disse, estranhamente animada. Ao olhar o sujeito, Téo entendeu tudo: ela estava atraída por ele. O delegado era calvo e muito magro, como seu falecido pai. Havia algo em seu sorriso, uma gentileza pela qual Patrícia estava sedenta.

"Por favor, prefiro conversar a sós com o Téo", o delegado disse. Havia ingenuidade também e certo decoro na voz dele. "Obrigado por me fazer companhia."

Ela saiu do quarto no mesmo instante. O delegado continuava a sorrir quando se aproximou do leito. Vestia jeans e camisa de flanela. Para além da refrigeração do hospital, o Rio de Janeiro fervia.

"Meu nome é José Aquino, mas fica à vontade pra me chamar de Aquino. Sou delegado aqui da décima segunda."

Téo não sabia que o hospital ficava em Copacabana e espantou-se que Patrícia não tivesse mencionado que estavam tão perto de casa. Era confortador.

"Sei que você acordou nesta madrugada e está em recuperação", o delegado disse. "Não quero abusar da sua boa vontade, mas preciso fazer algumas perguntas. É possível?"

"Sim, claro."

"Estou investigando o desaparecimento de Breno Santana. Sabe quem é?"

"O ex-namorado da Clarice."

"Isso mesmo, garoto."

O delegado tirou uma fotografia do bolso. Era o recorte de uma imagem maior e mostrava Breno feliz, vestindo casaco e cachecol. O sorriso de Breno parecia desenhado e Téo entendeu

243

por que os pais dele haviam selecionado aquela foto para entregar à polícia. Breno estava especialmente bonito, e o sumiço de alguém bonito causa piedade.

Esperou que o delegado perguntasse alguma coisa.

"Você conhece o Breno?"

"A Clarice comentou sobre ele, mas nunca o encontrei. Na verdade, é a primeira vez que vejo como ele é."

"Alguma opinião?"

"Um ex-namorado como qualquer outro. Talvez um pouco inconveniente."

"Chegava a incomodar?"

"A Clarice deixou claro que havia rompido com ele e isso me bastava."

"Sabe o motivo do término?"

"Não sei, a gente não falava dessas coisas. Acho que o Breno era dominador."

"Dominador?"

"Cheguei a ler algumas mensagens dele no celular dela. Mensagens apelativas. Em determinado momento, a Clarice parou de responder."

"Quando foi isso?"

"Outubro do ano passado. Final de outubro, acho."

"O celular de Breno também sumiu, mas estamos tentando recuperar o histórico de ligações", o delegado disse. Tinha uns olhos de peixe morto que captavam tudo, Téo percebeu. "Como você e a Clarice se conheceram?"

"Num churrasco. Poucos dias depois, ela viajou pra Teresópolis e me levou junto."

"Decidiram viajar de repente?"

"Não. Já estava marcado há muito tempo. A Clarice é roteirista. Fomos pra um hotel onde ela escreve suas histórias."

"Hotel Fazenda Lago dos Anões."

244

Téo evitara dizer o nome do hotel e achou péssimo que o delegado tivesse essa informação de cabeça.

"Depois de lá, vocês foram pra onde?"

"Dormimos num motel e chegamos a Ilha Grande."

"Por que a mudança de planos?"

"Não houve mudança. A Clarice está escrevendo um roteiro chamado Dias perfeitos, e a história acontece na estrada. As personagens passam por Teresópolis, Ilha Grande e Paraty. Dormem uma noite num motel também. Fizemos o mesmo trajeto do roteiro."

O rosto do delegado estava impassível. A história parecia surreal, ainda que fosse verdadeira.

"Você sabia que o Breno tinha desaparecido?"

"A Helena comentou comigo por telefone depois que você conversou com ela."

"E o que a Clarice achou disso?"

"Não contei a ela. A Clarice estava muito tranquila escrevendo o roteiro. E queria ficar isolada."

"Esse é o motivo pra você não ter contado nada?"

Téo não gostou do tom que a conversa estava ganhando. Não havia contado nada a Clarice porque não queria envolver Breno no relacionamento deles e porque pensava que ninguém se importaria por muito tempo com aquela história.

"Eu nem conhecia o Breno", acabou dizendo, de modo agressivo. "Não tinha motivos pra me preocupar com ele. Talvez o cara tivesse decidido sumir por um tempo, espairecer em algum lugar."

"Liguei pro celular de vocês diversas vezes."

"Em Teresópolis e em Ilha Grande não tinha sinal. Pra ser sincero, achei que o Breno fosse aparecer logo."

"Ele ainda não apareceu, garoto."

Téo odiava que o delegado o chamasse de *garoto*.

245

"O Breno desapareceu no dia vinte de novembro. Onde vocês estavam nesse dia?"

"No hotel em Teresópolis, acho."

"Seria bom ter certeza."

Téo bufou uma espécie de riso.

"A gente nunca liga pra datas quando está viajando, não é?"

"Isso pode ser importante."

"Somos suspeitos de alguma coisa?"

"Ah, não, nada disso!" O delegado fez um movimento vago com as mãos. "Assim que a Clarice acordar, conversarei com ela também. Tenho ido lá todos os dias."

"Como ela está?"

"Em coma, acho que você já sabe. Parece que vai estabilizar. Estou torcendo."

O delegado abriu seu melhor sorriso e Téo foi obrigado a sorrir também.

"O médico da Clarice me disse que ela tinha alguns pontos no corpo quando sofreu o acidente. Além de cicatrizes."

"Ela se machucou em Ilha Grande. Bateu numa rocha enquanto nadava", Téo já havia pensado nessa resposta antes.

"Foi grave?"

"Não muito. Sou estudante de medicina. Suturei os ferimentos. Estávamos numa praia deserta e não havia mais nada que eu pudesse fazer."

"Como chegaram na praia deserta?"

"Fizemos contato com uma moradora local que tinha uma casinha pra alugar. Ela nos levou de barco até a praia."

"Sabe o nome dessa mulher? Onde posso encontrá-la?"

"Gertrudes", Téo disse. Sentia-se ridiculamente vulnerável agora. Pensou em sua amiga Gertrudes e no conforto que ela lhe traria naquele momento. Decidiu que nunca mais falaria sobre ela com ninguém. A relação deles havia ficado no pas-

246

sado e era algo íntimo. Arrependeu-se de ter mencionado Gertrudes a Clarice quando estavam em Teresópolis. "Não sei onde ela mora."

"Tudo bem. Quais foram os ferimentos da Clarice na rocha?"

"Alguns nas costas e nos pés. Um bem profundo na nádega esquerda."

O delegado tomou notas. O silêncio era tão incômodo que Téo pensou que ele não falaria mais nada, ou estava pensando em outra coisa.

"Dois acidentes em pouco tempo. Muito azar, não?"

"Não acredito em azar."

Téo falava de modo pausado, como alguém que tem muita certeza do que diz e não se importa com a opinião alheia. Ainda assim, foi forçado a aceitar que talvez o delegado suspeitasse de alguma coisa e que era isso que o deixava tão nervoso.

"Reparei que você e a Clarice noivaram. Espero que esta situação se ajeite e vocês se casem em breve."

"Obrigado."

"Você vai precisar comprar uma nova aliança. Notei ontem que a Clarice está sem a dela."

"O que aconteceu?", Téo perguntou antes do delegado. Com certeza, ela jogara a aliança fora em Ilha Grande e ele não havia notado.

"Pensei que você soubesse."

"Não acho que isso tenha relação com o Breno."

"Vamos ver, garoto. Vamos ver."

A conversa se estendeu por alguns minutos. O delegado quis saber detalhes do acidente de carro e do roteiro de Clarice. Perguntou também o nome do motel onde eles haviam dormido. Por fim, disse que talvez voltasse no dia seguinte e deixou um cartão com o telefone da delegacia. Téo sentiu que seu corpo estava muito quente e ficou ainda mais irritado com aquela reação física. Despediu-se de modo seco, mesmo não querendo parecer rude.

Patrícia teve a sensibilidade de não fazer perguntas. Durante toda a tarde, ela montou colares de contas em silêncio. Téo era uma máquina em funcionamento. Acabou concluindo que não havia ido tão mal. O que o delegado tinha contra ele afinal? Era estranho que Aquino não houvesse mencionado as algemas e o separador de pernas, mas isso não significava nada. Téo fechou os olhos, ainda deprimido, mas sem se perturbar. Fosse o que fosse, tinha a sensação de que ninguém conseguiria pegá-lo.

# 29.

O DELEGADO NÃO APARECEU NA MANHÃ SEGUINTE, o que pareceu entristecer Patrícia. Pouco depois do almoço, Téo recebeu alta. Ele ainda sentia dores nas pernas e no tórax, como se tivesse o corpo esfarinhado, mas não reclamou e quis visitar Clarice. Patrícia negou com veemência e ele aceitou ir para casa. Tomaram um táxi, o que fez Téo se lembrar do Vectra.

"Perda total", a mãe disse.

O sol entrava pela janela, ressaltando os vincos de velhice no rosto de Patrícia. Téo achou incrível que o mundo continuasse exatamente como antes. Ao entrar no apartamento, passeou os olhos pelos móveis, esperando involuntariamente que Sansão aparecesse para cheirar suas pernas. A depressão o invadiu em cheio.

Foi à cozinha tomado pela percepção de que entrar no quarto significaria retornar à sua vida tediosa. Em pouco tempo, estaria limpando janelas e carregando Patrícia para a igreja na cadeira de rodas. Aquela imagem emplacou certo desespero nele. Téo bebeu água, abriu e fechou a porta da geladeira. Tirou as roupas e entrou debaixo do chuveiro. A água estava muito fria. Ele só conseguia pensar em sua vida antiga e na vida que tivera com Clarice. Pensava também no fato de que ela estava entubada em algum lugar que Patrícia se recusava a revelar, e isso o deixou ainda pior.

Deitou-se no escuro, resgatando os instantes em que tinha estado ali com Clarice. Era bem diferente agora. Havia um cheiro de tragédia iminente no ar — as sensações têm cheiros, e ele era capaz de senti-los às vezes.

Patrícia pediu pizza. Téo comeu apenas duas fatias e assistiu à televisão, impaciente com os dramas da novela.

"Você parece preocupado", Patrícia disse.

"Sim, um pouco."

"Amanhã te levo no hospital pra ver a menina."

Ele agradeceu e mentiu que estava com sono. Tentava pensar no que dizer a Helena quando a encontrasse. Tinham se visto apenas uma vez, mas ele havia conversado com ela por telefone tempo suficiente para que desejasse evitá-la. Cogitou visitar Clarice num horário em que Helena não estivesse lá, mas ela devia estar ao lado da filha toda hora e, de qualquer modo, não havia como prever isso. Ficou rolando na cama, sem que os pressentimentos ruins o deixassem por um instante sequer.

O maior incômodo em cuidar de um deficiente é que a deficiência retarda. É preciso esperar dez minutos para trocar uma calça, quinze minutos para ir ao banheiro e mais de meia hora para conseguir um táxi de cadeirantes. O horário de visitação tinha começado havia uma hora e Téo subia a rampa do hospital empurrando a cadeira de rodas com Patrícia falando qualquer coisa sobre uma reportagem de acidentes em estradas que havia passado na TV. Era cada vez mais penoso sorrir para

250

ela. Ele reparou que estava com reações retardadas, mas perceber isso não serviu para nada. Continuava a se sentir péssimo. Girou a aliança no anelar e informou à recepcionista que era noivo da paciente.

"Só pode entrar mais um", a recepcionista disse, entregando o crachá de acesso a Téo.

O hospital era muito organizado, com segurança intensificada e certificação digital. Clarice devia ter sido transferida logo após o acidente, ele observou. A família Manhães, moradora do Jardim Botânico, não deixaria a filha num hospital público por muito tempo. Téo precisou estacionar Patrícia em um canto, mas ela havia trazido seus colares de contas — perder horas naquilo era algo como dedicar-se à sua vocação.

Ele avançou pelos corredores, muito atento. Seu amor pela medicina voltou por completo. Como era possível que ele tivesse se esquecido daquela sensação e só pensasse em Clarice? Entrou na UTI e enxergou o box dela a alguns metros.

Mal conseguia vê-la, deitada sob lençóis, conectada aos monitores e ao painel de oxigênio; mas reconheceu Helena. Ela parecia derrotada, exausta, inclinada sobre o leito da filha. Téo arregalou os olhos, tremeu levemente, embora soubesse que seu medo não fazia sentido: Helena era apenas uma mãe desconjuntada.

Pensou em recuar, mas ela levantou a cabeça no mesmo instante e dependurou os olhos nele:

"O que você fez com a minha filha?"

Ele teve dificuldade para articular as ideias. Sem perceber, deu três passos para trás. Havia um homem desconhecido junto de Helena e ele concluiu que era o pai de Clarice. Estavam ali os responsáveis por gerar a mulher que ele amava, os dois só farrapos. O homem abraçou Helena pelas costas e fez um carinho em seus ombros.

"Calma, querida."

"Eu não…" A voz de Helena fraquejou. Ela se curvou ainda mais sobre os braços nus e Téo se exasperou com seu jeito abobalhado. Chegou mais perto, disposto a enfrentar qualquer hostilidade. Estava no direito de visitar sua noiva e pouco importava o que Helena pensasse dele.

Clarice parecia uma boneca de porcelana que havia se quebrado ao cair no chão. Agora, os médicos tentavam juntar os cacos da melhor forma possível: monitores cardíacos, vácuo para aspirações, substâncias intravenosas. Curvando-se sobre a cama, Téo analisou os contornos do corpo que um dia tinha sido esbelto e excitante. A decadência de Clarice contribuía para arruinar seu humor e a ideia de ter ido ali começava a parecer estúpida. Helena chorava silenciosamente nos braços do marido. Ele chegou a elaborar um pedido de desculpas que se perdeu no meio do caminho.

Téo sentia que cada cicatriz no corpo de Clarice era um estigma em suas costas. Conseguia notar a raiva sob as pestanas trêmulas dela, o repúdio nos lábios secos. Teve medo, embora ela estivesse sedada.

"Quero que vá embora", Helena disse.

Em cima do carrinho de ventilação mecânica, havia um porta-retratos de Clarice mais jovem, talvez com quinze anos. Ela estava ao redor de uma mesa de aniversário, abraçada aos pais, e usava um vestido colorido. Téo desejou estar na foto. Talvez Helena o deixasse colocar uma foto de casal sobre o carrinho de ventilação mecânica também. Antes, ele precisava ser gentil.

"Eu sinto muito", disse, com sentimentos verdadeiros, pois realmente achava lamentável que as coisas tivessem chegado àquele ponto.

"Isso é sua culpa!"

"Foi um acidente. Não pude fazer nada."

"Um acidente? Estou há meses sem falar com a minha filha! E agora..."

Téo se movia com suavidade pelo quarto. O cansaço pesava em seus ombros por uma duração bem maior que vinte e quatro horas.

"Ainda estou confuso. Eu..."

"Quero que me explique agora." As mãos de Helena palpitaram. "Não aguento mais as enrolações que você..."

"Deixe o rapaz falar, querida", o marido disse.

Helena estava muito branca e acabada. Téo se deu conta do quanto ela era parecida com Clarice: o mesmo medo primitivo, o mesmo vigor ao intimidá-lo. Naquele momento, Helena tinha expressão idêntica à de Clarice ao descobrir que Breno estava morto.

"Não quero que minta pra mim!", ela disse.

Téo concluiu que ele e o marido de Helena cumpriam papéis semelhantes no relacionamento: dosar de razão o furor sentimental da mulher. Não queria parecer insensível, mas adotou um tom realista ao narrar os instantes que antecederam o acidente de carro, acrescentando detalhes que surgiam à mente enquanto falava. Explicou que Clarice tinha batido nas rochas quando nadava em Ilha Grande. Sentia-se mais à vontade para falar do assunto, chegava mesmo a mentir com maior facilidade. Helena estava muito perturbada e tentava retrucar qualquer coisa.

"Tenho tanto medo de que a Clarice..." De repente, ela não conseguiu falar. Parecia ferida. Sua garganta se apertara. Ele teve o impulso de ajudar, mas se sentia rejeitado.

"A Clarice vai ficar bem", ele disse, embora não acreditasse muito naquilo. Preferiu não contar que ela não podia mais andar.

Helena suspirou e fez sinal para que ele se aproximasse. Sorriu de um jeito que tocou Téo como Patrícia não havia conseguido tocar. A mão dela estava fria, mas era confortadora. Ele tomou o cuidado de não fixar os olhos em Helena. Não queria constrangê-la.

"Desculpa despejar tudo em você. É só que estou me sentindo a pior mãe do mundo", disse. Tinha voltado a chorar. Ele queria sentir uma dor solidária, emocionar-se com a emoção dela, mas tudo o que conseguia era deixar os olhos levemente molhados. Teve impulso de contar toda a verdade sobre Breno, sobre a tentativa de suicídio de Clarice, mas desistiu. Ele os estava poupando de uma história sórdida.

"Busca um café pra mim?", Helena pediu ao marido.

Ele concordou e Téo pensou que teria um momento bonito com ela — os dois se abraçariam e compartilhariam esperanças nos ombros um do outro —, mas Helena enxugou os olhos e sua expressão mudou:

"Fale sobre o desaparecimento do Breno."

"Nunca vi o Breno. E a Clarice não comentava muito sobre…"

"Para de mentir." Helena olhava para ele, ansiosa, mas longe da histeria. Havia recuperado o ar de superioridade que ele temia. "Nossa família vai ao hotel dos anões há anos. Sei que o Breno esteve lá naquele dia. O Gulliver me contou."

Téo se apoiou no leito de Clarice e baixou os olhos. Sua cabeça girava, reexaminando fatos e não escolhendo nenhum. Cogitou esmurrar Helena, enfiar um bisturi em sua jugular, mas eles estavam num hospital particular e não seria possível sair dali de nenhuma maneira. Precisava encarar o fato de que ela sabia. Sabia muito mais do que ele havia pensado de início, e era bem possível que soubesse de tudo.

"Logo depois de passar lá em casa, o Breno subiu pra Teresópolis", ela disse, com o mesmo sorriso de Clarice, os mesmos dentes protuberantes. "O Gulliver me confessou que viu um homem chegando ao seu chalé naquela madrugada, mas pensou que fosse você mesmo. Era você?"

"Sim, possivelmente."

254

Ele estava prestes a desmaiar.

"Na manhã seguinte, o Gulliver encontrou o cadeado da porteira de acesso aberto. Alguém tinha passado por ali a pé."

"E o que isso prova?"

"O Breno está morto. E você fez isso."

Téo quis ir embora. Era ridículo, ofensivo, vulgar.

"Vou te contar o que eu fiz também", Helena continuou. "Sou advogada, você sabe. Esse delegado Aquino está farejando tudo de perto e parece cismado com você e com a Clarice. Não quero minha filha envolvida num escândalo. Sinceramente, não me interessa se o traste do Breno está morto. Não me importo que você o tenha matado."

"Eu não…"

"Pedi ao Gulliver pra alterar a data do registro de saída de vocês para dezoito de novembro. O Breno só desapareceu no dia vinte. Estou do seu lado, mas quero que me conte a verdade."

Téo suspirou, encarando Helena. Aquela conversa parecia um pouco irreal. Sabia que qualquer coisa que dissesse seria de grande importância e não podia dizer a coisa errada.

"O Breno apareceu em Teresópolis naquela noite. Estava muito transtornado e tinha trazido uma faca pra obrigar a Clarice a voltar com ele. Ele tinha bebido também. Cheirava a cachaça. Nós lutamos e, quando vimos, ele estava… caído no chão… morto. Não tivemos a intenção de fazer isso. A Clarice ficou desesperada. Eu também. Nenhum de nós é um assassino."

Uma alegria insana fez Téo sorrir levemente:

"Enterramos o Breno na mata do hotel. Foi tudo muito rápido, pareceu até sonho. Mas aquilo mexeu com a Clarice. Ela se fechou totalmente. Não queria falar com ninguém. Recusava-se a voltar pro Rio. Não queria falar com você, disse que não entenderia."

Helena encolheu os ombros. Téo percebeu o movimento, ainda que houvesse sido muito sutil.

**255**

"A Clarice enlouqueceu. Passou a dizer que a culpa era minha. Tinha a sensação de estar sendo perseguida, mas ela mesma criava essas situações. Certa vez, chegou a dizer que não tinha me convidado a Teresópolis e que queria que eu a deixasse em paz. Tinha voltado a fumar e sentia falta de uma Laura… Vivia repetindo o nome dela."

Téo mencionou cuidadosamente o nome de Laura, pois supunha que Helena também não gostasse dela.

"Nos últimos dias…" Sua voz ganhou um tom ofendido. "Nos últimos dias ela me acusou… Disse que eu a mantinha presa."

"Presa?"

"Sim, eu… Eu confesso que fiz isso duas vezes. Só duas vezes, Helena. Ela teve um surto daqueles. Isso foi em Ilha Grande. A Clarice andava muito deprimida e… Você acha que agi errado? Eu precisava dar limites a ela. A Clarice não se machucou sem querer em Ilha Grande. Na verdade, ela se jogou no mar tentando acabar com a própria vida."

Helena levou a mão ossuda à boca.

"Eu só estava tentando cuidar dela. Estanquei o sangue, fiz os pontos. Mas ela se revoltava com facilidade. Queria se entregar à polícia. É tudo muito triste. A mulher que eu amo. A mulher que aceitou se casar comigo."

Téo fingiu enxugar uma lágrima que descia pelas bochechas.

"Tentei te privar disso tudo."

"E o acidente de carro?"

"Eu não sei." Ele estava aliviado em poder se abrir com alguém, mesmo que uma pequena fresta. "Pensei muito nisso. Às vezes, tenho certeza de que foi mesmo uma fatalidade. Pouco tempo antes, eu e a Clarice voltamos a ficar bem. Ela estava com uma rotina mais saudável, havia deixado de fumar outra vez e já aceitava que a morte de Breno havia sido *necessária*."

"Acha que ela pode ter desviado o carro de propósito?"

256

"A Clarice já tinha tentado se matar uma vez, em Ilha Grande. Ainda que estivesse melhor, penso que ela pode ter tido uma recaída... Ter voltado a pensar em Breno, em Laura e nos cigarros... Todas essas coisas que a afastavam da vida em família."

Pensou em falar dos hábitos lésbicos de Clarice, mas achou indevido. Helena continuava a encará-lo com seus olhos especulativos e ele se preparou para uma nova série de perguntas. O pai de Clarice voltou ao box, trazendo café para todos. Téo agradeceu a gentileza. Helena havia recuperado a expressão amedrontada e tinha se agarrado ao marido. Naquele instante, ele teve a percepção de que todas as mães eram como ela, dissimuladas, interesseiras e muito espertas na hora de proteger seus filhos.

Despediu-se. Estava entediado, embora a conversa o tivesse deixado alerta pelas próximas horas. Concluiu que Helena estava do lado dele e continuaria a apoiá-lo, pois ela também não gostava de Breno nem de Laura nem do passado de Clarice. Era uma vitória, ainda que passageira. Quando Clarice acordasse, ele passaria por mentiroso ou por covarde; nenhuma das opções era muito elogiosa. Estava vivendo um dos momentos mais desagradáveis de sua vida. Sua perturbação era motivada por sensações contraditórias: emocionalmente, desejava ter Clarice de volta, repleta de vida, espontaneidade e sarcasmo; mas bastava pensar um pouco para concluir que o melhor mesmo era que ela não acordasse.

# 30.

SEIS DIAS PASSARAM, CALMOS E SOLITÁRIOS. Téo chegava ao hospital pela manhã e só partia à noite, quando o horário de visitas terminava. Sentava-se próximo ao leito de Clarice. Patrícia o acompanhara uma ou duas vezes, mas tinha desistido ao notar que o delegado não vinha mais. O quadro de Clarice continuava estável, sem melhoras.

Téo se aproximou do pai de Clarice naqueles dias. Chamava-se Gustavo e era um sujeito feio, bem diferente da filha, mas muito culto. Conversavam sobre as plataformas de petróleo da empresa em que ele trabalhava, com sede em Houston, e também sobre economia, medicina e política. Téo gostava muito dele e chegou a desejar que seu próprio pai estivesse vivo e que fosse um homem tão bom quanto Gustavo.

Helena conversava pouco com Téo. Estava amistosa, porém ele não sabia o que pensar dela. Às vezes, parecia que Helena acreditava nele — até gostava dele —, mas de resto Téo tinha a sensação de que havia caído no conceito dela e de que as acusações só estavam em suspenso. Chegara a ler alguns textos de filosofia sobre o conceito de verdade, ainda que não tivesse muita paciência para filosofia. Sentia que os fatos que havia contado a Helena eram muito plausíveis e se encaixavam na leitura que ele mesmo havia feito das atitudes de Clarice nos últimos meses. Ela havia enlouquecido, havia tentado suicídio, e o episódio com Breno fora apenas azar. Aquela era a verdade. Tentou recontar para si os fatos de outra maneira, mas se perdeu pelo caminho, pois havia enormes brancos sem justificativa. Não era possível, por exemplo, que Clarice tivesse se jogado no mar apenas por causa de Breno. Um sentimento mal desenvolvido e uma personalidade enfraquecida por distúrbios tinham gerado aquela química fatal, era o que ele conseguia concluir.

Na sexta-feira, Téo levou dois livros de medicina para ler no hospital, pois Gustavo havia viajado para uma reunião em São Paulo e ele não teria com quem conversar. Além disso, o silêncio imóvel de Clarice, pontuado pelos bipes eletrônicos, criava um ritmo agradável para a leitura — e ele gostava especialmente de estudar sobre procedimentos cirúrgicos sentado numa UTI. Depois do meio-dia, o médico apareceu para dizer que Clarice tinha apresentado uma pequena melhora durante a madrugada e a notícia foi suficiente para animar Helena.

Ela convidou Téo para almoçar num restaurante árabe ali perto. Pareceu-lhe que Helena estava se esforçando para ser gentil. Ela comentou que Gustavo o adorava. Contou também histórias da infância de Clarice (certa vez, ela havia batido em uma colega de turma que a chamara de *coelhinha*) e logo passou a fazer perguntas. Estava particularmente interessada no estado psicológico da filha.

"Ela vivia em outra realidade", Téo disse, pela milésima vez. "O choque do acontecimento abalou seu equilíbrio. Havia dias em que Clarice parecia não se lembrar de Breno, mas, em outros, ela acordava muito rebelde e me dizia coisas horríveis."

Helena contou que Clarice havia feito terapia por sete anos na adolescência. Téo deixou o pão de lado e limpou os dedos no guardanapo. Levantou os olhos para ela:

"Gosto muito da sua filha."

Pediram arroz com lentilha e esfirras de queijo. Ela insistiu que dividissem kaftas de cordeiro, mas Téo explicou que era vegetariano. Sentia-se acolhido na família Manhães e estava muito à vontade — dizia frases como "Quero ter dois ou três filhos", ou "Apoio a carreira artística da Clarice, mas acho que ela precisa de um emprego que a mantenha segura economicamente", ou "Cigarro é um vício lamentável. Na verdade, todo vício é lamentável".

Helena sorria para ele:

"Quando vocês noivaram?"

"Treze de novembro, nunca vou esquecer. Estávamos num dos bancos à beira do lago do hotel. Conversamos sobre ter filhos e combinamos sobrenomes. O sobrenome Manhães é materno, certo?", ele não sabia, estava arriscando.

"Sim, vem do meu pai."

"Meu sobrenome é Avelar Guimarães. Manhães Guimarães fica ruim."

Ele soltou uma risada gostosa. Helena o encarou:

"Você era parente do desembargador Avelar Guimarães?"

"Filho dele", Téo disse, com alguma vergonha, mas logo passou. Helena conhecia o desembargador e o admirava. Havia lido alguns livros dele na área de processo civil e parecia não se importar com o escândalo em que ele estivera envolvido. Téo reparou que status era importante para ela e falou de suas projeções como médico.

O assunto voltou a Clarice e tanta insistência o indispôs. Helena perguntou em qual lavanderia eles tinham deixado o tapete manchado e Téo precisou inventar uma desculpa: contou

260

que havia esquecido o tapete no bagageiro e, posteriormente, usado para transportar o corpo de Breno até a cova no meio do mato. Sentiu-se personagem de um romance policial.

Supunha que ela não soubesse das algemas e do separador que havia na mala. Talvez o delegado não tivesse divulgado essa informação. Ele não temia que suspeitassem de algo, pois havia comprado tudo num sex shop, mas se incomodava que pensassem que ele era pervertido.

"Vai voltar ao hospital?", ela perguntou.

"Sim."

Téo olhou o relógio. Eles haviam se esquecido dos problemas por uma hora e meia, mas esse privilégio não se estenderia por mais tempo. Helena disse que tinha um compromisso à tarde e fez questão de pagar a conta. Quando se despediram, ela disse:

"Espero que esse pesadelo acabe logo. Vai ser ótimo ter um Avelar Guimarães como genro."


Téo pensava no agradável início de tarde que havia tido e ficou surpreso ao encontrar o delegado Aquino no box de Clarice, sentado em sua cadeira. O delegado lia um bloco de notas e se levantou com um aceno de cabeça. Disse que estava de passagem e que havia estranhado não encontrar ninguém com Clarice.

"Eu e Helena almoçamos juntos", Téo disse. A simpatia no olhar do delegado era algo desonesto.

"Consegui encontrar a tal Gertrudes."

Por um instante, Téo se confundiu e achou que o delegado falava da sua Gertrudes.

"É essa?"

O delegado mostrava uma foto bem ruim da velha desdentada. Téo passou os olhos pela foto, evitando tocá-la. Era ofensivo que aquela mulher e sua amiga tivessem o mesmo nome. Ele ainda não havia se acostumado.

"Sim, é ela."

O delegado guardou a foto no bolso e suspirou:

"Tem algo errado. Conversei com a Gertrudes e…"

"Você se importa de não chamar essa mulher de Gertrudes?"

"Qual é o problema?"

"Só estou pedindo."

Téo desejou abandonar a conversa. Não podia ter paz?

"A mulher disse que não havia ninguém com você no barco. Disse que você foi sozinho à praia deserta."

"É uma velha maluca", ele sorriu. "Você acreditou nela?"

"Não sei."

"Não tenho motivos pra mentir."

A velha talvez tivesse comentado que vira alguém com ele na praia. Ou talvez ela não tivesse dito nada porque era isso o que ele havia pedido. A infeliz era uma completa idiota e ele não conseguia pensar como um idiota.

"Tem certeza de que foi esta mulher que levou você e Clarice no barco?"

"Sim, foi o que eu disse."

Téo achava tudo aquilo muito enfadonho. Era a palavra dele contra a de uma analfabeta.

"Ela deve ter se enganado, então", o delegado disse.

"Desculpa não poder ajudar mais."

"Tem outra questão curiosa. Havia uma mala vazia no carro de vocês."

"A Clarice arrumou as malas. Não tem lógica ela ter deixado uma delas vazia."

"Foi o que aconteceu."

"Talvez você devesse interrogar os bombeiros que fizeram os primeiros socorros. Eles devem ter levado algumas coisas pra casa…"

A animosidade crescia no delegado e isso deixou Téo veladamente satisfeito.

"Se fosse pra furtar alguma coisa, teriam furtado os celulares, não acha?"

"Não sei."

"Pedi autorização para ter acesso ao seu histórico de ligações e ao da Clarice. Estamos tentando recuperar o conteúdo do notebook dela também. Está avariado, mas temos técnicos empenhados nisso."

"Não entendo o que isso tem a ver com o desaparecimento do Breno."

"Seria ótimo se você soubesse me explicar por que a mala estava vazia."

"Concordo que seria ótimo."

Aquele diálogo não fazia o menor sentido para ele.

"O Breno era um bom garoto, não tinha inimigos. Fico pensando quem pode ter feito isso. O que você acha?"

"Talvez ele tenha se matado."

"A Helena acha a mesma coisa, mas eu penso de outra forma", o delegado deu de ombros. "Você vai ser intimado a comparecer à delegacia."

Téo quis falar alguma coisa, mas de sua boca saiu um som cavernoso. Sentia-se fraco demais para retrucar, se mover ou sair dali. Era como uma vingança, um pesadelo que se tornava realidade.

"Não quero mais conversar com você", conseguiu dizer finalmente.

"Tudo bem, garoto."

O delegado sorriu e deu-lhe dois tapinhas no ombro antes de sumir pelos corredores. Téo notou que suas mãos tremiam e fechou os olhos. Quis correr atrás do delegado, mas não conseguiu pensar em mais nada para dizer. Quando abriu os olhos no-

263

vamente, encarou Clarice — pálida — e murmurou baixinho para ela, a voz cheia de amargura: eu não vou ser preso, eu não *posso* ser preso...

Parou num bar próximo ao hospital e pediu duas doses de uísque sem gelo. Pensava o que aconteceria se ele não fizesse nada e o que poderia acontecer se reagisse. Avaliando sob a perspectiva da polícia, ele havia parecido culpado desde o início. Ligações não atendidas, um acidente de carro e Clarice machucada. Tudo era muito óbvio e levava o delegado diretamente para ele. Sentiu aversão e desamparo ao mesmo tempo. Condenava-se por não ter ligado o notebook de Clarice ao sair de Ilha Grande. Não sabia o que ela havia escrito enquanto ele esteve preso, mas era provável que Clarice tivesse escrito sobre as algemas, sobre o Thiolax ou coisa pior; uma mensagem cheia de ressentimentos e mentiras.

Viu seu reflexo na mesa do bar, os cantos da boca virados para baixo, os olhos desconsolados. Tinha sido burro e desprezava a burrice mais do que tudo. No fim das contas, ele era culpado. Havia arriscado muita coisa para ter Clarice, pois desde o primeiro encontro sentia como se ela já fosse dele.

Entendeu perfeitamente a situação: Clarice o ignorava. Era vagamente consolador que Helena e Gustavo o apoiassem, mas não o suficiente para que ficasse tranquilo. Clarice nunca quisera nada com ele, essa era a verdade. A convivência, a dedicação e o esforço, tudo ia para o lixo. Se ela ficasse em coma por meses, talvez anos, continuaria a não pertencer a ele. Se ela acordasse, contaria tudo à polícia. Nas duas hipóteses, Téo só via derrota. Imaginá-la morta era menos doloroso.

Pagou a conta num estado intermediário de embriaguez. Movia-se com naturalidade, sentindo-se corajoso o suficiente para fazer o que era preciso. Passou direto pelos corredores do hospital porque não tinha devolvido seu crachá ao sair. Na UTI, já se sentia diferente, um tanto esquisito, mas feliz, como se tudo fosse irreal. Com frequência, tinha a sensação de que vivia num filme em que pessoas do outro lado do mundo o acompanhavam através de câmeras ligadas vinte e quatro horas por dia.

O hospital parecia mais vazio àquela hora. O horário de visitas acabava e os médicos trocavam de turno. A iluminação do corredor espalhava um feixe leitoso que chegava ao box de Clarice. Téo olhou ao redor antes de fechar a cortina. O bipe o incomodava e parecia mais alto agora. Ele estava um pouco tonto, mas fixou a atenção nos aparelhos que a ligavam à vida. Dezenas de fios saídos dos braços, das narinas e do pescoço. Silenciou o alarme de sinais vitais e o ventilador mecânico. Aproximou-se da cabeça dela. Fez um carinho em seu rosto — a pele estava fria — e a desconectou do respirador. O silêncio o perturbou por um instante, mas a frequência cardíaca começou a crescer no monitor. Clarice se agitava. Inspirava agonicamente, batia os braços. Téo achou horrível ter que assistir àquilo tudo. Era sua penitência, ele pensou.

Algo o invadiu em cheio, uma sensação que nunca havia sentido antes, e ele se deu conta de que não podia continuar. Clarice não era como Breno. Reconectou o respirador, aumentou a fração inspirada de oxigênio para cem por cento. Os alarmes voltaram a gritar bem alto e os médicos apareceram depressa, empurrando-o para trás.

"Insuficiência respiratória", um deles gritou.

Téo não ouviu mais nada. Seu corpo o obrigava a se mover. Saiu do hospital, caminhou pelas ruas e, quando percebeu, estava em casa. Trancou-se no quarto. Chorava bastante, sem saber direito por quê. Patrícia batia na porta. Não queria falar com ela nem com ninguém. Gustavo, Helena, Aquino e Breno. Se tives-

265

se uma arma carregada naquele instante, ele daria um tiro na cabeça só para ficar livre.

Quando a mãe deu trégua, Téo correu para o banheiro e engoliu um comprimido de Hipnolid. Seu corpo todo se agitava, como se sua alma desse cambalhotas e saltasse no ar, mas ele sabia que precisava descansar e se esforçou nesse sentido. Fechou os olhos, pensando em coisas bobas. Dormiu com a sensação horrenda de que tudo estava muito errado em sua vida.

# 31.

A CABEÇA DOÍA. As perguntas do delegado o tinham aborrecido exageradamente e ele acabara agindo de maneira errada, concluiu. Sentia-se podre por dentro. Seu desejo de matar Clarice tinha sido mesquinho. E também sua entrega tão fácil a esse desejo. Ele havia bebido, mas não era desculpa. Devia haver câmeras de segurança nos corredores do hospital e a essa hora todos já sabiam o que ele tinha feito. Imaginou a expressão desolada de Helena e também a reação de Patrícia — a vida da mãe dependia dele e agora tudo iria pelos ares.

Estava preocupado com as câmeras de segurança, mas nem sabia se Clarice continuava viva. Desejou que ela estivesse bem, muito bem até. Ligar para o hospital ou para Helena estava fora de cogitação. Ele tinha ficado tão transtornado que mal conhecia os fatos, como poderia argumentar? Não sabia se havia câmeras, não sabia do estado de Clarice. Estava com a corda no pescoço e achou graça dessa imagem.

Vestiu-se. Ao abrir a porta, encontrou Patrícia cheia de perguntas e conselhos para ele. Desviou dela, empurrou a cadeira de rodas para um canto e saiu, sentindo-se livre, saboreando a importância desse gesto. Patrícia era um peso morto e não se dava conta disso. Era preciso que ela soubesse e repensasse o modo como o tratava. Só assim viveriam com alguma harmonia.

O dia estava nublado, mas fresco. Téo andava com displicência, fazendo o mesmo trajeto do dia anterior, ainda que não se lembrasse de ter feito exatamente aquele trajeto. Chegou ao hospital em vinte minutos. Helena e Gustavo sorriram para ele ou teve apenas a impressão de que eles tinham sorrido? Conversavam com um médico. Clarice continuava sobre o leito, conectada por mil fios.

"Você salvou a vida dela", Helena disse, com um beijo em sua bochecha.

Gustavo o cumprimentou também e Téo ficou sem entender. Pensou que estava em um mundo de loucos. O médico explicou que haviam notado que ele aumentara a fração de oxigênio de Clarice durante a insuficiência respiratória e que essa medida a tinha salvado de um estado vegetativo — e talvez da morte. Gustavo e Helena estavam muito satisfeitos com ele e até o médico o parabenizou. Era gostoso ser bajulado.

Téo estava tão feliz que se Clarice ficasse em coma para sempre não seria ruim. Ele poderia visitá-la uma ou duas vezes por semana e imaginar tudo o que poderiam viver.

"Depois do susto de ontem, a Clarice teve uma melhora", o médico disse. "Ela deve se recuperar em alguns dias."

Helena decidiu que almoçariam juntos outra vez. Ela era o tipo de pessoa que demonstra felicidade comendo. Escolheu um restaurante caríssimo no Leblon e pediu vinho. Na mesa, Téo precisou inventar uma história de última hora sobre o dia anterior. Buscou ser discreto, pois sua atitude heroica já impressionava por si só. Sentiu-se fatigado e concluiu que não queria mais mentir, enganar ou fingir. Possivelmente Clarice acordaria dali a alguns dias e isso pouco importava para ele. Aproveitaria a família Manhães enquanto era tempo. Mais tarde, se todos o odiassem e quisessem prendê-lo, que importava? Ele não se arrependia. Havia feito tudo por Clarice e caberia a ela valorizar. Se preferisse denunciá-lo, tanto melhor. Ele saberia que ela vivia bem e isso era suficiente. Com Clarice morta, ele não teria nada.

Téo pediu licença para atender o celular. Já haviam terminado o prato principal e apenas Helena quisera sobremesa. Patrícia brigava ao telefone. Disse que não reconhecia esse *novo Téo*. Ele adorou a expressão. Pensou em retrucar que estava muito feliz como *novo Téo*, mas apenas se desculpou por ter saído depressa e contou a novidade para a mãe. Patrícia ficou atordoada. Estava orgulhosa dele, mas continuava triste. Téo prometeu que cozinharia para ela mais tarde.

Quando voltou à mesa, Helena estava sozinha e já havia pagado a conta.

"Gustavo foi buscar o carro."

Téo sentou e guardou o celular no bolso.

"O delegado suspeita de mim e da Clarice", ele disse. Queria ter contado isso desde o início do almoço, mas a presença de Gustavo o encabulava. Agora, não havia ninguém nas mesas por perto e os garçons conversavam próximos ao caixa.

"Não vai dar em nada."

Téo queria ter a mesma certeza de Helena. Ela abocanhou a última colher de seu petit gâteau e olhou para ele:

"Por que está tão preocupado?"

"O delegado deu a entender que tem certeza. Disse que serei intimado."

"Ele não tem nada contra vocês e está jogando iscas. Parece até que o Rio de Janeiro é uma cidade tranquila e ele não tem mais o que fazer."

"E se ele me intimar mesmo?"

Ela deu um risinho:

"Você comparece e conta sua versão."

"O Gustavo sabe a verdade?"

"Você nunca viu o Breno e o Breno não foi lá em casa desde que terminou com a Clarice. Meu marido sabe *essa* verdade."

Téo se sentiu patético. Chegava a ser engraçado que o delegado o incomodasse tanto, enquanto a possível recuperação de Clarice não o atormentava em nada. Gustavo apareceu para dizer que estava com o carro na porta do restaurante.

Voltaram ao hospital em treze minutos. A cadeira continuava ao lado do leito, como se agora ocupasse um lugar efetivo no hospital. Gustavo olhava para Téo de modo carinhoso e ele ficou irritado por não poder lhe contar a verdade. Em termos éticos, não via problema no que havia feito: matar acidentalmente Breno, que invadira seu chalé com uma faca nas mãos. Entendia que era algo condenável — e até punível — do ponto de vista da polícia, mas Gustavo era bem diferente da polícia. Teria alguma vergonha em contar para ele, não pela coisa toda, mas sim por ter mentido. Justificaria seu medo e também seu desprezo pelas atitudes de Breno. Imaginou que ele ficaria chocado de início, mas acabaria entendendo e o desculparia.

Téo ficou de pé junto ao leito, pensando em como começar o assunto, mas nem chegou a dizer nada, pois sentiu seu estômago embrulhar: Laura vinha pelo corredor. Reconheceu-a de imediato. Nunca se esqueceria daqueles olhinhos repuxados e desprezíveis que haviam convencido Clarice a cometer absurdos. Ela trazia quatro rosas feias envoltas num papel colorido. Encarou Téo com alguma curiosidade. Ele tentou se controlar, mas foi impossível. Era muito abuso; muito ofensivo e cínico da parte dela dar as caras depois de tudo. Aproximou-se e a puxou pelo braço, com força.

"Me acompanhe."

Téo não sabia como ela havia entrado; afinal, Clarice já estava com o número máximo de visitantes permitidos pelo hospital. Ainda assim, Laura tinha dado um jeito de burlar o sistema e conseguir um crachá. Ela era bem do tipo que burla sistemas.

"O que está fazendo?", Laura gritou quando já estavam na metade do caminho. Era pequena como Clarice, mas maldosa. Usava o cabelo preto trançado de um jeito indígena que a deixava ainda mais patética. Téo não queria falar com ela, mas se esforçou:

"Vá embora e não volte."

"Quem é você pra..."

"Sou noivo da Clarice." Ele esfregou a aliança na cara dela. "Não preciso que se apresente. Sei bem quem você é e o que fez com minha noiva. Ela saiu dessa vida."

As pessoas no hospital olhavam para eles; algumas assustadas, outras se divertindo.

"Li suas mensagens e a Clarice me contou o que você fez com ela na Lapa. Sinceramente, você deveria buscar um marido."

Téo voltou para a UTI. Laura não ousou aparecer outra vez, o que fez com que ele se sentisse feliz. Aquela sujeita era péssima influência. Teve certeza de que havia agido corretamente ao expulsá-la. Helena e Gustavo não comentaram nada, mas para Téo ficou claro que os dois concordavam com ele.

O jantar com Patrícia foi silencioso e sutilmente agradável. Ele tentou dizer coisas amenas. Patrícia insistia em falar do *novo Téo* e de como estava desapontada com os rumos que ele tinha seguido. Chegou a dizer que esperava um filho estudioso e não um paspalho que corria atrás de um rabo de saia. Téo saiu da mesa. Será que ela não conseguia nem ao menos ficar agradecida pelo jantar?

Minutos depois, Patrícia apareceu na porta do quarto.

"Me perdoa. Sei que você está sofrendo."

Ele a desculpou e contou o que havia ocorrido no hospital mais cedo. Patrícia riu bastante.

"Ainda não entendi por que você expulsou a garota. O que ela fez pra Clarice?"

Téo não podia contar que Clarice era homossexual, bissexual ou o que quer que ela fosse — ele já havia desistido de entender.

"Não sei. A Clarice não gostava dela. Disse que a menina era *inconveniente*."

"Você não ficou curioso pra saber o motivo?"

"Não."

"Quando a Clarice acordar, tente descobrir. Sei que você não gosta que eu fale, mas continuo com aquela sensação ruim. Essa menina ainda me incomoda."

"Quando a Clarice acordar, vou me casar com ela e viver minha vida", ele disse, e queria muito que estivesse certo.

Patrícia saiu do quarto a contragosto. Téo reparou que, desde a morte de seu pai, ela era só amargura. Vinha com aquela conversa de sensações e premonições e tentava convencê-lo a fazer o que ela queria. Primeiro, o incidente com Breno, depois a tentativa de suicídio de Clarice e, então, o acidente de carro. O que mais poderia acontecer?


Era manhã de terça-feira. Téo estava na lanchonete do hospital com Gustavo, conversando sobre futebol, um assunto de que ele entendia muito pouco. O celular de Gustavo tocou e ele atendeu com surpresa, pois era Helena quem estava ligando.

"Ela acordou, ela acordou!", foi o que Téo ouviu e nem precisou que Gustavo dissesse mais nada.

Tomaram os corredores até a UTI. Clarice estava linda, muito branca, o rosto sonolento, os olhos semifechados. Helena chorava, segurando as mãos da filha, e Gustavo correu para abraçá-las. Naquele instante, Téo entendeu que havia chegado seu fim, mas ficou satisfeito em saber que continuaria a amá-la para sempre. Não estava nervoso; apenas sentia uma leve dor na nuca. Quando Clarice levantou a cabeça e olhou para ele, a dor na nuca também passou. Ela o encarava com interesse inédito. Fixou brevemente os olhos em Helena e Gustavo e, um tanto embaraçada, voltou-os para Téo:

"Desculpa, mas... quem é você?"

# 32.

CLARICE SABIA O PRÓPRIO NOME, mas confundiu-se ao dizer sua idade. Ficou bastante nervosa quando Helena contou do acidente de carro. Não se recordava de ter visto Téo antes, nem do que havia acontecido no mês passado ou no ano anterior. Tinha lembranças muito frescas da infância, dos pais e do colégio de freiras, mas fatos recentes estavam completamente apagados: o roteiro de *Dias perfeitos*; a faculdade de história da arte e a morte do avô paterno, dois anos antes. Ela chegou mesmo a duvidar de que havia noivado. Téo a enxergava como uma caixa vazia; sem recordações, fatos, sonhos, desejos, e não sabia muito bem o que concluir disso: estava acostumado à Clarice cheia de vontades.

As perguntas eram muitas e vinham de todos os lados. Ele temeu que Clarice lembrasse e o acusasse, mas a expressão dela era tão hesitante que Téo soube que estava sendo sincera. Quis beijá-la e fazer massagem em seus ombros, mas se conteve. Helena ainda chorava muito. Todos ficaram chocados com a paralisia das pernas, causada pelo acidente de carro. Téo esteve ao lado de Clarice naqueles dias e foi horrível vê-la sofrer novamente pelos mesmos motivos, como se a vida não cansasse de oferecer tragédias.

Clarice recebia muitos presentes e visitas. Os presentes vinham acompanhados de cartões que aborreciam Téo, assinados por amigos de que ele nunca tinha ouvido falar. Como era possível que ela conhecesse tanta gente? Ele não gostava nem de tocar nos cartões. Rasgava-os sem mostrar a ninguém.

Quando Clarice recebeu alta, uma rotina começou a surgir. Ficavam muito tempo juntos na casa do Jardim Botânico. No início, ela estava retraída, mas ele respeitou esse estranhamento e conversaram bastante para recuperar a intimidade. Quase todas as noites, Téo chegava com um presentinho para ela: um livro, um óculos de sol ou um vidro de perfume. Falavam de cinema, teatro e viam muitos filmes juntos. Ela continuava basicamente com os mesmos interesses, ainda que não tivesse demonstrado nenhum gosto por cigarros ou mulheres. Tinha amado *Pequena Miss Sunshine*, que agora era seu filme favorito.

Pouco a pouco, ele se aproximava dela e era muito saboroso, pois Clarice se *esforçava* para gostar dele. Ria das coisas que ele dizia e gostava de ouvi-lo falar de seus projetos. Clarice o beijava nos lábios por vontade própria. Fazia poucas perguntas, apenas curiosidades de mulher: como tinham se conhecido, em que momento ele a havia pedido em noivado, como tinha sido a viagem para Teresópolis e coisas assim. A vantagem de tê-la desmemoriada é que ele podia contar o que quisesse; exagerava nos detalhes para soar poético e inevitável. Eles tinham se amado muito e estavam fadados a ficar juntos.

Téo foi intimado a comparecer à delegacia numa manhã de sexta-feira. Respondeu às mesmas perguntas de antes e saiu de lá satisfeito, com a sensação de que o delegado Aquino estava completamente perdido. Havia sido impossível recuperar o conteúdo do notebook quebrado, o histórico de ligações dos celulares não indicava nada e, bem, que havia de mais em carregar uma mala vazia no bagageiro? Clarice também foi intimada, mas Helena obteve uma decisão judicial autorizando a filha a não participar do inquérito, já que ela não tinha condições psicológicas de responder a nada. Téo achou que o delegado Aquino insistiria naquele depoimento, mas isso não aconteceu.

Semanas depois, o desaparecimento de Breno estava esquecido. Outros mistérios tomaram a agenda da polícia — e mistérios *com corpos*. O destino de Breno entraria naquele rol de histórias que ganham tom de fábula ao longo dos anos: o violinista que desapareceu após ter sido abandonado pela namorada. Muitos pensariam que ele estava em outro canto do mundo — Roma ou Florença — fazendo apresentações em praças. Outros poderiam achar que Breno havia sido assassinado por ele. Mas não havia provas. E ninguém parecia muito interessado agora.

Helena não mencionava o assunto e o próprio delegado nunca mais apareceu — em setembro daquele ano, Téo o viu numa entrevista televisiva colaborando com um caso escandaloso no qual um grupo de jovens tinha se suicidado de modo sangrento e vulgar. Havia desligado a televisão sem atentar para a história. Não estava com humor para desgraças. Clarice não mencionava Breno, nem fazia perguntas sobre isso, o que era ótimo: só agora ele sentia que o infeliz estava morto de vez.

Nos meses seguintes, ela fez baterias de exames, foi a incontáveis consultas com neurologistas e fisiatras, além de sessões que incluíam hidroterapia e cinesioterapia para recuperar o movimento das pernas. Téo a acompanhava e, em casa, repetia com ela os exercícios para estimular a circulação e evitar a atrofia dos membros. A evolução era lenta, comentavam à mesa de jantar, quando, na verdade, era nula. Clarice tinha ganhado maior mobilidade com o corpo, tinha aprendido a dirigir a cadeira de rodas elétrica e as dores nas costas haviam diminuído, mas as pernas continuavam imóveis e assim ficariam — a lesão na coluna era estranhamente reta e profunda.

Foi preciso aceitar que todo o esforço e o dinheiro gastos na recuperação eram inúteis. Para compensar aquela derrota, Gustavo cismou em contratar um especialista em neuroimagens funcionais para investigar a memória de Clarice. O neuropsicólogo foi à casa deles numa tarde de segunda-feira e fez testes até o fim da noite.

"O cérebro é bastante complexo", o médico disse. "Os seres humanos têm uma memória de curto prazo e outra de longo prazo, controladas por diferentes regiões do cérebro. A Clarice foi afetada de modo que é capaz de se lembrar dos acontecimentos passados, sendo os fatos mais recentes os mais gravemente afetados. Esse quadro de amnésia é o mais comum. Após sofrer um acidente de carro, a pessoa pode não se lembrar do acidente nem dos meses anteriores a ele. Podemos iniciar um tratamento no sentido de recuperar lentamente esses registros."

Téo foi contra qualquer tratamento. Havia criado uma versão bem melhor de tudo e agora sentia náuseas ao pensar naqueles tempos. Helena também foi contra, mas Gustavo insistiu na ideia e disse que proibir Clarice de resgatar sua memória era algo como tolher sua personalidade, o que Téo achou um exagero. Passou a gostar menos de Gustavo.

De todo modo, as sessões com o neuropsicólogo também se revelaram inúteis. Clarice apenas se lembrava do que Téo contara a ela, com a riqueza de detalhes que ele contara a ela e do modo como ele contara a ela. Segundo a conclusão do neuropsicólogo, o registro efetivo mais recente de Clarice era a formatura do ensino médio. O caso dela se revelou um tanto especial nesse ponto, pois a amnésia costuma atingir períodos mais curtos, semanas ou meses.

Clarice prestou vestibular novamente, dessa vez para o curso de moda. Seus novos amigos eram tão desagradáveis quanto os antigos, mas pelo menos ela não ficava até tarde em bares ou em rodas de samba na Lapa, nem podia dançar com outros homens. Além do mais, os amigos eram poucos agora. Téo se esforçava para que Clarice se sentisse bem, ainda que ela estivesse quase sempre com uma expressão vazia ou tediosa. Por vezes, flagrava Clarice a observá-lo. Os olhos dela demoravam-se nele, mas Téo não era capaz de adivinhar o que ela pensava. Sentia-se, então, burro e impotente.

Clarice escrevia todos os dias em um caderno. Téo supôs que fosse o rascunho de um romance ou de um novo roteiro.

"O médico pediu que eu fizesse anotações de tudo, tentando separar o que eu realmente lembro e o que penso lembrar porque você ou minha mãe me contaram", ela disse. "Muitos amnésicos já fizeram coisas semelhantes e costuma dar resultado."

A partir desse dia, Téo passou a dar atenção redobrada ao que dizia ou fazia com Clarice. Evitava lugares como praias, motéis e concertos de orquestra. Não falava de Gertrudes, pois Clarice pediria para conhecê-la. Arrepiava-se só de ouvir os acordes de um violino. Ela havia se revelado um tanto viciada em sexo, ainda que tivesse que buscar prazer em outras zonas erógenas — gemia especialmente quando Téo lambia suas orelhas. Transavam quase todos os dias, mas ele recusou de imediato quando, em certa ocasião, ela pediu para ser algemada à cama.

Ele se formou em medicina e fez residência em psiquiatria. O assunto tinha atraído seu interesse no oitavo período e redefinido sua carreira. Helena e Gustavo compraram um apartamento para eles no Catete e ajudavam com algumas contas no fim do mês. Pagavam também a faculdade de Clarice. O apartamento era agradável, com portas largas e um banheiro amplo para que a cadeira de rodas passasse. Téo descobriu que o morador anterior era tetraplégico e que, por isso, o imóvel era tão funcional.

O corpo de Breno nunca foi encontrado. Ainda assim, Téo lia os jornais todos os dias à procura de alguma notícia e acabou se interessando por economia internacional. Ao terminar a faculdade, Clarice abriu um ateliê com uma amiga. Trabalhava de casa, atualizando o site e costurando peças sob encomenda. Nuances de sua personalidade voltavam à superfície, mas ele já estava tão acostumado que não se importava. Sabia que Clarice era instável, emotiva e, quando brigavam, os motivos eram desprezíveis, como a cor da nova panela ou a posição do sofá na sala.

O descontrole das necessidades fisiológicas continuava a ser um inconveniente. Ele comprava as fraldas geriátricas e ajudava Clarice a trocá-las. Às vezes, ela tinha pesadelos e acordava infantilizada, pensando que tinha catorze ou quinze anos. Eram momentos muito tristes. Ficava incomodado por vê-la sofrer as consequências da própria irresponsabilidade depois de tanto tempo. Essa Clarice, oculta, refratária, desestabilizava Téo.

Patrícia insistia em entender a morte de Sansão e implicava muito com Clarice. Os momentos de convivência das duas eram sempre marcados por sutis grosserias e apenas uma vez a troca de acusações foi tão grave que Téo precisou intervir. Patrícia acusou Clarice de ter matado seu cachorro e ela se defendeu dizendo que não se lembrava de cachorro nenhum.

"Se fosse pra matar alguém, eu teria matado você", Clarice tinha dito.

Em dezembro daquele ano, Patrícia sofreu um infarto fulminante enquanto jantava na casa deles. Com a morte da mãe, Téo sentiu crescer a necessidade de construir sua própria família.

Casaram-se no Mosteiro de São Bento em uma manhã agradável de janeiro. Era uma igreja muito bonita, com vista privilegiada da baía de Guanabara. Téo já conhecia o tradicional colégio beneditino, exclusivo para meninos, que havia ao lado do mosteiro e decidiu que seu filho estudaria ali. Havia sido aprovado recentemente para o Instituto Philippe Pinel e já pensava em se tornar pai de família, o homem da casa.

Clarice estava linda no vestido branco. Muito feliz e emocionada, foi empurrada por Gustavo até o altar. Marli esteve presente no casamento e aquela foi a última vez em que Téo a viu. Ele sentia que a morte da mãe tinha rompido com todas as coisas passadas e agora havia o futuro. Um futuro de promessas e expectativas.

Os pesadelos de Clarice tinham diminuído, ainda que, por vezes, ela acordasse estranha e fosse muito penoso — gritava e quebrava pratos de comida na parede dizendo que estavam envenenados. Talvez seu casamento não fosse ideal, mas sem dúvida havia muitos piores no mundo — com traição, mentira, violência, bebida ou doenças.

Foi de modo inesperado que chegou a notícia da gravidez. Téo andava tão envolvido no mestrado que demorou a captar as pistas que Clarice lhe dava: menstruação atrasada, náuseas frequentes e desejos inusitados.

Ela havia feito alguns exames e ele pediu folga no Instituto para acompanhá-la na consulta.

"Parabéns, você está com quatro meses, mamãe. É uma menina", o médico disse. "Já tem ideia do nome?"

Eles não haviam discutido isso, pois contavam que fosse um menino. De todo modo, Téo ficou bastante feliz e Clarice parecia igualmente satisfeita. Ele se deu conta de que vivia um grande momento em sua vida. Amava aquela mulher e amava a criança que ela esperava. Começou a responder que não tinham pensado em nada, mas Clarice o interrompeu. Ela tinha empertigado o corpo e acariciava a barriga que começava a apontar. Olhou profundamente para Téo, sorrindo para ele, e disse:

"Um nome lindo me veio agora. Gertrudes. O que você acha, amor?"

*Você é muito racional. Tem um filme do Michael Haneke em que o personagem rebobina o próprio filme para que as coisas aconteçam do jeito que ele quer. Raphael Montes faz isso neste livro também. Ele controla a história. É foda.*

# O OUTRO FINAL

# 31.

A CABEÇA DOÍA. As perguntas do delegado o tinham aborrecido exageradamente. Téo concluiu que acabara agindo de maneira errada. Sentia-se podre por dentro. Seu desejo de matar Clarice tinha sido mesquinho. E também sua entrega tão fácil a esse desejo. Ele havia bebido, mas não era desculpa. Devia haver câmeras de segurança nos corredores do hospital. Sem dúvida, a essa hora, todos já sabiam o que ele tinha feito. Imaginou a expressão desolada de Helena e também a reação de Patrícia — a vida da mãe dependia dele e agora tudo iria pelos ares.

Estava preocupado com as câmeras de segurança, mas nem sabia se Clarice continuava viva. Desejou que ela estivesse bem, muito bem até. Ligar para o hospital ou para Helena estava fora de cogitação. Ele tinha ficado tão transtornado que mal conhecia os fatos, como poderia argumentar? Não sabia se havia câmeras, não sabia do estado de Clarice. Estava com a corda no pescoço e, por algum motivo, achou graça dessa imagem.

Vestiu-se. Ao abrir a porta, encontrou Patrícia cheia de perguntas e conselhos de vida para ele. Desviou dela, empurrou a cadeira de rodas para um canto e saiu, sentindo-se livre, saboreando a importância desse gesto. Patrícia era um peso morto e não se dava conta disso. Era preciso que ela soubesse e repensasse o modo como o tratava. Só assim viveriam com alguma harmonia.

O dia estava nublado, mas fresco. Téo andava com displicência, fazendo o mesmo trajeto do dia anterior, ainda que não se lembrasse de ter feito exatamente aquele trajeto. Chegou ao hospital em vinte minutos. Helena e Gustavo sorriram para ele ou teve apenas a impressão de que eles tinham sorrido? Conversavam com um médico. Clarice continuava sobre o leito, conectada por mil fios.

"Você salvou a vida dela", Helena disse, com um beijo em sua bochecha.

Gustavo o cumprimentou também e Téo ficou sem entender. Pensou que estava em um mundo de loucos. O médico explicou que haviam notado que ele aumentara a fração de oxigênio de Clarice durante a insuficiência respiratória e que essa medida a tinha salvado de um estado vegetativo — e talvez da morte. Gustavo e Helena estavam muito satisfeitos com ele, e até o médico o parabenizou. Era gostoso ser bajulado.

Téo estava tão feliz que se Clarice ficasse em coma para sempre não seria ruim. Ele poderia visitá-la uma ou duas vezes por semana e imaginar tudo o que poderiam viver.

"Depois do susto de ontem, a Clarice teve uma melhora", o médico disse. "Ela deve se recuperar em alguns dias."

Helena decidiu que almoçariam juntos outra vez. Ela era o tipo de pessoa que demonstra felicidade através da comida. Escolheu um restaurante caríssimo no Leblon e pediu vinho. Na mesa, Téo precisou inventar uma história de última hora sobre o dia anterior. Buscou ser discreto, pois sua atitude heroica já impressionava por si só. Sentiu-se fatigado e concluiu que não queria mais mentir, enganar ou fingir. Possivelmente Clarice acordaria dali a alguns dias e isso pouco importava para ele. Aproveitaria a família Manhães enquanto era tempo. Mais tarde, se todos o odiassem e quisessem prendê-lo, que importava? Ele não se arrependia. Havia feito tudo por Clarice e caberia a ela valorizar os atos dele. Se ela preferisse denunciá-lo, tanto melhor. Ele saberia que ela vivia bem e isso era suficiente. Com Clarice morta, ele não teria nada.

Téo pediu licença para atender o celular. Já haviam terminado o prato principal e apenas Helena quisera sobremesa. Patrícia brigava ao telefone. Disse que não reconhecia esse *novo Téo*. Ele adorou a expressão. Pensou em retrucar que estava muito feliz como *novo Téo*, mas apenas se desculpou por ter saído depressa e contou a novidade para a mãe. Patrícia ficou atordoada. Estava orgulhosa dele, mas continuava triste. Téo prometeu que cozinharia para ela mais tarde.

Quando voltou à mesa, Helena estava sozinha e já havia pagado a conta.

"Gustavo foi buscar o carro."

Téo sentou e guardou o celular no bolso.

"O delegado suspeita de mim e da Clarice", ele disse. Queria ter contado isso desde o início do almoço, mas a presença de Gustavo o encabulava. Agora, não havia ninguém nas mesas por perto e os garçons conversavam próximos ao caixa.

"Não vai dar em nada."

Téo queria ter a mesma certeza de Helena. Ela abocanhou a última colher de seu petit gâteau e olhou para ele:

"Por que está tão preocupado?"

"O delegado deu a entender que tem certeza. Disse que serei intimado."

"Ele não tem nada contra vocês e está jogando iscas. Parece até que o Rio de Janeiro é uma cidade tranquila e ele não tem mais o que fazer."

"E se ele me intimar mesmo?"

Ela deu um risinho:

"Você comparece e conta sua versão."

"O Gustavo sabe a verdade?"

"Você nunca viu o Breno. E o Breno não foi lá em casa desde que terminou com a Clarice. Meu marido sabe *essa* verdade."

Téo se sentiu patético. Chegava a ser engraçado que o delegado o incomodasse tanto, enquanto a possível recuperação de Clarice não o atormentava em nada. Gustavo apareceu para dizer que estava com o carro na porta do restaurante. Voltaram ao hospital em treze minutos. A cadeira continuava ao lado do leito, como se agora ocupasse um lugar efetivo no hospital. Gustavo olhava para Téo de modo carinhoso, e ele ficou irritado por não poder lhe contar a verdade. Em termos éticos, não via problema no que havia feito: matar acidentalmente Breno, que invadira seu chalé com uma faca nas mãos. Entendia que era algo condenável — e até punível — do ponto de vista da polícia, mas Gustavo era bem diferente da polícia. Teria alguma vergonha em contar para ele, não pela coisa toda, mas sim por ter mentido. Justificaria seu medo e também seu desprezo pelas atitudes de Breno. Imaginou que ele ficaria chocado de início, mas acabaria entendendo e o desculparia.

Téo ficou de pé junto ao leito, pensando em como começar o assunto, mas nem chegou a dizer nada, pois sentiu seu estômago embrulhar: Laura vinha pelo corredor. Reconheceu-a de imediato. Nunca se esqueceria daqueles olhinhos repuxados e desprezíveis que haviam convencido Clarice a cometer absurdos. Ela trazia quatro rosas feias enroladas num papel colorido. Encarou Téo com alguma curiosidade. Ele tentou se controlar, mas foi impossível. Era muito abuso; muito ofensivo e cínico da parte dela dar as caras depois de tudo. Aproximou-se e a puxou pelo braço, com força.

"Me acompanhe."

Téo não sabia como ela havia entrado; afinal, Clarice já estava com o número máximo de visitantes permitidos pelo hospital. Ainda assim, Laura havia dado um jeito de burlar o sistema e conseguir um crachá. Ela era bem do tipo que burla sistemas.

"O que está fazendo?", Laura gritou quando já estavam na metade do caminho. Era pequena como Clarice, mas maldosa. Usava o cabelo preto trançado de um jeito moderno e provocativo que a deixava ainda mais patética. Téo não queria falar com ela, mas se esforçou:

"Vá embora e não volte."

"Quem é você pra…"

"Sou noivo da Clarice." Ele esfregou a aliança na cara dela. "Não preciso que se apresente. Sei bem quem você é e o que fez com minha noiva. Ela saiu dessa vida."

As pessoas no hospital olhavam para eles; algumas assustadas, outras se divertindo.

"Li suas mensagens e a Clarice me contou o que você fez com ela na Lapa. Sinceramente, você deveria buscar um marido."

Téo voltou para a UTI. Laura não ousou aparecer outra vez, o que o deixou satisfeito. Aquela sujeita era péssima influência. Teve certeza de que havia agido corretamente ao expulsá-la. Helena e Gustavo não comentaram nada, mas para Téo ficou claro que os dois concordavam com ele.


O jantar com Patrícia foi silencioso e sutilmente agradável. Ele tentou dizer coisas amenas. Patrícia insistia em falar do *novo Téo* e de como estava desapontada com os rumos que ele tinha seguido. Chegou a dizer que esperava um filho estudioso e não um paspalho que corria atrás de um rabo de saia. Téo saiu da mesa. Será que ela não conseguia nem ao menos ficar agradecida pelo jantar?

Minutos depois, Patrícia apareceu na porta do quarto.

"Me perdoa. Sei que você está sofrendo."

Ele a desculpou e contou o que havia ocorrido no hospital mais cedo. Patrícia riu bastante.

"Ainda não entendi por que você expulsou a garota. O que ela fez pra Clarice?"

Téo não podia contar que Clarice era homossexual, bissexual ou o que quer que ela fosse — ele já havia desistido de entender.

"Não sei. A Clarice não gostava dela. Disse que a menina era *inconveniente*."

"Você não ficou curioso pra saber o motivo?"

"Não."

"Quando a Clarice acordar, tente descobrir. Sei que você não gosta que eu fale, mas continuo com aquela sensação ruim. Essa menina ainda me incomoda."

"Quando a Clarice acordar, vou me casar com ela e viver minha vida", ele disse, e queria muito que estivesse certo.

Patrícia saiu do quarto a contragosto. Téo reparou que, desde a morte de seu pai, ela era só amargura. Vinha com aquela conversa de sensações e premonições e tentava convencê-lo a fazer o que ela queria. Primeiro, o incidente com Breno, depois a tentativa de suicídio de Clarice e, então, o acidente de carro. O que mais poderia acontecer?

Era manhã de terça-feira. Téo estava na lanchonete do hospital com Gustavo, conversando sobre futebol, um assunto de que ele entendia muito pouco. O celular de Gustavo tocou: era Helena.

"A Clarice foi pra sala de cirurgia."

Correram para a UTI. Helena chorava, tremia toda, mal conseguia falar. Fazia perguntas a Téo — "O que você acha? Por que não me diz?"; interpelava qualquer um que vestisse jaleco. Téo se sentia estranho, não conseguia pensar em nada, fazer nada, responder nada. Nem sofrer ele conseguia.

Afastou-se de Gustavo e Helena. A agitação histérica dos dois era cansativa. Além do mais, ele tinha certeza de que Clarice não morreria. Clarice, que tinha sobrevivido ao afogamento. Clarice, que tinha sobrevivido ao acidente de carro. Com um sorriso, ele se lembrou dos instantes que os dois tinham passado no Parque Lage. E também da noite no motel. Era toda uma história bonita de amor, com percalços comuns, com altos e baixos. Ele concluiu que não estava nervoso, sentia apenas uma leve dor na nuca. Meia hora depois, quando o médico saiu da sala de cirurgia, a dor na nuca também já havia passado.

"A Clarice teve outra parada respiratória", o médico disse. "Ela não resistiu desta vez. Sinto muito."

# 32.

TÉO LEVOU MAIS DE DUAS HORAS NO BANHO. Passava sabão, esfregava firme, fincava as unhas. O cheiro não ia embora. Cheiro de cemitério, de flores mortas, de gente chorando. Menos de dez horas antes, ele tinha acordado de bom humor. Tinha escolhido uma roupa clara, pois sonhara com Clarice acordando no hospital. Com a notícia dada pelo médico, sua vida havia mudado num instante, e agora ele não sabia como reagir. Queria Clarice, era só o que conseguia pensar. De dentro do box do banheiro, ele observava os remédios da mãe no armário, aquele cheiro de água-de-colônia, o corrimão e o banquinho onde Patrícia sentava para tomar banho. Ele conhecia aquela vida e se recusava a tê-la de volta.

O velório tinha sido o ápice da tortura. Pessoas abomináveis fungando em lencinhos, tias velhas consolando Helena, Gustavo estava claramente medicado. "Filha única", alguns lamentavam. Outros fingiam otimismo: "Ela está em paz, num lugar melhor". Amigos mal-educados, gente barulhenta, fedida, que veio do escritório para um enterro de fim de tarde. Gente que chorava muito, mas não conhecia Clarice como ele. Gente que não gostava de Clarice como ele, mas fingia gostar.

Téo havia evitado olhar para ela. Não queria enxergar Clarice como um corpo qualquer da aula de anatomia, recusava-se a aceitar a imagem da caixa de madeira apertando o corpo dela, as mãos macias fechadas sobre o peito, os lábios gélidos, o rosto sereno e pálido demais. Era tão abominável. Ele não queria guardar nada disso na memória.

Estava péssimo, e concluiu que Clarice iria se divertir ao vê-lo naquele estado.

Ela provocaria:

*"Bem feito pra você."*

E ele devolveria: "Não fale desse jeito comigo, ratinha".

*"Vai se foder."*

Téo riu. Esse era sempre o jogo deles. Um misto de provocação, carinho, tensão e afeto. Ele girou a torneira, aumentando o fluxo da água quente até o vidro embaçar.

*"Quero meu Vogue de menta."*

"Só se eu ganhar um beijo."

Ela o beijou. Téo desligou o chuveiro e se enxugou na toalha, assoviando uma melodia que inventou na hora. Vestiu-se para buscar o Vogue de menta na padaria mais próxima. Não tinha certeza de que eles vendiam aquela marca, mas era uma padaria grande e deviam ter de tudo por lá.

Patrícia estava na porta do banheiro quando ele saiu.

"Com quem você estava falando?"

"Com ninguém", ele respondeu.

Foi direto para o quarto pegar a carteira. Quando saiu, Patrícia estava diante da porta, com uma expressão tola e preocupada:

"O delegado ligou. Quer falar com você."

Téo ignorou o recado e foi andando pelo corredor. Patrícia o seguiu até a sala.

"Você tem que ir na delegacia amanhã. Às dez."

"Não vou."

"Perguntei a ele o que estava acontecendo."

"E ele?"

"Nada." Ela franziu o cenho como se estivesse muito magoada. "Só comentou alguma coisa sobre o notebook da Clarice. Não entendi muito bem."

Ele respirou fundo. Era impossível que tivessem recuperado qualquer coisa do notebook. Ou não era?

"Téo... Você tem alguma relação com o sumiço daquele rapaz? O ex da Clarice?"

Ele gargalhou, deu de ombros:

"Que absurdo!"

Encontrou as chaves de casa na mesa de centro e guardou-as no bolso da calça.

"Aonde você vai, Téo?"

"Comprar cigarro."

"Agora você fuma?"

Ele não tinha que ficar dando explicações nem para ela nem para ninguém. Decidiu que não falaria mais nada. No banheiro, penteou-se diante do espelho e passou perfume. Sentia-se revigorado e não estava disposto a deixar que aquela sensação fosse embora por causa da mãe. Patrícia tagarelava e reclamava sem parar.

"Sei que você matou o Sansão", ela disse quando ele já estava saindo.

Téo quis ignorar, bater a porta, ir embora e nunca mais voltar. Mas o comentário dela tinha sido muito grosseiro e direto. Era um veneno que ele não aceitava engolir. Ele não tinha culpa pela morte de Sansão. Não tinha culpa da insuficiência respiratória. Não tinha culpa de nada e tinha que dizer isso a Patrícia. Clarice estava assistindo à cena toda, ele não podia ser covarde.

294

"Eu não matei a porra do cachorro", ele disse.

"Não acho que você fez de propósito", Patrícia se apressou em devolver.

"Não admito que você me acuse de ter matado a porra do cachorro."

"Sei que você deu Hipnolid ao Sansão pra poder ficar aqui com a Clarice. A ideia deve ter sido dela. Aquela menina não era…"

"Cala a boca!", ele gritou. E avançou sobre a mãe.

Agarrou-a pelos ombros e sacudiu seu corpo, num assomo de repulsa. Patrícia retrucava, gemia, esganiçava, mas ele era mais forte. Puxou-a com força, de modo que a cadeira de rodas correu para trás e bateu na parede. Ela conseguiu se desvencilhar e rastejou na direção do telefone, mas Téo a pegou pela perna direita e montou em cima dela, imobilizando-a. Patrícia se debatia, socava o ar, fazia muito barulho. Téo precisou apertar o pescoço dela com força para impedir que ela continuasse a gritar absurdos, assustando a vizinhança. A culpa não era dele. Ela estava fora de si. Precisava ser contida.

Depois de algum tempo — ele não saberia dizer quanto —, ela finalmente silenciou. Ficou imóvel, de olhos fechados, toda torta no tapete da sala. Téo teve o impulso de checar a pulsação dela, mas recuou. Sem dúvida, Patrícia só estava fingindo, fazendo teatro. A mãe sempre gostou de certa dramaticidade. Ele pensou em pedir desculpas e ajudá-la a voltar para a cadeira de rodas, mas Clarice chamou da porta:

*"Quero meus cigarros, Téo. Agora."*

Saiu sem olhar para trás. Desceu as escadas e, no hall do prédio, avisou ao porteiro que sua mãe estava no apartamento precisando de ajuda com alguma banalidade qualquer. O sujeito era um puxa-saco que adorava as gorjetas que dona Patrícia lhe dava e pegou o elevador imediatamente. Téo aproveitou que estava sozinho para contornar o balcão e acessar a gaveta de chaves. Todos os proprietários de veículos precisavam deixar as chaves dos seus carros ali, na portaria. Enquanto puxava a gaveta, Téo pensou que talvez ela estivesse trancada, mas não estava. Apenas emperrada. Ele escolheu uma chave bonita, com um chaveiro de cavalo em couro. Na garagem do subsolo, apertou o botão de abrir portas. Um Siena vermelho apitou.

Ele ficou sutilmente decepcionado que não fosse um Vectra, mas Clarice estava com pressa. Queria seus cigarros. Sem pensar muito, ele entrou no Siena, girou a chave na ignição e saiu do prédio. Numa via principal, pisou fundo no acelerador. Cento e dez, cento e vinte. Seguia propositadamente acima da velocidade máxima permitida para descontar sua indignação.

Era inaceitável que a mãe o tratasse daquela maneira. Uma parasita que sugava sua energia. Dane-se o Sansão. Danem-se o delegado, a Helena e o Breno. Esse pensamento o tranquilizou, pois a cada quilômetro ficava mais longe daquilo, daquela gente medíocre. Descansou o pé, deixando-se levar pelo embalo. Pousou a mão esquerda na parte de baixo do volante e, com a direita, segurou os dedos de Clarice. Apertou-os com carinho, sentindo a palma da mão dela contra a sua. Ouviam Caetano no volume máximo, cantando juntos. *Dessa coisa que mete medo pela sua grandeza, não sou o único culpado, disso eu tenho a certeza.*

Téo parou para comprar cigarros em outra padaria (a primeira de fato não tinha Vogue de menta). Depois, estacionou na frente do cemitério.

"Já venho."

Caminhou até a entrada e ficou ali, respirando fundo, os olhos fechados. A noite despencava sobre sua cabeça.

"Ei, o que você quer?"

O vigia surgiu de uma guarita. Era um sujeito baixo, com as

roupas sujas de terra. Tinha uma lanterna nas mãos e jogou o feixe de luz na direção dele.

"Quero entrar", Téo disse. E sorriu. "Posso?"

Estendeu uma nota de cinquenta reais. Era todo o dinheiro que tinha na carteira.

"Se manda, irmão", o vigia disse, chegando mais perto. "Se manda."

Téo ficou ofendido com a maneira como o sujeito falava. E ainda havia aquela luz bem na sua cara. Quis argumentar, mas a impaciência era grande. Deu um soco no vigia e depois um chute. O sujeito já estava no chão, de modo que foi fácil dar mais chutes na cabeça e no pescoço.

Levou o corpo desmaiado até a guarita. Lanterna em mãos, caminhou entre as vielas, refazendo o trajeto daquela tarde. Gostava especialmente de ler as lápides e ver quanto tempo as pessoas tinham durado. 1931-1975. Quarenta e quatro anos. 1915-2002. Oitenta e sete anos. Família Tancredo. 1987-1990. Três anos.

O fedor era intenso. Cheiro de carne podre. De urina. Moscas-varejeiras zumbindo na escuridão. Téo encontrou uma enxada apoiada num mausoléu e levou-a consigo. Encontrou o túmulo da família Manhães sem dificuldade. Laura Manhães, mãe e avó querida, dizia a inscrição na lápide. 1930-1996.

Téo fez um esforço descomunal para empurrar a placa de mármore do jazigo. A placa emperrou e ele teve que se apoiar na sepultura do lado para finalmente conseguir retirá-la. Cavou a terra sem descansar um instante sequer. Não temia ser flagrado. Tampouco se preocupava com o barulho. Só estava ansioso. Suado, pulou para dentro da cova. Jogava a terra para fora, levantando a enxada com força. Os dedos imundos passearam pela tampa do caixão e desatarraxaram os fechos.

E ali estava ela. Linda, serena, provocativa. Ele lhe deu um beijo na boca e pediu desculpas por estar sujo e suado.

"*Me tira daqui*", ouviu Clarice pedir.

Ela usava um vestido branco, discreto, e Téo buscou se lembrar do dia em que ela usara aquele vestido com ele. Estava tão emocionado que não se lembrava direito. Tirou os arranjos de flores que a rodeavam e a tomou nos braços. Ao passar pela guarita, explicou a ela o que teve que fazer para entrar no cemitério. Clarice sorriu e quis saber onde ele havia conseguido aquele carro de cor vermelha.

"Coisa minha", Téo respondeu, com uma piscadela.

Ela gostou da provocação dele.

"Pra onde a gente vai?"

"Paraty."

Sentou-a no banco do carona e pôs o cinto. Sacudiu seus cabelos para retirar um pouco de terra que caía sobre o vestido. Acelerou o carro, dominado por sensações inéditas. Autoconfiança, liberdade. Todo o seu corpo vibrava, explodia. Clarice não parava de falar. E queria tudo exatamente como antes. Samsonite, algemas, mordaça. Depois de Paraty, talvez São Paulo ou Curitiba. Podiam descer até o extremo sul do país. Ou quem sabe explorar o Nordeste e o Norte? A viagem assumia proporções infinitas. Veriam muitos filmes. E finalmente leriam juntos o livro que ele comprou para ela.

Quando a sequência de músicas do Caetano chegou ao fim, Téo notou a aliança em seu dedo. Retirou-a e colocou nela.

"Posso te chamar de Gertrudes?"

"*Pode, querido.*"

Ele sorriu. Acelerou o máximo que pôde, de mão dadas com a sua amada, e cantarolou bobamente:

"*Ah, Gertrudes... Minha Gertrudes...*"

**RAPHAEL MONTES, 10 ANOS DEPOIS**

# Raphael Montes desponta como promessa da literatura policial brasileira*

*Maurício Meireles*

Parece que o universo resolveu cobrar a conta. Depois da onda de sorte que envolveu o escritor carioca Raphael Montes em seus 23 anos de vida, veio uma súbita maré de azar. Semana passada, o ar-condicionado do seu quarto queimou (pois é, neste verão). Depois, a mãe ficou doente. Em seguida, ele terminou o namoro. E o teto do banheiro desabou.

Mas Raphael não está reclamando. Para compensar o apocalipse doméstico, vem mais coisa boa por aí. Finalista dos prêmios São Paulo, em 2013, e Machado de Assis, em 2012, com seu primeiro romance, *Suicidas* (Benvirá), ele lança seu segundo livro, *Dias perfeitos*, em março pela Companhia das Letras. E a edição deve trazer na capa um tremendo elogio do escritor americano Scott Turow.

"Raphael certamente redefinirá a literatura policial brasileira e vai surgir como uma figura da cena literária mundial", escreveu Turow, como revelou a coluna de Ancelmo Gois, no *Globo*.

---

\* Publicado originalmente em *O Globo* em 15 de fevereiro de 2014.

O escritor carioca conheceu o americano e a mulher dele no ano passado durante o evento Pauliceia Literária. Os três saíram para jantar duas vezes. E foi a mulher de Turow quem se interessou primeiro pelo rapaz, leu seus dois livros e os recomendou ao marido, que também encerrou as leituras entusiasmado. Ao saber disso, Raphael, orgulhoso da própria cara de pau, pediu um texto para usar no livro. A resposta chegou na semana passada, sem que nem seus editores na Companhia das Letras soubessem. Foi a mesma cara de pau, aliás, que levou o jovem autor a ser chamado para o Pauliceia. Ainda desconhecido, Raphael escreveu para a curadora do evento, Christina Baum, apresentou-se, mandou seu primeiro livro e ganhou o convite.

O novo livro, ele lembra, nasceu a pedido da mãe. Quer dizer, quase isso.

— Ela queria que eu escrevesse uma história romântica. E é uma história de amor. Mas de um amor obsessivo — conta.

*Dias perfeitos* trata de um psicopata apaixonado que sequestra uma mulher e parte com ela em viagem pelo Brasil. O livro foi escrito no quarto andar de um prédio de esquina em Copacabana, onde Raphael mora. Mais especificamente na mesma mesa em que ele estuda para concursos públicos e joga pôquer com os amigos. O quarto, repleto de livros, policiais ou não ("Deve haver uns mil", ele diz), foi decorado para ter um clima noir. Por isso os móveis de madeira. As estantes, pontuadas por pequenas imagens, de Sherlock Holmes a são Bento, são muito organizadas: de um lado ficam os clássicos; de outro, o maior, os romances policiais, divididos por país de origem. Uma outra estante, menor, é dedicada a autores brasileiros como Rubem Fonseca e Patrícia Melo.

— Acho que rola uma vergonha de ser autor policial. O último que admitiu isso foi o Luiz Alfredo Garcia-Roza. Depois dele, não teve ninguém com alguma repercussão — afirma Raphael. — A literatura policial hoje é uma mescla [de gêneros]. Se você fica arraigado à ideia do romance policial clássico, com uma morte, número restrito de suspeitos, pistas ao longo do livro e no final uma revelação, nem eu faço romance policial. Meu desejo é escrever livros policiais mais universais.

A agente literária Luciana Villas-Boas, que cuida da obra de Raphael, lembra a veia empreendedora de seu autor:

— Ele põe todo mundo para trabalhar. Nas minhas correspondências com a Companhia das Letras, muitas vezes me refiro a ele como "nosso autor-trator", porque ele vai abrindo caminho, e todo mundo tem que correr atrás.

O jovem foi parar em uma das principais casas editoriais do país graças à escritora Carola Saavedra, que recomendou *Dias perfeitos* para a Companhia das Letras. Só que a essa altura um leilão com cinco grandes editoras já estava encaminhado. Quase imediatamente, a Companhia fez uma oferta "bastante boa, mas que ainda foi melhorada", nas palavras de Luciana. A editora acabou levando o livro por um adiantamento de cinco dígitos.

REJEIÇÃO NO COMEÇO DA CARREIRA

Como todo escritor, Raphael Montes não foi sempre um autor disputado. O carioca escreveu *Suicidas* — um relato horripilante sobre nove jovens que se reúnem para se matar em um jogo de roleta-russa — nos seus dois últimos anos no Colégio de São Bento e no primeiro da faculdade de direito. Mandou o original para cinco grandes editoras em 2009. Três se recusaram a publicar o romance. As outras duas não responderam até hoje.

Raphael não diz se a Companhia das Letras estava entre as cinco. De todo modo, o autor inscreveu *Suicidas* no prêmio Benvirá de 2010. Foi para a final, perdeu, mas a editora quis publicar a obra mesmo assim. E o livro acabou chegando à final dos prêmios São Paulo (2013) e Machado de Assis, da Biblioteca Nacional (2012). De todo modo, qualquer que tenha sido o posicionamento das editoras antes, a situação agora é outra.

— O Raphael é um autor moderno, que tem essa plataforma on-line com seus leitores. Lá fora, isso pesa a favor na hora de publicar ou não. Num post recente dele em nosso blog, as pessoas citavam vários jovens autores policiais brasileiros dos quais eu nunca tinha ouvido falar. Acho que esse livro já chega colocando essa questão: será que não existe uma nova literatura brasileira de suspense que não está recebendo visibilidade? — questiona o diretor editorial da Companhia, Luiz Schwarcz, que resolveu rodar uma tiragem de 10 mil exemplares do novo livro de Raphael, mais que o dobro da média para jovens autores.

Um número nada mau para quem, até os doze anos, não gostava de ler. Foi nessa idade que, numa colônia de férias, sua tia-avó lhe emprestou *Um estudo em vermelho* e *A volta de Sherlock Holmes*, de Arthur Conan Doyle. Ali, Raphael resolveu que queria ser escritor. Quer dizer, isso é o que ele lembra (bem antes dessa idade, sua madrinha lia Agatha Christie para ele).

— Comecei a escrever logo depois. Meu primeiro conto foi sobre uma professora que mata os alunos. O segundo, sobre um menino de doze anos perseguido por um pedófilo. Minha mãe me chamou até para conversar — conta ele, rindo.

Raphael então passou a rabiscar contos no caderno, que passava para os amigos da classe, que, por sua vez, pediam mais. O primeiro romance, ele escreveu aos treze anos ("Não mandei para ninguém, porque é uma porcaria"). Era sobre um ilusionista que serrava mulheres ao meio.

Foi o amor pela literatura policial que fez o escritor escolher o direito como carreira. Raphael conta que queria ser criminalista, mas se decepcionou com o direito penal. Depois que

304

*Suicidas* fez sucesso, enquanto estagiava em um escritório de advocacia, ele pensou em abandonar a faculdade. E chegou a largar o estágio para ir à Festa Literária Internacional de Paraty (Flip). Mas aí os pais se meteram no caminho.

Por isso, Raphael Montes vem estudando para concursos públicos. Se passar, diz, terá estabilidade para escrever um livro a cada ano e meio. A família Montes dá força e lê os livros. A mãe, porém, às vezes diz que vai dormir de porta fechada.

# Como Raphael Montes virou um fenômeno da literatura brasileira atual*

*Giovanna Simonetti*

Consolidado entre os autores mais bem-sucedidos do Brasil contemporâneo, Raphael Montes poderia mentir e dizer que nunca imaginou ter a magnitude que tem hoje. Mas não é verdade. "Meus amigos falam que, desde que comecei, eu sempre dizia que queria ter muitos leitores e chegar em muita gente", ele relembra da versão adolescente, que escrevia desde os quinze anos e teve o primeiro romance publicado aos vinte. "Vivo a realização de um trabalho árduo."

Aos 34, o carioca acumula no currículo oito livros, um prêmio Jabuti e o posto de autor brasileiro mais vendido da Companhia das Letras em 2024: foram 250 mil cópias apenas no ano passado pela editora. Nos quase oito anos que está no selo, a soma é de 850 mil exemplares — sem contar as edições traduzidas para outros idiomas, que facilmente levariam esses números

---

\* Publicado originalmente na *Forbes* em 24 de janeiro de 2025.

para a casa do 1 milhão. O suspense *Dias perfeitos*, por exemplo, desembarcou em 25 países.

O que explica tamanho sucesso? Montes foi capaz de conquistar um público até então "órfão" de bons suspenses e dramas criminais nacionais. "Quando comecei, todo mundo dizia que livro policial não vendia no Brasil, que ninguém gostava de ler suspense ou terror. Falaram que isso daria errado", conta.

No clima dos plot twists que o carioca tanto gosta, o que parecia um atestado de óbito para sua carreira não poderia estar mais errado. "Investi em um nicho que estava desocupado, e, na crescente do interesse por essas histórias, o público me encontrou." Não demorou muito para cativar fãs com suas narrativas intrigantes, de *Suicidas* a *Jantar secreto*, recheadas de personagens profundos, suspense e uma série de reviravoltas, a assinatura de Montes.

Fascinado por literatura policial desde criança, ele é enfático em definir seu estilo: "Gosto de escrever o que quero ler".

## VIVER DA PRÓPRIA ARTE

Montes virou exemplo de quem consegue se sustentar no ofício de artista no Brasil. Era para ter sido advogado, mas se deu a chance de tentar viver da literatura pós-faculdade de direito. Zero arrependimentos. "Minha definição de sucesso é fazer o que se ama, e tenho o privilégio de poder viver disso hoje."

Viver de obras publicadas, porém, não acontece da noite para o dia. O carioca vendia uma quantidade considerável de livros, claro. Mas, junto aos royalties recebidos da editora, precisava se desdobrar com palestras, revisões para outros autores e mais alguns trabalhos para complementar a renda. Nesse contexto, dois pontos de virada fizeram a diferença.

Primeiro, a pandemia: "Houve um momento de reconexão com a literatura nessa época, uma maior vontade de ler. Pelo menos com o meu público, senti muita diferença, *Jantar secreto* até viralizou no TikTok", afirma Montes. Um momento marcante aconteceu na primeira Bienal do Livro pós-pandemia, em que a fila de fãs foi tão grande que o escritor passou oito horas assinando autógrafos. "Foi daí que a dinâmica mudou e passei realmente a viver como um escritor de livros."

Outro fator se chama audiovisual. Montes tem um caso sério com o cinema e a televisão desde 2015, quando foi contratado como roteirista pela TV Globo. Não demorou muito para conquistar o streaming, primeiro chamado pela Netflix para adaptar seu livro *Bom dia, Verônica*, sucesso da plataforma com três temporadas. O timing foi propício: "Entrei no audiovisual em um momento que os streamings queriam dar chance a novas pessoas, já que os principais atores, diretores e autores estavam contratados pela TV aberta".

Hoje experiente nesse mundinho, ele tem um combo cobiçado pelas plataformas e produtoras: o escritor que traz novas ideias e o produtor que sabe botá-las em prática na frente das câmeras. Daí a demanda por Raphael Montes no papel de roteirista, queridinho dos streamings. "A remuneração do audiovisual nem se compara com a literatura, é muito melhor", garante.

Os trabalhos não faltam. Nos últimos anos, escreveu os roteiros da trilogia *A menina que matou os pais* do Prime Video, sobre os crimes de Suzane von Richthofen, fez o filme *Uma família feliz* com Grazi Massafera e Reynaldo Gianecchini e, na próxima segunda-feira (27 de janeiro), estreia como criador e roteirista da primeira novela brasileira da HBO Max, *Beleza fatal*.

Com Camila Pitanga, Camila Queiroz e Giovanna Antonelli, na melhor mistura de thriller dramático, Montes realiza um sonho com a novidade: "Sempre quis fazer novelas, sou um apaixonado pelo gênero. Escrevi quarenta capítulos e, sem dúvidas, foi o projeto audiovisual que mais gostei".

## CALDEIRÃO DE IDEIAS

Antenado aos temas atuais, a mente criativa de Raphael não para. São tantas ideias fervilhando que o escritor criou a produtora Casa Montes em 2021, cujo trabalho é transformar seus conceitos iniciais em projetos prontos para serem apresentados aos principais players do audiovisual, de Netflix ao Globoplay. "Noventa por cento são ideias originais minhas, mas também já compramos os direitos de outros dois livros de autores nacionais para adaptar", conta.

Fato é que o carioca não tem medo de se arriscar e vê o enorme potencial de contar histórias locais, com o borogodó brasileiro: "O tempo é outro, o espectador quer ver narrativas do seu país. O quão legal é ter uma série com uma detetive em São Paulo, perseguindo um serial killer que pega suas vítimas na Rodoviária Tietê? A gente criou esse imaginário em *Bom dia, Verônica*, por exemplo".

E ainda tem muito espaço para agir. "Vejo muitos formatos faltando no mercado nacional", opina. Uma franquia brasileira de filmes de terror, à la *Pânico* ou *Halloween*, por que não? Para Montes, as possibilidades são infinitas, e a vontade de aceitar desafios é grande.

O ano de 2025 promete ser agitado. Nas telas, além de *Beleza fatal*, a adaptação de *Dias perfeitos* chega ao Globoplay em breve e versões cinematográficas de seus outros livros estão nos planos. Seu nono romance, um suspense, também está no forno, junto a tantas outras ideias. "Quero fazer mais novelas, mais filmes, séries. Quem sabe um musical. Projetos e vontade não faltam."

Seja como autor, roteirista ou produtor, não se surpreenda se ver o nome Raphael Montes nos créditos de muitas obras nos próximos anos. Ele já avisou.

# SOBRE O AUTOR

RAPHAEL MONTES nasceu em 22 de setembro de 1990, no Rio de Janeiro. Filho único, Raphael cresceu no subúrbio carioca e, na adolescência, se mudou para Copacabana — principal cenário de suas obras anos mais tarde. Ainda criança ganhou de sua tia-avó um exemplar de *Um estudo em vermelho*, de Arthur Conan Doyle, o primeiro livro da consagrada série do detetive Sherlock Holmes. Foi a partir de então que Raphael se apaixonou por literatura policial.

Ávido leitor e aspirante a escritor, Raphael começou sua carreira literária ainda aos dezoito anos, com narrativas breves em revistas nacionais e estrangeiras — como a prestigiosa *Ellery Queen Mystery Magazine*. Seu primeiro romance, *Suicidas*, ganhou seus primeiros rascunhos quando Raphael ainda tinha dezesseis anos e era aluno de Ensino Médio do tradicional Colégio de São Bento. O livro só viria a ser publicado anos depois, em 2010, quando foi eleito um dos finalistas do concurso literário da editora Benvirá, cujo prêmio era a publicação. Mesmo não tendo conquistado o primeiro lugar, a editora decidiu lançar também Raphael.

Seu segundo livro, *Dias perfeitos*, foi publicado em 2014 pela Companhia das Letras — que viria a se tornar a editora oficial do autor — e logo se tornou um fenômeno, traduzido em 22 países. Em 2025, o livro virou série pelo Globoplay, com Jaffar Bambirra e Julia Dalavia como protagonistas.

Desde *Dias perfeitos*, Raphael Montes publicou outros seis livros. São eles os romances *O vilarejo* (Suma, 2015), *Jantar secreto* (Companhia das Letras, 2016), *Uma mulher no escuro* (Companhia das Letras, 2019; vencedor do prêmio Jabuti de Melhor Romance de Entretenimento) e *Uma família feliz* (Companhia das Letras, 2024), além de *Bom dia, Verônica* (Darkside, 2016; Companhia das Letras, 2022), escrito em coautoria com Ilana Casoy — e lançado inicialmente sob o pseudônimo Andrea Killmore. Em 2023, Raphael Montes fez sua primeira incursão na literatura infantojuvenil com *A mágica mortal* (Seguinte, 2023), primeiro livro da série Esquadrão Zero.

Em paralelo, Raphael Montes tem expandido sua carreira de contador de histórias também no audiovisual. Criou a Casa Montes, uma produtora de conteúdo voltada para histórias de suspense, mistério e terror, e atuou como criador, produtor executivo e roteirista em filmes e séries, como o longa-metragem *Uma família feliz* (que depois seria adaptado para livro), a série *Bom dia, Verônica*, com três temporadas na Netflix, e a novela *Beleza fatal*, sucesso da HBO Max.

Autor de best-sellers incontornáveis da literatura brasileira contemporânea, Raphael Montes já vendeu mais de um milhão de exemplares de seus livros e segue na criação e produção de histórias de arrepiar, com personagens complexos e finais surpreendentes.